Flug in die Unendlichkeit

Fliegergeschichten

herausgegeben
von
Otto Wolfgang Bechtle

Bechtle

Umschlaggestaltung: Manfred Waller, Hamburg
(Foto: T. Jacobi – G+J Fotoservice)
Satz: Hieronymus Mühlberger GmbH, Augsburg
Gesetzt aus: 11/13 Punkt Sabon auf Linotron 202
Druck und Binden: May + Co., Darmstadt
ISBN 3-7628-0459-1

Flug in die Unendlichkeit

Vorwort des Herausgebers

Ein unaufhörliches Ringen mit den Kräften und Erscheinungen der Natur ist das menschliche Dasein vom Ursprung an. Zuerst war es die Erde mit Pflanzen und Getier, die sich der Mensch unterwarf; dann lernte er, sich Feuer und Wasser dienstbar zu machen; und am Ende dieses Jahrtausends nahm er die Luft, das unseren Planeten umspannende Element, in einem atemberaubenden Ablauf in Besitz.

Die Entdeckungen und Abenteuer auf diesem langen Weg der Eroberung der Natur und die sich dabei immer aufs neue stellenden Herausforderungen haben stets Bewußtsein und Erlebnisraum des Menschen ausgefüllt und ihre Spiegelung in künstlerischen und religiösen Schöpfungen gefunden. Es begann mit den Mythen und Göttern, die die Naturkräfte und ihre Wirkungen versinnbildlichten. Schon damals nahmen die Träume vom Fliegen Gestalt an, die später in einem unaufhaltsamen Aufbruch zur Wirklichkeit wurden. Unserem Jahrhundert war es vorbehalten, dieser Ursehnsucht des Menschen Erfüllung zu gewähren und zu zeigen, daß der Mensch auch im Kampf mit dem Element Luft Sieger zu sein vermochte.

Als Roman, Erzählung oder einfach als eine Geschichte hat dieses Erleben seine literarische Gestaltung gefunden. Das Ereignis spiegelt sich hier, im Gegensatz zu einem bloßen Bericht, als eine unmittelbare, auf die menschliche Existenz bezogene Verstrickung mit den Elementen, sei es in Bewältigung oder Niederlage, Triumph oder Opfer.

Die in diesem Buch enthaltenen Fliegergeschichten sind solche literarischen Schöpfungen, die, über den Bericht hinaus, die existenzielle Dimension des Fliegens dokumentieren. Sie erheben zwar keinen Anspruch auf eine umfassende Beschreibung des Erlebnisraumes, machen aber die Vielfalt der Erlebnismöglichkeiten in diesem Bereich deutlich. So sind die Schilderungen der ersten Alpenüberquerung mit einem Motorflugzeug im Jahre 1910 oder des ersten gelungenen Ost-West-Fluges über den Atlantik im Jahre 1927 nur Beispiele für den Raum und Zeit überwindenden Ausgriff dank der technischen Entwicklung. Die Tücken des Segelflugs werden beklemmend veranschaulicht. Im Luftkrieg steigert sich der Kampf mit den Elementen zwischen Erde und Himmel noch zum Kampf zwischen den Menschen selbst. Schutzlos allen Gefahren ausgesetzt, werden Pilot und Besatzung zu einer Schicksalsgemeinschaft. Nach unglücklich verlaufenem Flug ist sie wiederum gefordert, wenn es weiterhin ums Überleben geht. Eine ungeheure Spannweite, die, so mag es erscheinen, in die metaphysischen Hintergründe des Daseins weist.
Und so rücken alle diese Geschichten den Widerstreit zwischen naturhafter Begrenzung und den Mitteln, die wir uns zu ihrer Überwindung geschaffen haben, ins Bewußtsein. Ihre Eindringlichkeit und Dramatik lassen uns das Abenteuer des Fliegens miterleben und eher Demut empfinden als Genugtuung darüber, wie der Mensch mit den Elementen in einem nicht endenden Kampf zurechtgekommen ist.

owb

Antoine de Saint Exupéry

Urgewalten

Wir haben alle schon einmal dieses Unvermögen erfahren, Zeugnis eigener Erlebnisse abzulegen. Wenn wir nach dem Sturme wohlgeborgen in der Speisewirtschaft von Toulouse, unter der Obhut der freundlichen Kellnerin, wieder beisammensaßen, verzichteten wir darauf, von der Hölle zu erzählen. Erzählen und große Gebärden oder gar große Worte wären wie kindische Prahlereien erschienen und hätten den Kameraden nur ein Lächeln abgelockt. Das ist aber nicht zufällig so. Der Wirbelsturm, von dem ich jetzt reden will, war gewiß in seiner Urgewalt das packendste Erlebnis, das mir jemals begegnete. Aber vor der höchsten Steigerung des Erlebens werden Worte schal. Die Sprache ist der Steigerung nicht in eben dem Maße fähig, wie die Gewalt der Sturmstöße wächst. Alles Bemühen um Ausdruck bleibt leer und schmeckt unangenehm nach Übertreibung.

Allmählich ist mir der tiefere Grund klargeworden, warum man so etwas nicht beschreiben kann. Man will den Ablauf eines Schicksals, das es niemals gegeben hat, in Worten festhalten. Wenn man bei der Schilderung der Schrecknisse Schiffbruch erleidet, so nur deshalb, weil man die Schrecknisse erst hinterher, im Nacherleben, in der Rückerinnerung erfunden hat. Beim tatsächlichen Erleben waren sie gar nicht da.

Wenn ich mich trotzdem daran wage, einen Aufruhr der Naturkräfte zu schildern, den ich miterlebte, habe ich von vornherein nicht das Gefühl, ein mitteilbares Geschehen darzustellen.

Ich hatte den Flughafen von Trelew in Richtung auf Commodoro-Rivadavia in Patagonien verlassen. Man überfliegt dort eine Gegend, die zerbeult ist wie ein alter Kessel. Nirgends wirkt die Erde so verbraucht wie dort. Die Luftströmungen, die die Hochdruckgebiete über dem Pazifik durch eine Lücke in der Andenkette hindurchpressen, fangen sich in einem engen Durchbruch von hundert Kilometer Front und bekommen dabei immer größere Geschwindigkeit, so daß sie unter sich alles kahlputzen. Als einzige Bäume stehen in diesem abgeschabten Lande die Bohrtürme der Erdölfelder. Sie gleichen einem abgebrannten Walde. Ab und zu ragen über das rundliche Hügelland, auf dem der Wind nur einen Bodensatz von hartem Kies gelassen hat, Berge hervor, die Schiffsbugen ähneln: spitz, zackig, bis auf die Knochen abgeschunden. Während der drei Sommermonate steigt die Geschwindigkeit, mit der dieser Wind über den Boden hinfegt, auf dreißig Sekundenmeter. Wir kannten ihn gut. Wenn wir erst die Steppe von Trelew hinter uns hatten und an die windbestrichene Zone herankamen, erkannten meine Kameraden und ich an einer blaugrauen Farbe ihr Nahen, und mit einem Ruck zogen wir Bauch- und Schultergurte fester in der Voraussicht auf harte Stöße. Alsbald begann ein schmerzhafter und mühsamer Flug, auf dem man jeden Augenblick in ein unsichtbares Schlammloch zu stürzen begann. Es war Schwerarbeit; eine Stunde lang schufteten wir wie die Hafenarbeiter, und die Schultern ächzten unter dem rohen Hinundhergezerre. Weiterhin, nach Ablauf dieser Stunde, gelangten wir wieder in ruhige Luft.

Unsere Maschinen hielten es aus, und wir verließen uns vertrauensvoll auf unsere Flügelholme. Die Sicht blieb meistens gut und stellte keine besonderen Aufgaben. Wir gingen an diese Flüge heran wie an eine lästige Fron, nicht wie an ein hartes Schicksal.

Aber eines Tages gefiel mir die Farbe des Himmels ganz und gar nicht. Er war blau, strahlend blau, viel zu blau. Hartes Sonnenlicht lag auf dem aufgerauhten Landstrich und ließ in weiten Abständen die abgenagten Berggerippe aufleuchten. Keine Wolke trübte das Licht, aber die Bläue erinnerte mehr denn je an ein frischgeschliffenes Messer.

Ich fühlte das dunkle Unbehagen, das man vor allen Leistungsprüfungen empfindet. Sogar die Reinheit des Himmels verdroß mich. In schwarzen Sturmwolken zeigt sich der Feind ehrlich, man kann seine Stärke abschätzen, die Breite seines Aufmarsches erkennen und sich auf den Ansturm vorbereiten. Im tiefschwarzen Gewitter kämpft man mit dem Gegner Brust an Brust. Aber bei schönem Wetter und in großer Höhe überraschen die Sturmstöße den Flugzeugführer, und er fühlt unter sich die Leere gähnen. Noch eine andere Beobachtung drängte sich mir auf: in gleicher Höhe mit den Bergen zog etwas dahin, kein Nebel, keine Dämpfe, kein Sandsturm, sondern eine Art Aschenflug. Mir mißfielen diese Feilspäne sehr, die der Wind von der Erde abraspelte und dem Meere zutrug. Ich zog meine Gurte ganz fest, steuerte nur mit einer Hand und hielt mich mit der anderen an einer Strebe des Flugzeuges fest. Und dabei flog ich noch in einer bemerkenswerten ruhigen Luft.

Endlich zitterte die Maschine in der wohlbekannten Weise, die wirklich schwere Stürme ankündigt: es ist kein Rollen und kein Schwanken; noch schlägt der Wendezeiger nicht weit aus. Der Flug bleibt geradlinig und waagerecht. Und doch hat man in seinen Tragflächen die Botschaft schon aufgefangen: ab und zu ein kaum merklicher Stoß, aber es sind kurze Schläge, wie wenn von Zeit zu Zeit der Luft kleine Mengen Pulver zugemischt wären.

Dann aber ging es los, und alles ringsum geriet in Aufruhr. Über die nächsten zwei Minuten kann ich nichts aussagen. In meiner Erinnerung tauchen nur einige Gedankenfetzen auf, Versuche zu geordnetem Denken und bloße Beobachtungen. Ein erschütterndes Geschehen kann ich aus ihnen nicht machen, denn von einem solchen war gar nicht die Rede. Ich kann sie nur in einer gewissen Reihenfolge anordnen.

Vor allem eins: ich machte keine Fahrt mehr. Da ich sofort nach rechts abgeschwenkt war, um die plötzliche Abtrift auszugleichen, sah ich die Landschaft immer unbeweglicher zu meinen Füßen, bis sie schließlich still stand. Ich kam nicht vorwärts, meine Flügel fraßen sich nicht mehr in das Geländebild unter mir ein. Die Landschaft schwankte und tanzte, aber alles geschah am Ort. Mein Flugzeug war wie ein ausgeleiertes Zahnrad, das in einem verbrauchten Räderwerk abgleitet und nicht mehr fassen will.

Zugleich kam es mir in ganz widersinniger Weise so vor, als zeigte ich mich dem Feinde ohne Deckung. Alle die Bergrücken und Felsgrate, alle die Bergspitzen, die ihre Kielwasser in den Windstrom zeichneten und seine Wellen mir zusandten, erschienen mir als ebenso viele Geschütze, die alle auf mich gerichtet waren. Ganz natürlich stieg so in mir langsam der Gedanke hoch, auf meine stolze Höhe zu verzichten und mich in die Tiefe eines der Täler unter einem Berghang zu begeben. Übrigens saugte mich die Erde an, ob ich wollte oder nicht.

So hatten mich die ersten Wellen eines Wirbelsturms gepackt, von dem ich zwanzig Minuten später durch eigene Erfahrung feststellen konnte, daß er über dem Erdboden die unglaubliche Geschwindigkeit von siebzig Meter in der Sekunde erreicht hatte, das sind zweihundertvierzig Stundenkilometer. Aber als ein schicksalschweres Geschehen empfand ich ihn nicht. Wenn ich jetzt die Augen schließe und versuche, von Flug und Flugzeug abzusehen und mein Erleben auf eine einfachste Formel zurückzuführen, so finde ich die Gefühle wieder, die ein Träger hat, der mehrere Pakete im Gleichgewicht aufgepackt bekommt. Er kämpft mit dem Rutschen der Last und fängt ein gefährdetes Stück mit einer raschen Bewegung ein, die ein anderes ins Gleiten bringt. Und wenn er dann recht tief in diesen blödsinnigen Kampf verwickelt ist, kommt er wohl plötzlich gar in Versuchung, die Arme weit zu öffnen, womit der ganze Stapel zu Fall käme. So fühlte ich mich; aber an Gefahr dachte ich mit keinem Schimmer. Wenn man nach dem Gesetz des schnellsten Weges für sprachlichen Ausdruck das Erlebnis in ein Bild schärfster Verkürzung fassen will: ich glich einem Geschirrträger, dem im Ausrutschen sein Stoß von Porzellantellern entgleitet.

Nun bin ich Gefangener eines Tales, und meine Bedrängnis ist größer geworden statt kleiner. Gewiß ist noch niemand an Luftwirbeln gestorben – die Redewendung »durch Luftwirbel an den Boden gedrückt« ist, wie wir alle wissen, eine Zeitungsfloskel. Der Wind kann ja nicht unter die Erde kriechen. Aber in diesem Talgrund habe ich die Herrschaft über meine Maschine zu Dreivierteln eingebüßt. Wie wakkelt und schwankt diese Felsgräte vor mir! Nun steigt sie ganz plötzlich bis zum Himmel und schwebt eine bange Sekunde lang drohend über mir, um ebenso plötzlich aus meinem Blickfeld abzusinken.

Mein Blickfeld! Als ob es so etwas noch gäbe! Ich sitze wie eingesperrt zwischen den Kulissen einer mit Versatzstücken vollgepropften Bühne. Senkrecht stehend, waagerecht schwebend, schief steigend und fallend – wild kreuzen sich die Linien. Hundert Quertäler leiten mit ihren Durchblikken die Augen in die Irre. Kaum komme ich einmal dazu, mich zurechtzufinden, und schon reißt eine neue Sturmwoge mich im rechten Winkel herum oder dreht mich ganz um, und ich darf mich aus meinen Schuttbergen neu herausfitzen.

Zwei Gedanken gewinnen in mir Gestalt. Zunächst mache ich eine Entdeckung: endlich begreife ich die Ursache mancher Flugunfälle im Gebirge, die das Fehlen jeglichen Nebels rätselhaft machte. Die Flieger haben in einem verhängnisvollen Augenblick in dieser tanzenden Landschaft Steilhänge und waagerechte Bänder verwechselt.

Zugleich aber steigt ein besessener Wunsch in mir hoch: zurück aufs Meer! dort ist es flach, und du kannst nicht anrennen!

Ich wende – wenn man diesen fast planlosen Walzer durch die ostwärts offenen Täler wenden nennen kann. Aber immer noch ist nichts erhebend Schicksalhaftes in dem Kampf. Ich ringe mit der Unordnung, ich setze alle Kräfte gegen sie ein und arbeite bis zur Erschöpfung, während jeder gewonnene Erfolg sofort wieder zusammenbricht. Ich spüre gerade nur die völlig natürliche Beklemmung, wenn eine der Mauern meines Gefängnisses drohend gegen mich anrückt wie eine gewaltige Meereswoge. Auch die Angst ist kaum der Rede wert, die mich jedesmal durchfährt, wenn die unsichtbaren Minen springen, die mir die Felsgrate auf meinem Wege mit ihren tückischen Wirbeln bereiten. Wenn ich in diesem Durcheinander dumpfer Empfindungen einen klaren Gedanken namhaft machen kann, so ist es das Gefühl einer zurückhaltenden Hochachtung.

Wirklich, ich spüre Hochachtung vor dieser Bergspitze, Hochachtung vor jenem scharfgeschliffenen Grat und vor der Kuppe dort drüben! Und alle Hochachtung vor dem Quartal, das in meines mündet und Gott weiß was für Wirbel schaffen mag, wenn es seinen Sturmbach in den Sturmstrom gießt, der mich mit sich reißt.
Da wird mir, als hätte ich gar nicht mit dem Wind zu kämpfen, sondern mit diesem Felsgrat, mit jenem Bergkamm, mit dem riesigen Steinblock dort drüben. Ja, so weit er noch ist, dieser Steinbock ist mein Gegner und hat es auf mich abgesehen. Durch ein Spiel unsichtbarer Fernwirkungen, durch ein geheimnisvolles Muskelspiel stemmt er sich mir entgegen.
Rechts vor mir kann ich das Salamancahorn erkennen; das ragt übers Meer auf; ich weiß das genau. Also endlich komme ich übers freie Meer! Aber ich muß erst unter den Winden dieser Bergspitze vorbei durch ihr »Gefälle«, wie wir es nennen. Das Salamancahorn ist ein Riese. Alle Hochachtung vor dem Salamancahorn!
Einen Augenblick darf ich verschnaufen, zwei Sekunden vielleicht. Etwas wird plötzlich fest unter mir, gestaltet sich, packt zu. Ich kann nur staunen und große Augen machen. Es ist, als ob das Flugzeug kraftvoll schwingt, sich entfaltet, sich weitet. An Ort und Stelle wird es in brausendem Höhenflug fünfhundert Meter steil aufwärts emporgerissen. Plötzlich beherrsche ich meine Feinde von oben, wo ich doch seit vierzig Minuten nicht über sechzig Meter hochkommen konnte. Das Flugzeug wabert wie im Kochtopf. Groß und weit zeigt sich der Ozean. Mein Tal öffnet sich aufs Meer zu, auf die Rettung hin, aufs Heil! –
Und da trifft mich ohne jeden Übergang der Stoß des Salamancahorns – tausend Meter davon entfernt. Doch es gereicht mir zum Heil: ich purzle und taumele dem Meere zu.

Ich fliege nun Vollgas auf die Küste zu, landwärts auf die Küste zu!
In ein paar Minuten ist viel geschehen. Zunächst habe ich das Meer nicht angeflogen, sondern wurde auf das Meer ausgeworfen wie von einem gewaltigen Hustenkrampf. Mein Tal spie mich aus wie aus einer Geschützmündung, wie ein Mörser sein Geschoß. Gewiß, ich bildete mir ein, sofort Dreiviertelwendung gemacht zu haben, um nicht planlos von der Küste abgetrieben zu werden. Ich hatte aber die Bewegung kaum ausgeführt, da sah ich das Land schon verwischt in zehn Kilometer Entfernung; es war schon blau wie die Küste eines fremden Erdteils. Das Spitzenwerk der Berge, das sich so fein gegen den Himmel abhob, wirkte wie die Zinnen einer fernen Burg. Ich war fast bis aufs Wasser gedrückt durch die Gewalt der Fallwinde. Ich merkte, daß ich einen Fehler begangen hatte, und suchte wieder zu steigen. Aber da bekam ich erst die volle Kraft der Luftströmung zu spüren: Vollgas voran, zweihundertvierzig Stundenkilometer, die Höchstgeschwindigkeit jener Zeit, zwanzig Meter über dem Wellengischt – und ich kam nicht weiter! Solch ein Sturm fährt in die Zweige des Tropenwaldes wie Feuer, wirbelt sie und entwurzelt die Riesenbäume wie Kohlstrünke. Hier stürzte er sich von den Bergeshöhen und preßte aufs Meer.
Ich krampfte mich mit ganzer Motorenstärke an diesen Sturm, in den jede Bergzacke ihr Kielwasser wie eine Schlange hinauszischen ließ. Mir war es, als hinge ich angeklammert an der Spitze einer Peitsche, die über das Meer hinzuckte.

In jenen Breiten ist Amerika schon so schmal, daß die Andenkette dem Atlantik ziemlich nahe kommt. Ich zappelte also nicht nur im Fallwind der Küstenkette, nein, der ganze Himmel stürzte vom Andenkamm auf mich herab. Das erstemal nach vier Jahren Dienst als Verkehrsflieger kam mir der Gedanke, daß die Flügel abbrechen könnten. Auch fürchtete ich einen Sturz ins Meer, nicht wegen der Fallwirbel, denn die bilden naturnotwendig in Meereshöhe eine Auffangschicht. Aber sie trafen mich manchmal in sehr sonderbaren Stellungen, denn unfreiwillig vollführte ich alle Figuren des Kunstflugs. Ich besorgte ernstlich, ich könnte einmal vor dem Zusammenprall mit einem neuen Luftwirbel nicht geradegerichtet haben. Vor allem aber meinte ich, mein Schicksal ganz klar zu sehen: wenn der Treibstoff verbraucht war, fiel ich einfach ins Wasser. Jeden Augenblick rechnete ich damit, daß die Pumpen nicht mehr faßten. Tatsächlich setzte der Motor immer wieder aus; die Stöße waren nämlich so, daß der Treibstoff in den halbvollen Tanks und in Röhren, dem Trägheitsgesetz folgend, plötzlich aufhörte, nachzufließen. Und so ließ mein Motor statt seines ständigen Rollens eine eigentümliche Morsesprache hören, in der lang und kurz tackend wechselten.

Aber der Kampf hatte mich erschöpft; ich umklammerte immer noch das Steuerrad meines schweren Postflugzeugs und fühlte nur noch dumpf. Ohne Erregung sah ich auf die Fährten des Sturms auf der See. Weiße Flockenwälle von achthundert Meter Frontbreite stürmten mit zweihundertundvierzig Stundenkilometer Geschwindigkeit auf mich ein; die Fallwirbel waren auf das Wasser aufgeschlagen und sausten nun waagerecht weiter.

Das Meer war zugleich grün und weiß; weiß wie Staubzucker und stellenweise grün wie Smaragd. Die einzelnen Wellen konnte ich in diesem tobenden Durcheinander nicht unterscheiden; auf dem Meere rauschten wahre Stromschnellen. Die Luftströmungen malten ihre Riesenzeichen darauf, wie zur Erntezeit die Spuren des Windes über Kornfelder dahineilen. Gelegentlich ließ die merkwürdig übersteigerte Sicht im Strandschatten einen schwarzgrünen Hintergrund auftauchen. Dann aber zerklirrte die Kristallscheibe des Meeres wieder in tausend weiße Splitter.

Ich gab mich verloren. In zwanzig Minuten Kampf hatte ich keine hundert Meter gewonnen. Schon hier, zehn Kilometer vor den Steilklippen der Küste, war das Fliegen so anstrengend, daß ich mich fragte, wie ich in Küstennähe – wenn ich sie je erreichte – den Wirbeln standhalten sollte.

Aber Furcht empfand ich nicht. Wie hätte ich es auch gekonnt? Ich war ausgepumpt und leer. Ich konnte nichts mehr denken, als was zum einfachsten Handeln gehörte: geraderichten, geraderichten und wieder geraderichten.

Augenblicke des Aufatmens gab es immer wieder. Sie gleichen gewiß immer noch den heftigsten Stürmen, die ich sonst erlebt hatte. Aber gemessen an dem gegenwärtigen Unwetter empfand ich sie als große Entspannung. Ich mußte mich nicht so schnell umstellen. Obendrein meldeten sich die Ruhepausen zuvor an. Nicht ich flog auf diese »stillen« Striche zu, nein, diese fast grünen Oasen, die sich so deutlich vom Meer abzeichneten, kamen mir entgegen. Auf den Wassern las ich die Verkündigung bewohnbarer Lande. Und sobald mir so ein Augenblick der Ruhe gegönnt war, kehrte die Fähigkeit zu denken und zu fühlen wieder. In diesen Augenblicken fühlte ich mich verloren, und Angst stieg hoch. Wenn ich dann sah, wie sich ein neuer Vorstoß auf mich zu entwikkelte, packte mich eine kurze Panik bis zu dem Augenblick, in dem ich am Saume des Gischtes wieder an meine unsichtbare Wand prallte. Dann empfand ich nichts mehr.

Höher hinauf! Dieser Wunsch wurde trotz allem lebendig. Und einmal schien mir die Ruhepause unerschöpflich, und dumpfe Hoffnung stieg wieder auf. Ich werde höher gehen, oben treffe ich andere Luftverhältnisse und komme vorwärts. Ja, das werde ich tun. Ich benutzte die Pause, um in aller Eile den Aufstieg zu versuchen. Hart genug war er, denn die Fallwinde blieben zähe Gegner. Hundert Meter, zweihundert Meter gewann ich ihnen ab. Und im Hirn arbeitete der Gedanke: Laßt mich nur tausend Meter hochkommen, dann bin ich gerettet. Aber schon sah ich von ferne die weiße Meute auf mich zujagen. Ich drückte das Höhensteuer nach, um nicht auf die vollen Tragflächen geschlagen zu werden. Aber es war schon zu spät. Der erste Stoß warf mich herum. Ringsum glitt alles ab, und ich konnte mich nicht mehr halten ...

Wie befiehlt man seinen eigenen Händen? Ich mache eine entsetzliche Entdeckung: meine Hände sind eingeschlafen und tot! Sie geben keine Botschaft weiter, wohl schon seit einer ganzen Weile, ich hatte nur nichts davon gemerkt. Und wenn man es merkt, ist die Sache schlimmer, denn dann quält man sich mit der Frage: Wie befiehlt man seinen eigenen Händen? Das Reißen an den Flügeln hatte eben die ganze Zeit an den Steuerdrähten gezerrt und das Steuerrad wild ausschlagen lassen. Eine Dreiviertelstunde habe ich es krampfhaft festgehalten, um diese Stöße auszugleichen, von denen ich fürchten mußte, daß sie die Drahtseile sprengten. Ich habe zu krampfhaft gehalten, und meine Hände haben jedes Gefühl verloren.
Das ist eine Entdeckung! Meine Hände sind die Hände eines Fremden. Ich sehe sie an und bewege einen Finger; er gehorcht. Wenn ich aber wegsehe und meinem Finger den

gleichen Befehl gebe, vermag ich nicht zu sagen, ob er gehorcht hat; er meldet sich nicht mehr. Wie soll ich noch wissen, ob meine ganze Hand sich öffnet? Ich sehe schnell hin. Beide Hände sind geschlossen geblieben. Aber ich habe Angst gehabt.

Wie soll man die Tatsache, daß eine Hand sich öffnet, von dem Entschluß, sie zu öffnen, unterscheiden, wenn der Austausch zwischen Hand und Hirn nicht mehr arbeitet? Vorstellung und Ausführung einer Handlung verwirren sich. Fort darum mit der Vorstellung von Händen, die sich öffnen! Die Hände leben für sich, ich darf sie nicht in diese entsetzliche Versuchung führen. Ich versenke mich in die krankhafte, törichte, tolle Litanei, ich bete sie vor mich hin bis zum Ende des Fluges; nur ein Gedanke, nur eine Vorstellung, nur ein Satz, den ich ununterbrochen ableiere: »Meine Hände halten fest, halten fest, halten fest, meine Hände halten fest.«

Ich lebe nur noch in diesem Satz, es gibt kein weißschäumendes Meer draußen, keine Wirbel, keine zackigen Berge. Es gibt nur Hände, die festhalten. Gefahr gibt es keine und keinen Wirbelsturm. Es gibt nur irgendwo zwei Kautschukhände, die sich ein Steuerrad nicht entgleiten lassen dürfen. Ehe sie es wieder gefaßt hätten und den Absturz des Flugzeugs aufhalten könnten, wäre alles vom Meer verschlungen.

Ich weiß nichts, ich fühle nichts, als daß es leer in mir wird. Die Kräfte schwinden und der Kampfwille verläßt mich. Der Motor klopft seine Morsesprache weiter, lang – kurz in wildem Wechsel, es kracht wie beim Zerreißen von Leinewand. Wenn er mehr als eine Sekunde aussetzt, ist es mir, als ob mein Herz still stünde. Alles aus! – Nein, es geht weiter. Draußen sind, ich lese es auf dem Thermometer, zweiunddreißig Grad unter Null. Ich aber bin von Kopf bis Fuß in

Schweiß gebadet, und Schweiß läuft über mein Gesicht. Was für ein Tanz! Und dann bemerke ich, daß sich meine Akkus aus ihren Stahlbändern gelöst haben. Sie sind gegen die Decke geschmettert und haben diese durchschlagen. Und ich sehe, daß die Rippen der Flügel sich lockern, daß einzelne Steuerkabel bis auf den letzten Strang abgefeilt sind...

In mir wird es immer leerer. Ich ahne, daß bald die Gleichgültigkeit der Erschöpfung und die tödliche Sehnsucht nach Ruhe eintreten werden.

Was kann ich davon erzählen? Nichts. Die Schultern tun mir weh, sehr weh sogar. Als ob ich zu schwere Säcke getragen hätte. Ich neige mich hinaus. In einem grünen Streifen sehe ich den Grund so nahe, daß ich alle Einzelheiten erkennen kann. Da schlägt die Faust des Sturmes auf das Meer, und das Bild ist zerstoben.

Nach achtzig Minuten Kampf bin ich dreihundert Meter gestiegen. Weiter südlich zeigt sich auf dem Meere ein langer Schweif, eine blaue Schleppe. Dorthin will ich mich seitlich abtreiben lassen. Wo ich bin, komme ich nicht vorwärts, wenn ich auch nicht zurückgeworfen werde. Wenn ich diesen blauen geborgenen Strom erreiche, kann ich vielleicht langsam bis zur Küste fliegen. Ich lasse mich also links abtreiben. Obendrein will mir scheinen, daß die Gewalt des Sturmes nachläßt. –

Eine Stunde habe ich für die zehn Kilometer gebraucht! Jetzt bin ich im Schutze der Strandklippen und kann nach Süden abfliegen. – Nun muß ich wieder höher kommen, um über das Land weg den Flugplatz anzusteuern. Und es gelingt, in dreihundert Meter Höhe zu bleiben. Das Wetter ist noch scheußlich, aber es ist kein Vergleich mehr; es ist überstanden.

Auf dem Flugplatz sehe ich einhundertzwanzig Soldaten, die man des Sturmes wegen für mich angefordert hat. In ihrer Mitte setze ich auf, und dann haben wir für eine Stunde zu tun, ehe die Maschine im Schuppen steht. Ich steige aus, den Kameraden sage ich nichts. Ich bin schläfrig. Langsam bewege ich die Finger, aber sie wollen nicht erwachen. Kaum weiß ich noch, in welcher Angst ich eben schwebte. Habe ich überhaupt Angst gehabt? Ich habe ein einzigartiges Schauspiel erlebt. Welches Schauspiel? Kaum kann ich mich besinnen. Der Himmel war so blau, und das Meer so weiß. Eigentlich sollte ich es doch erzählen, denn ich war so weit, und bin nun wieder da. Aber ich kann das Erlebnis nicht mehr fassen: »Stellt euch ein weißes Meer vor ... sehr weiß ... noch viel weißer!« Nein! Man kann nichts sagen durch gehäufte und gesteigerte Beiwörter. Solch ein Gestammel reicht nicht an die Dinge heran.

Man kann nichts sagen, weil es nichts zu sagen gibt. In all den Gedanken, die einem das Gemüt erregten, in all den Schmerzen der Schultern lebt kein Schicksal, auch nicht im steilen Zacken des Salamancahorns. Gewiß, es war geladen wie ein Pulverfaß, aber das kann ich nicht erzählen. Sie lachen mich nur aus. Ich empfand große Hochachtung für das Salamancahorn, das ist alles – und das ist kein schicksalhaftes Geschehen.

So etwas gibt es eben nur im menschlichen Zusammenleben; da gibt es Schicksalsgeschichten und neidische Leidenschaften. Morgen wird es mich vielleicht ergreifen, wenn mein Erlebnis sich verklärt hat und ich mich in die Verzweiflung des Wirbelsturms zurückversetze; denn morgen lebe ich wieder und weile wieder unter Menschen. Aber es ist Selbstbetrug dabei. Denn der Mann, der mit Händen und Füßen gegen den Wirbelsturm rang, dachte nicht daran, sich mit dem sorglosen und freien Menschen zu vergleichen, der ich morgen sein werde; er war dazu viel zu beschäftigt. So ist meine Ausbeute etwas mager; nur eine kleine Entdekkung habe ich mitgebracht. Und nun bewegt mich die Frage: Wie vermag man einen Willensakt von einer einfachen Vorstellung in dem Augenblick zu unterscheiden, wo gedankliche Empfindungen die leibliche Übertragung nicht mehr finden?

Ich würde euch sicher tiefer gepackt haben, wenn ich die Geschichte von einem Kinde erzählt hätte, das zu Unrecht bestraft wurde. So habe ich euch durch einen Wirbelsturm geführt, möglicherweise ohne euch zu beunruhigen. Betrachten wir denn nicht auch im Kino Woche für Woche von bequemen Sesseln aus die Beschießung von Schanghai? Ohne Grauen, ja mit Bewunderung können wir zusehen, wie Schwaden von Ruß und Asche aus diesem von vulkanartigen Ausbrüchen zerrissenen Lande langsam gen Himmel steigen. Und doch wird diese schwarze Wolke nicht nur vom Korn der Speicher, vom Erbe vieler Geschlechter, von dem Gute ganzer Sippen genährt; es steigen ja auch die kläglichen Reste armer, verbrannter Kinder in Rauch gehüllt langsam zum Himmel empor.

Aber körperliches Geschehen berührt uns nur, wenn man uns seinen geistigen Hintergrund zu deuten vermag.

Harry Grindel

Flug ohne Landung

Unser Leben ist ein großer Blindflug. Start und Landung vollziehen sich auf dunklen, ungewissen Plätzen, und doch gewinnen wir Höhen und meinen zuweilen, über leuchtenden Wolkenfirnen der Sonne nahe zu sein.
Aber die Erde ist uns gewiß.
Unser Leben ist ein unsteter Wechsel, ist ein Flug in lähmendem, milchigem Nebel, daß wir bangen vor Wetter und Felsen, die uns zerbrechen.
Doch Sterne leuchten nachts über den Wolken, und irgendwo auf einem Hafen brennen Lichter und verheißen Heimkehr. Ihn müssen wir finden ...

I.

Hein saß am Steuer, und wir flogen nach ... Hier beginnt bereits das Geheimnis, denn ich müßte sagen: wir flogen nach Morsau. Ihr denkt dann, wir seien in Morsau gelandet. Der eine oder der andere holt den Atlas vor, nimmt das Lexikon zur Hand und sucht Morsau. Aber legt es getrost zur Seite, schiebt den Atlas fort! Morsau steht in keinem Wörterbuch und ist auch auf keiner Karte eingezeichnet. Wir sind auch nicht auf diesem Platz gelandet. Nicht auf diesem und nicht auf einem anderen.
Jetzt werdet ihr den Kopf schütteln und sagen: dann seid ihr eben notgelandet oder abgestürzt! Und wieder muß ich verneinen.

Wir hatten Kurs auf Lyon. Um 15.30 Uhr waren wir mit unserer Ju 88 in Toulouse gestartet. Die Cevennen trieben uns auf 2200 m, etwa hundert Meter über eine geschlossene Wolkendecke, die nach Norden zu einem mächtigen Kumulusgebirge anwuchs, mit schattigen und lichtgleißenden Hängen vom hellsten Silberweiß bis zum matten Violett, und im Süden versank, um sich in dunstige Fernen aufzulösen. Wenn ich den Himmel mit dem Fernglas absuchte, um nicht von feindlichen Jägern überrascht zu werden, meinte ich, unter den weitliegenden Wolkenrissen die zerschluchteten und steilabfallenden Berge in ihrem blassen Schieferglanz zu erkennen.

Das zurückstrahlende Licht von den weiß überfluteten Wolkenhügeln zwang uns, die Schutzbrillen aufzusetzen. Durch die Bordsprechanlage, der jedes Besatzungsmitglied mit Kehlkopfmikrophon und Kopfhaube angeschlossen ist, hörte ich, wie Hein unsern Beobachter Fred, der neben ihm saß, auf den Schatten unserer Maschine aufmerksam machte. Dieser war um mehrere Nasenlängen auf dem strahlenden Linnen unter uns voraus, da wir die Sonne seitlich im Rücken hatten. Wir flogen mit ihm um die Wette. Doch hätte es nur einer kleinen Kursänderung bedurft, und wir wären Sieger geblieben. Nur daß wir dann statt über Lyon in der Nähe von Avignon oder Marseille herausgekommen wären, und dieser Preis lag nicht in unserer Absicht.

Hans, unser Bordmechaniker – oder Mixer, wie wir kurz sagten –, der gewohnheitsmäßig brav in der Bodenwanne lag, bis ihm die Glieder vom stundenlangen Flug steif geworden waren, kam heraufgekrabbelt, dehnte und streckte sich und ließ sich auf dem kleinen Klappsitz nieder, um mir ein wenig Gesellschaft zu leisten.

Von Zeit zu Zeit strichen seine Augen forschend über die unzähligen Scheiben, Zeiger und Knöpfe in der Kabine, die mit einer grünlichen Leuchtmasse überzogen waren. Es war der Blick eines Dompteurs, der, sich vergewissernd, den Raubtiersinn hinter den Katzenaugen abzuschätzen vermochte.

Unsere Eigengeschwindigkeit betrug etwa dreihundert Kilometerstunden. In einer Stunde und zehn Minuten mußten wir über Lyon sein, denn wir hatten eine Entfernung von rund 380 km zu überbrücken, und die Wetterwarte von Toulouse prophezeite uns Rückenwind von 25 bis 30 Kilometer Stundengeschwindigkeit. Wir flogen blind, das heißt, wir konnten die Erde nicht sehen, und ich hatte alle Hände voll zu tun, um Flugzeugführer und Beobachter mit den nötigen Peilergebnissen zu bedienen. Darum war es mir lieb, als Hans die Überwachung des Luftraumes übernahm.

»Harry!« rief mich Hein plötzlich. »Heute nacht bleiben wir in Lyon und besuchen Pitt!«

Das löste bei Hans und mir Freude aus.

»Pitt!« rief Hans, schlug mir dabei auf die Schulter und strahlte mich an. »Haben ihn lange nicht gesehen, den alten Jungen!«

Fred fragte neugierig: »Wer ist das?« Und wenn ich mich in meinen Funkpausen in die Eigenverständigungsanlage einschaltete, hörte ich, wie ihm Hans und Hein erklärten, wer Pitt war.

Das ging natürlich nicht in einer zusammenhängenden, bündigen Erzählung, sondern nur mit groben Strichen, so etwa wie man eine Skizze entwirft. Dazwischen fielen Peilergebnisse, Wettermeldungen, Höhenangaben, Pausen mit angestrengten Beobachtungen, Eintragungen auf der Karte, Berechnungen und Kursverbesserungen. Aber man verlor den roten Faden nicht, und lange bevor wir Lyon erreicht hatten, wußte Fred die Zusammenhänge zwischen Pitt und uns. Fred traf erst in Großenhain zu uns, und damals war Pitt schon Hilfslehrer in Lyon und bildete Bordfunker aus. So hörte ich dann: »Pitt? – Das war der Bordfunker von unserm Phips ... Den mußt du kennenlernen, ein goldiger Kerl, sag ich dir!« oder: »Sie flogen die PH-PH, das war eine Ju 88 – A 12, die schnellste Maschine, die wir damals in Roth hatten.«

Und eine Weile später: »Als einziger rausgekommen?« hörte ich Fred fragen. »... hat aber Schwein gehabt! ... Und der Mixer? ... am Leitwerk hängen geblieben? – Junge, Junge!«

»Du darfst ihn aber nicht daran erinnern«, erklärte Hein, »sonst läßt er gleich die Flügel hängen. Er ist seitdem ein bißchen schwermütig, denn er hat sich in den Kopf gesetzt, daß die Kameraden glücklicher herausgekommen sein müßten, wenn er sich nicht so lange mit der SOS-Meldung aufgehalten hätte und eher gesprungen wäre ...«

Ich kannte Pitt seit der Rekrutenzeit. Wir hatten alle Schulen gemeinsam durchlaufen und waren mit den Jahren wie Brüder zueinander geworden. Nicht viel anders war es Hein und Phips, unseren beiden Flugzeugführern ergangen. Auf der Blindflugschule lernten wir uns kennen. Pitt wurde Phips' Funker, und ich kam zu Hein. Wir gehörten zusammen wie Kastor und Pollux.

Keine Besatzung unternahm etwas, wovon die andere nichts wußte. Ja, es führte selbst so weit, daß wir auf Kurzwelle eine geheime Frequenz ausmachten, auf welcher wir untereinander mit eigens dafür bestimmten Rufzeichen zu verkehren pflegten, wenn ein Flugauftrag z. B. die eine Besatzung ins Elsaß schickte, während die andere nach Pommern

oder Ostpreußen unterwegs war. Um die volle Stunde schalteten wir jedesmal unsere vereinbarte Frequenz und konnten miteinander verkehren.
Ein Anruf, ein Gruß, und bei gutem Empfang vielleicht noch eine ungefähre Standortmeldung in Tempo 110 getastet – und dann blieb wieder jede Besatzung allein. Und doch, – uns konnten keine achthundert oder tausend Kilometer voneinander trennen. »Die andern« waren noch nicht einmal bis hinter dem nächsten Wolkenberg entfernt, auf dem Schoß, auf der Karte hatte man sie. Man zeigte mit dem Finger in das betreffende Planquadrat, nickte sich zu und war froh ...
Was aber geschah damals, an jenem Aprilnachmittag?
Vormittags sollte Verbandsflug sein. Man hatte ihn abgeblasen, denn der Kern einer Warmfront war schon in den frühen Morgenstunden vorübergezogen. Die Wolkenuntergrenze lag bei hundert Meter über Grund, und die Sicht war auf einen Kilometer zurückgegangen.
Solch ein Blindflugwetter wollte man sich nicht entgehen lassen, und so starteten wir zum Überlandflug. Zehn Maschinen, jede in eine andere Richtung. Als dritte Maschine verließen wir die Startbahn und nahmen zunächst Kurs auf Wien, um von dort das in der Nähe von Breslau stehende Funkfeuer anzufliegen.
Nach dem Überflug von Wien hielten wir 1800 m Höhe und zogen im »dicksten Dreck« dahin. Seit etwa zwei Stunden lagen wir auf der Strecke. Nur stellenweise lichtete sich der eintönig weiße Vorhang etwas, um uns für Augenblicke gewiß werden zu lassen, daß wir unsere Tragflächen wirklich noch besaßen.
Hein rauchte wieder einmal der Kopf. Hans half, so gut er zu helfen vermochte. Er überwachte die Anzeigegeräte und

lauschte auf das gleichmäßige Atmen der Motoren. Meine Taste konnte sich kaum einer freien Minute erfreuen. Eine Peilung jagte die andere, Wetter- und Sicherheitsmeldungen folgten, und immer wieder schaltete ich auf die Frequenz der Flugsicherungshauptstelle Prag zurück, um Pflichtmeldungen über unseren Flugzustand abzusetzen.

Stunden nach der Landung hat man oft noch das Zirpen, Flöten und Krachen in allen nur möglichen Variationen in den Ohren: die Symphonie des Äthers, untermalt vom lakonischen Gesang der Motoren. Das ist das Liebeslied des Bordfunkers. Nicht immer ist es bis zum nächsten Start verklungen, und in seinen Träumen kehrt es wieder. Diese Musik macht nachdenklich durch die Vielseitigkeit ihrer Stimmen. Man kann die Worte der Mutter daraus vernehmen oder das Gejaule einer Chanson-Sängerin, – ein Klavierkonzert von Schumann oder das Gewinsel eines Hundes. Der Reichtum an Tönen, den die Brandung des Äthers heranträgt, ist unerschöpflich. Er gleicht einem Sphärenwundersang, der wie ein akustisches Füllhorn heimliches Fragen und dürstendes Verlangen der Seele leichtlaunig hinwerfend beantwortet. Hat man diese Musik lange nicht vernommen, so sehnt man sich nach ihr. Im Unterbewußtsein eines Funkers wird sie immer gegenwärtig sein. Ein vorbeifahrendes Auto, das Kreischen der Straßenbahn, der Pfiff einer Lokomotive in der Ferne oder das Brausen des Windes können sie wachrufen. Und dann wird das Heimweh geweckt, wie bei einem Jugendlied! Das Heimweh nach den Firnen der Lüfte, nach dem Wolkenmeer mit seinen roten, gelben und violetten Steilküsten, seinen bizarren Inseln, Gebilden und Gebärden aus Schaumglas, die man durchfliegen kann. Heimweh auch nach dem süßlichen Benzingeruch und dem teerartigen Gummigeschmack der Atemmaske,

nach der weißgoldenen Sonne und dem silberblauen Himmelsdom. Dann rufen die Sterne in der Nacht, und die niederen über dem Horizont sind eins mit den Blinkfeuern der Menschen.
Es ist eine eigene Welt dort oben, eine andere Schöpfung, die Staunen und Ehrfurcht abverlangt. Nicht der Blick in die Tiefe ist es, nicht das Gefühl, über der Erde zu thronen und die Welt von oben sehen zu können. Nein, das ist es nicht. Die Erde ist dem Flieger wie eine Mutter, von der er gerne Abschied nimmt, da er nach den Armen, den Brüsten, der Stimme der Geliebten verlangt. Ich habe es erlebt, daß ein schwerverwundeter Kamerad, der die Flugtauglichkeit verloren hatte, an den Radioapparat humpelte und nach Telegraphiesendern suchte. Und wenn es ihm gelungen war, drei oder vier Funkstationen auf einmal zu empfangen, und das Krachen und Rauschen der atmosphärischen Störungen am lautesten hineinbrandete, hob er beglückt den Kopf, sah uns mit leuchtenden Augen an und sagte nur: »Musik!« – In diesem Wort lag alles, Sehnsucht und Wonnerausch. Dabei war es nur ein Quartett aus dem großen Orchester von droben. Aber das genügte ihm schon.

Bei diesem Flug brauchte ich mich nicht über »Mangel an Musik« zu beklagen und atmete erleichtert auf, als sich mein Flugzeugführer entschied, das schlesische Funkfeuer durch Eigenpeilung anzufliegen. Jetzt hörte ich nicht mehr als einen leisen Dauerton.
Mit einem Male hielt ich inne. Der Dauerton wurde lauter, obgleich ich den Peilrahmen beständig nachstellte, und kurz darauf verspürte ich, daß die Maschine schief lag.
»Hein!« rief ich, »was machst du?«
»Wir müssen den Flug abbrechen. Hans sagt, das Anzeige-

gerät der Entnahmebehälter sei nicht in Ordnung. Ich brauche einige Richtungspeilungen von Rusin!«

Wenige Minuten später erhielt ich von der Hauptstelle eine Wettermeldung, die mich aufhorchen ließ: Vereisungsgefahr über dem Fichtelgebirge!

Hein quittierte sie mit einem unverständlichen Brummen, und Hans rief: »Wir fliegen links vorbei!«

Rusin hatten wir überflogen, und ich wollte gerade die Welle von Pilsen einstellen, als ich meinte, Hein habe mich gerufen und vergessen, den Sprechknopf zu drücken. Die Stimme kam von außen, nicht aus der Ohrmuschel der Kopfhaube und war mit dem Lärm der Motoren getränkt.

»Was ist los, Hein?«

»Los? – Nichts! – Was soll los sein? Aus dem Dreck kommen wir nicht mehr raus!«

»Du hast doch gerufen?«

»Ich? – Keine Spur . . .! Hans vielleicht!«

»Kein Gedanke!« antwortete dieser.

Ich schaltete mich ab und schaute zur Uhr: 16.01 Uhr. Da meldete sich Hein wieder.

»Wollen wir mal sehen, wo Phips steckt, vielleicht sind sie jetzt zu erreichen. Aber es muß schnell gehen, ich brauche einige Peilungen von Pilsen!«

Eigenartig! Ich hatte den gleichen Einfall, als ich zur Uhr schaute, obgleich es kaum zu erwarten stand, daß Pitt bei diesem Wetter Muße finden würde, sich auf unserer taktischen Frequenz zu versuchen.

Nun, ich stellte ein und lauschte einen Moment. Aber da meldete sich nichts weiter als das übliche Rauschen und Krachen. Wir hatten doch glücklich gewählt, als wir unsere eigene Welle ausmachten; sie war noch nicht einmal

durch eine Bodenstelle getrübt. Und gerade wollte ich zu rufen beginnen, als ich ein zartes Zirpen empfing.
Im Nu hatte ich es laut und scharf im Ohr und schrak zusammen. Was waren das für Zeichen? – Es war der schrecklichste Ruf, den ein Funker vernehmen kann.
Mein Bleistift flog übers Papier, denn die Meldung jagte in einem ungewöhnlichen Tempo dahin.
»Harry?«
»Halts Maul!«
Sie wurde wiederholt, und ich verglich:
»SOS von PH-PH, Trennung, Vereisung, Leitwerk blokkiert, Flughöhe 2500, Standort unbekannt. SOS von PH-PH ...« Darauf erfolgte das langgezogene »a«, das bekannte Peilzeichen, aber nur wenige Male, dann herrschte Ruhe.
Sofort gab ich Antwort, er solle auf die Welle der Hauptstelle Prag schalten. Hier würde ihn niemand hören, und ich konnte ihn nicht peilen, da mein Peilgerät auf Langwelle empfing. – Doch wartete ich vergebens auf Antwort.
Kurz entschlossen stellte ich Prag ein, um die Hauptstelle zu benachrichtigen und atmete erleichtert auf, als ich hier das langgezogene »a« und dazwischen eingestreut das Rufzeichen der Maschine PH-PH vernahm.
Mich würgte es in der Kehle. Ich brachte kein Wort heraus und stellte nur den Schalter herum, damit es die andern hören sollten.
»Phips!« schrie Hein, und Hans echote heiser: »Pitt!«
Wie lange mochte es anhalten, dieses A? – Kein anderer Ton war zu vernehmen als dieser. Alle hörten ihn. Alle acht oder zehn, oder was weiß ich, wieviel Maschinen es gerade gewesen waren, die an der Bodenstelle hingen. Und es hörten auch die drei oder vier Nebenstellen, welche mit der Haupt-

stelle gekoppelt waren und jetzt mit ihr zusammen die Standortbestimmung vornahmen. Alle nahmen es auf und wußten; dort sind Kameraden in höchster Lebensgefahr. Du erlebst vielleicht auf diese Weise ihre letzten Augenblicke mit, hörst ihre Hilferufe und kannst nichts für sie tun. Denn es geht zu schnell. Der Tod ist berechnend und hat alles genau einkalkuliert.

Gewiß, die Bodenstellen waren in der Lage, den Standort zu ermitteln. Aber das hatte nur noch den Sinn, die Sanitätswagen in den umliegenden Ortschaften zu alarmieren. Der Absturz war nicht mehr zu verhindern. Abstürzen würde die PH-PH – es sei denn, daß noch ein Wunder geschähe, daß die Vereisung bereits aufgehört hätte und in einer wärmeren Luftzone ein sofortiges Sprengen der Eisschichten an den Rudern einträte. Die Maschine war manövrierunfähig. Es konnte sich nur noch um Sekunden handeln, bis die Luftströmung an Flächen und Leitwerk abriß und die PH-PH senkrecht in die Tiefe schoß. –

Unverhofft trat eine Funkstille ein. Wir horchten auf. Ich weiß nicht, wievielen es ebenso ergangen sein mag. Ihnen allen wird das Herz höher geschlagen haben mit einer schwachen Hoffnung. Sie kannten weder Phips noch Pitt und auch nicht Werner, den Mixer der PH-PH, und dennoch ging's ihnen durch die Seele, als wäre es der Kamerad, dem sie täglich am Mittagstisch gegenüber saßen.

In diese Stille hinein quittierte die Hauptstelle die Meldung und begann schon den Standort im Klartext durchzutasten, so schnell und zuverlässig hatte sie mit ihren Nebenstellen gearbeitet.

Ich schrieb mit: »Standort 20 km östlich Marienbad . . .«, und noch einmal: »Standort 20 km . . .« da platzte ein Dauerton hinein und erstickte den Funkspruch.

Ich hörte Hein stöhnen und schaute zur Uhr.
Es war also kein Wunder geschehen. Pitt hatte die Standortmeldung nicht mehr vernommen. Das überraschte mich nicht. Bei solcher Vereisung, wie er sie erlebte, war ein Empfang ausgeschlossen. Nun hatte er seine Morsetaste auf Dauerton festgestellt. Das bedeutete: Absprung!
Dieser schrille Pfiff erschien uns allen wie ein entsetzlich langgezogener Todesschrei. Plötzlich brach er ab.
»Aufschlag!« ächzte Hans.
Hein schwieg.
Im Empfänger herrschte gähnende Stille. Es war ein unvereinbartes, stummes Verneigen. Selbst die Störungen kreischten gedämpft, als seien die Elemente ob ihres schnellen Sieges für einen kurzen Augenblick befriedigt.
Dann aber brandete die Wirklichkeit hart und schonungslos zurück. Der Tod hatte den Bannkreis der Stimme gesprengt, und ein jeder fühlte seinen berechnenden Blick auf sich gerichtet. Irgendwo hinter dem dichten, weißen Himmelsdampf hielt er das große Stundenglas. Gleich mußte es auftauchen, dort aus dem Nebel bei jener Tragfläche vielleicht oder hinten an der starken, senkrechten Flosse des Leitwerks.
In der gleichen Frequenz, wo eben noch der Todesschrei des Kameraden alles erstarren ließ, brach ein panischer Sturm los. Sechs, acht, zehn Sender fielen über die Hauptstelle her. Aber dazwischen meinte ich das leise Rieseln der Sanduhr zu vernehmen. Es wurde lauter, überschattete gar die Morsezeichen, verschluckte alle anderen Laute und war bald der souveräne Herrscher in den Muscheln meiner Kopfhaube.
»Eis! Hein! Eis!« schrie Hans und schreckte mich auf.
Ich mußte mein Betriebsbuch festhalten, sonst wäre es mir wohl gegen die Stirn geschlagen. Die Sitzgurte spannten sich.

»Nicht tiefer gehen, Hein!« rief der Mixer. »Die Geschwindigkeit wird zu groß! Wir vereisen schneller!«
Das Variometer zeigte fünf Meter Fallen in der Sekunde. Soweit ich Rumpf und Flächen überblicken konnte, blitzte mir die weiße Kruste entgegen. An Querruder, Vorderholm der Flächen, MG-Läufen und Antennenmast wuchs sie zusehends. Das Krachen im Empfänger wurde unerträglich, so daß ich die Lautstärke zurückstellen mußte.
Als ich wieder aufblickte, war das Plexiglas unserer Kabine, aus der wir sonst nach allen Seiten hinausschauen konnten, vom Eis überzogen. Der weiße Tod hatte mit rasender Hast seine Hände um uns geschlossen.
»Reiß die Maschine hoch!« brüllte Hans. »Du fängst sie sonst nicht mehr auf! ... Zieh das Steuer an, sag ich dir ...!«
»Halt die Schnauze!«
Unter meinem Sitz wurde es warm. Die Heizung war also in Ordnung. Dann schwankte die Maschine wie ein Schiff in hohem Seegang von den Steuerausschlägen, die ein Blockieren der Ruder durch die einwachsenden Eisschichten verhindern sollten. Krampfhaft umschlang ich Betriebsbuch und Karte. Schließlich wurde ich in den Sitz gepreßt, als legte mir jemand einige Zentnersäcke in den Schoß. – Hein hatte die Maschine abgefangen.
»Junge, Junge!« seufzte Hans.
»Wir sind raus!« versicherte Hein gelassen. »Wenn wir gestiegen wären, nie wären wir rausgekommen. Bis wir da oben sind, haben wir so viel Zucker auf den Flächen, daß die Kiste abschmiert.«
»Hein, Hein! Guck doch, der Höhenmesser ...! Neunhundert Meter, Junge, Junge! Jeden Augenblick müssen wir den Böhmerwald erreicht haben!«

»Meinst du, ich habe Glasaugen! Bei achthundert fing ich die Kiste ab. Wir sind schon wieder hundert Meter geklettert. Wenn wir nur nicht nochmal in den Dreck reinkommen. Vielleicht macht der Böhmerwald mit uns mal 'ne kleine Ausnahme und duckt sich ein bißchen, wenn wir ran sind, bevor wir die Sicherheitshöhe erreicht haben.«
Hans schwieg. Dieser Ruhe und Nervenstärke war er nicht gewachsen.
Das Eis am Kanzelglas begann von unten herauf zu schmelzen. Der Empfang wurde wieder deutlicher, und ich schaltete auf den Peiler unseres Heimathafens.
Plötzlich warf es mich mit ungeheurer Wucht fast aus dem Sitz. Ein schwerer Stoß erschütterte die Maschine. Die Motoren heulten auf, als hätte sich Zerberus den Luftschrauben am Eingang der Unterwelt entgegengeworfen. Unter den Flächen flitzten Tannenspitzen vorbei. Einen Augenblick spürte ich, daß wir schief in der Luft hingen. Dann ging es mit äußerster Motorenkraft aufwärts.
Vorne sagte niemand ein Wort. Kein Ruf der Überraschung, kein Aufatmen, nichts habe ich vernommen. Nur nach einigen Minuten, als wir bereits unseren ungefähren Standort wußten und tiefer gingen, weil wir ein zweites Mal in eine Vereisungszone zu geraten drohten, sagte Hein leise: »Bald hätten wir noch ein Fliegerdenkmal gebaut!«
Das waren seine letzten Worte während dieses Fluges. Dann schwirrten nur noch Zahlen durch die Kabine, und dreißig Minuten später schwebten wir zur Landung an.

Aber wir brachten keine Neuigkeit mehr mit.
Stunde um Stunde belagerten wir die Fernsprecher der Flugleitung. »Wir«, das waren nicht drei, nicht sechs, – das war die ganze Gruppe, vom Ausbildungsleiter bis zum letzten Wart.

Man rauchte, trommelte nervös auf Tischplatten und Fensterbänken, stierte minutenlang schweigend auf Karten oder trat vor die Tür, lauschte hinaus in die Dunkelheit, als könne man es noch nicht fassen, als müßte sich noch irgendwo vom Osten her ein Motorengeräusch nähern, – denn es war die vierte Maschine in dieser Woche, die ausblieb.

Wenn ein Telephon rasselte, hoben alle den Blick und erstarrten in ihren ziel- und ruhelosen Tätigkeiten. Die draußen vor der Tür gestanden und sich gedämpft unterhalten hatten, kamen auf Zehenspitzen hereingehuscht und schauten voller Bangen auf die Hand, die den Hörer hielt. Aber es war nur eine Wettermeldung oder eine Nachfrage des Offiziers vom Wochendienst.

Die Gedanken waren in den Wolken, im Vereisungsgürtel. Man sah die weiße Wand, hörte das pfeifende SOS! Und die, welche es nicht miterlebt hatten, wanderten in die dunkle Ferne, sahen die Trümmer mit dem zerbrochenen PH-PH oder hörten die letzten Worte wieder, die sie mit den Kameraden gewechselt, sprachen sie langsam in Gedanken noch einmal. Und jedes Wort hatte ein sonderbares Gewicht.

Hin und wieder schreckte die Wartenden eine Frage auf. Man nickte sich bedeutsam zu, löste mit einem kurzen, gequälten Ausruf wieder die Blicke voneinander und ließ sie ins Leere zurückfallen.

Gegen 23.30 Uhr kam ein Fernschreiben aus Marienbad und besagte, daß man den Funker einer abgestürzten Ju 88 mit den Kennbuchstaben PH-PH in den Bergen, mehrere Kilometer südlich von Eger, schwerverletzt geborgen habe. Er sei offenbar im dichten Nebel mit dem Fallschirm gegen einen Felsen geschlagen. Von der übrigen Besatzung und der Maschine fehlte jede Spur.

Später erzählte Pitt, daß Werner, der Bordmechaniker, über ihn hinweg hinausgeklettert sei, sogleich in panischem Schrecken den Fallschirm gezogen habe und infolgedessen am Leitwerk hängen blieb. Phips habe noch am Steuer gesessen und die stark im Gleitflug befindliche Maschine zu halten versucht, damit sie nicht steil in die Tiefe schösse und den Kameraden das Aussteigen erschwere oder gar unmöglich mache.

Pitt konnte jenen Tag nicht vergessen, und das mochten wir gut verstehen. Er hatte seine Eltern nie gekannt. Er war in einem Waisenhaus erzogen worden. Für ihn begann das Leben eigentlich erst, als er zur Fliegerei kam.

Hier entstand seine Welt. Das Einswerden mit Mensch und Maschine, es war die Welt der Kameradschaft, des großen Erlebnisses. Das Flugzeug war kein totes, lebloses Wesen, es war wie ein eigenwilliges, jedoch gezähmtes Tier, etwa wie ein Wal, mit dem man sich verbunden fühlen könnte, um auf seinem Rücken über die Weltmeere zu reiten. Das Flugzeug war eben die »Kiste« oder »der alte, gute Schinken«. Und diese Gemeinschaft war für Pitt der Inbegriff von Vater, Mutter und Geschwister geworden, dafür lebte er.

Immer, wenn wir ihn trafen – und wir hatten seitdem schon zweimal seinen Weg gekreuzt, in Heiligenbeil und in Lyon, – lag der düstere Schatten jenes Tages über unserm Wiedersehen und würgte an der Freude. Es war, als träte mit uns das Ereignis mit seinen fürchterlichen Szenen leibhaftig in seinen Gesichtskreis. Sobald das Gespräch auf Phips oder Werner kam, hatte die Beschwörung ihren Höhepunkt erreicht, und Pitt schwieg schwermütig vor sich hin. Für die Zeit unseres Zusammenseins fand er dann das Lachen nicht wieder.

Beim letzten Mal hatte ich sogar das Empfinden, als würde

er die Minuten herbeigesehnt haben, wo wir am Horizont verschwanden und ihn allein ließen mit seinen Gedanken. Und dabei hingen wir alle an ihm, als müßten wir ihm unsere Treue und Liebe doppelt erweisen, da ja Phips und Werner nicht mehr wiederkamen. –

Nun waren wir unterwegs zu ihm, unterwegs nach Lyon. Es kamen Minuten, wo jeder still vor sich hinsann. Dann und wann fiel auf, daß die Motoren brummten, wenn eine Kursverbesserung etwas zu steil vorgenommen wurde, man etwas stieg, um wenige Minuten wieder fallen zu können, oder fiel, um steigen zu können. Sie meldeten sich wie Pferde, deren eintönig trottigen Gang man durch einen Zügelruck störte. Man meinte, die hellen Töne plötzlich stärker, pfeifender zu hören und die dumpfen, unheimlicher, gleich einem zornig unterdrückten Murren.
Hein spielte dieses Spiel und sah zuweilen zu Fred hinüber, der erregt nach einer Sicherheit rechnete, als fürchtete er, es könnte zuviel bei diesem Spiel geweckt werden. Der Kompaß stand jetzt wie angeleimt auf 42 Grad. Über dem schäumenden Wolkenmeer tauchte die Sonne glühend in einer höhere Wolkenbank zwischen zwei erstarrte riesige Wolkenwogen aus Orangeviolett. Im Norden stand bläulichrosa ein Wolkenreiher mit langem, gierigem Hals; einer seiner Fittiche, blaugrau, wie in Kälte getaucht, dehnte sich weit.
Wir sahen ihn, und ein jeder deutete ihn auf seine Art. Der Schein eines hellglühenden Sonnen- und Wolkengoldes lag auf uns vieren, einem seltsamen arteriellen Blute gleich, auf Gesicht, Händen, Kopfhaube und Kombination. Die Karte im Schoß des Beobachters war ein goldenes Vlies geworden und Kursdreieck, Winkel, Lineal, Block und Stift schimmer-

ten wie Zauberwerkzeug aus einem Märchenschrein. Die Lämpchen mit ihrem Bunt flimmerten nur blaß, und wohin der Flugzeugführer griff, traf er auf vergoldete Knöpfe und Hebel. Nur meine Tasche deckte der Schatten des Mechanikers.

Ich horchte auf Peilergebnisse. Die Zahlen nahmen die Pracht um uns nicht an. Sie ließen sich nicht fassen und nicht verfärben von dem Zauberlicht. Sie waren da wie die Zeit, wie das Motorengeräusch, wie der Krieg. Sie forderten nüchtern und magisch ihre Beachtung und Bewertung.

Gegen 16 Uhr erhielt ich eine MYO-Meldung. Das bedeutete: Warnung! Feindeinflug! – Vom Süden, wahrscheinlich aus Italien kommend, waren Jagd- und Zerstörerverbände eingeflogen.

Wir blieben auf 2100 Meter Höhe und huschten dicht über den schimmernden Ätherfluten dahin. Den Peilergebnissen der Funknavigation zufolge befanden wir uns etwa in der Gegend von Le Puy. Mit Aufmerksamkeit verfolgte ich die weiteren MYO-Meldungen, die den Kurs der Feindmaschinen zeichneten, und mußte mit wachsender Besorgnis feststellen, daß sich ihr Gros bedenklich unserer Fluglinie näherte.

Hans machte die MGs klar, und Hein rief: »Harry! Wettermeldung! Ich muß die Wolkenuntergrenze wissen, im Fall –– du weißt ...«

Ich verstand ihn. Es galt zu erfahren, wie tief die Wolkenschicht war, in welcher wir in äußerster Bedrängnis Dekkung finden konnten. Darum begann ich sofort, der Bodenstelle meinen Wunsch zu äußern, mußte einen Augenblick warten und wollte gerade die Meldung in Empfang nehmen, als mich Hans jäh am Arm riß und »Lightning! Thunderbolt!« rief. Er deutete links hinüber, wo aus einem üppi-

gen Kumulusgarten sechs, acht spitze Leiber herausflitzten und sich mit blinkenden Flächen auf uns stürzten.
Schon war der erste heran und ein zweiter dicht dahinter. Die andern lagen noch in der Verfolgungskurve wie der Längsachse nach auf eine Schnur gezogene Fische.
Fast gleichzeitig eröffneten Hans und ich aus unseren Zwillings-MGs das Feuer. Da setzten Heins Abwehrbewegungen ein. Mir war, als zischten links an meinem Kopf grüne, rote und gelbe Striche vorbei. Ich hielt das Visier genau dem ersten auf die Propellernabe und schoß, sein Näherkommen begleitend, was die Läufe hergaben. Ich sah nur ein buntleuchtendes, zitterndes Band von glühenden Drähten, als säße ich auf einem grellübersonnten Telegraphenmast und schaute dicht über die Köpfe der Porzellanglocken hinweg, sah noch, wie die farbigen Schnüre vom Rumpf der zweiten Maschine abgeschnitten wurden, der wie ein großer, dunkler Schatten nach mir schlug.
Dann war alles fort, als habe sich ein aufregender Traum verwischt. Um uns braute weiße Einsamkeit.
Wir stürzten in eine ungewisse Tiefe. Die Maschine begann sich zu drehen, zog plötzlich wieder an, schien einen Augenblick still in der Luft zu stehen.
»Siebzehnhundert!« rief Fred.
Dann kippten wir über die linke Fläche ab. Es war, als fielen wir erneut, und ich spürte das ziehende Kribbeln in den Gliedern, ein schleichendes, berauschendes Schwindelgefühl.
Sekunden später lagen wir wieder im leichten Steigflug auf Kurs. Nur, daß wir die strahlende Sonne eingebüßt und es vorgezogen hatten, im Schutze des Wolkendickichts zu bleiben.
»Wieviel waren's denn?« fragte Hein seelenruhig.

»Bloß acht!« lachte Fred heiser.
»Mehr nicht?«
»Ich glaubte schon, wir würden uns in dem Dreck gegenseitig die Flächen absägen!«
»Nur Mut, die Sache wird schon schief gehen« brummte Hein. »Mir scheint, wir haben ein paar Treffer in der rechten Fläche. – Lebt ihr da hinten noch?«
»Hein!« rief Hans, »ich glaube, der zweiten haben wir einige Sachen verplättet! Wo hast du hingehalten, Harry?«
»Der ersten anfangs auf die Schnauze und nachher auf den Schwanz!«
»Genau wie ich, genau wie ich!« rief er begeistert. »Kinder, die zweite hat bestimmt den Laden voll!« Seine Augen glühten.
»Wollen wir hoffen«, meinte Hein. »Aber trotzdem, laßt uns lieber unsichtbar bleiben. Das Verhältnis ist mir doch ein bißchen zu ungleich.«
»Wie hoch sind wir?« erkundigte ich mich.
»Achtzehnhundert!«
»Harry, du wolltest mir doch eine Wettermeldung geben und dann laufend Peilungen von Lyon ...«
Bald darauf gab ich ihm die erwartete Meldung und teilte ihm anschließend mit: »Peiler fragt an, ob wir landen wollen.«
»Na klar, Mensch! Sage ihm, nach Durchstoßverfahren, denn die Wolkenuntergrenze beträgt 300 Meter über Grund.«
Aber die Bodenstelle war davon wenig erbaut.
»Hein, Landung nicht möglich! Hindernisse auf der Startbahn!«
»Die sind verrückt! Sollen sie die wegräumen. So viel Platz wird wohl noch sein, daß wir unseren Schlitten hinsetzen können.«
»Aber Hein«, schaltete sich Fred dazwischen, »vielleicht ist

die Startbahn von Jabos mit Bomben belegt worden. Du kannst doch nicht einfach landen, wenn sie nicht klar ist.«

»Na, wir werden ja sehen. – Jedenfalls müssen wir runter!«

»Nehmen wir doch einen Ausweichplatz! Es muß doch nicht ausgerechnet Lyon sein. Und nur Pitt zuliebe. Nachher hängen sie dir noch ein Disziplinarverfahren an den Hals. Das ist die Sache nicht wert!«

»Fred, das verstehst du nicht. Blödsinn, was du da sagst. Wir müssen runter... wie soll ich euch das erklären. Wir müssen hier unbedingt runter!«

Fred schwieg.

Ich sah zu Hans hinüber. Unsere Blicke trafen sich. Hans war merkwürdig ernst, hielt den Mund halb geöffnet, als wollte er mir etwas sagen, schien dann aber zu bedenken, daß es auch die andern hören würden und schwieg. Aber sein Gesichtsausdruck war so unmißverständlich, daß ich ihm langsam zunickte.

»Harry, gib ihnen da unten durch...« Er machte eine Pause.

Ich sah zur rechten Fläche hinüber, welche die angeblichen Treffer haben sollte. Doch der weiße Wolkengischt entzog sie unseren Augen. – Hein spielte offenbar mit dem gleichen Gedanken.

»Sage ihnen einfach... Feindberührung – Spritmangel, verstehst du?«

»Jawohl, Feindberührung und Spritmangel!«

Unten schien man für diese Lage Verständnis aufzubringen.

»Landeerlaubnis!« gab ich dem Flugzeugführer durch.

»Na siehst du, Fred!« rief er erleichtert. »Das mit den Platzhindernissen kann nicht so schlimm sein. Die waren wahrscheinlich zu faul, ein Blindlandeverfahren mit uns durchzuführen, diese Brüder.«

»Wenn's bloß gut geht!«
»Ruhe bewahren und tief Luft holen!«
»Platz überflogen!« meldete ich.
Das Landeverfahren begann: Abflug vom Platz, erste Kurve, Parallelflug, zweite Kurve und Anflug.
Schon die zweite Meldung nach der letzten Kurve zeigte, daß die Peilungen standen. »Standen«, das heißt so viel wie: die Gradzahlen verändern sich nicht mehr; das Flugzeug befindet sich auf der richtigen Anfluggrundlinie zur Landebahn.
»Fahrwerk ist raus!« meldete der Mixer.
»Haut ja alles tadellos hin!« rief Fred.
Ich drehte mich um und sah in Flugrichtung. Wir durchstießen die Wolkendecke. Vor uns tauchte der Platz auf, die breiten, wuchtigen Hallen, die grauen Gebäude und Baracken. Immer noch stand die Peilung. Unsere Flughöhe betrug noch 80 Meter, dann 50, dann 30. Der Motorenlärm war wie verschluckt. Hein hatte das Gas zurückgenommen. Wir huschten über das Peilerhäuschen hinweg. Ich sah, wie jemand aus der Tür sprang. Doch was war das da vorn? – Wir schwebten genau darauf zu: ... das Wrack eines zerstörten Flugzeugs. Rauchende Trümmer!
Da gellte es mir schon in den Ohren: »Ditdadada, ditdadada, ditdadada.«
»Durchstarten!« schrie ich. »Durchstarten!«
Wie ein glühender Komet stieg seitlich von uns eine rote Leuchtkugel in die Höhe. Die Motoren heulten auf, und wir schossen mit Vollgas durch die Rauchfahne der zertrümmerten Maschine. Unsere Luftschrauben zerrissen sie. Hinter uns wirbelten Metallteile über den Platz.
»So etwas Dummes!« räsonierte Hein. »Was war das für eine Kiste?«

»Anscheinend eine Ju 86«, meldete sich Hans. »Jetzt fährt die Feuerwehr wieder ran. Habt ihr gesehen?« Sie stand links bei der Halle. Sie sind noch nicht fertig mit dem Löschen!«
»Soll sich beeilen, damit sie uns nicht auch noch ins Visier kommt!«
»Was ist da bloß losgewesen? Ob sie bei der Landung abgeschossen wurde?«
»Hundertprozentiger Bruch!« gab Fred dumpf zur Antwort. »Wieder ein paar weniger.«
Wir schwiegen. Das Landeverfahren begann von neuem und diesmal mit Erfolg. Wenige Meter neben der ausgebrannten Ju 86 setzten wir auf.
Als in der Splitterboxe unsere Motoren verstummten, ertönte von der Flugleitung das Entwarnungssignal herüber.
»Habt ihr schon gesehen?« rief Hans, »nicht eine Schramme in der Fläche!«
Wir mochten es noch nicht glauben und musterten jeden Quadratmeter. Doch Hans behielt recht.
»Man weiß nicht, wofür das gut gewesen wäre!« seufzte Fred wie in dunkler Ahnung.
»Na, denn man hin!« nickte ich. Und Hein machte nur »hm!« und kratzte sich hinterm Ohr.

II.

»In der Kantine warten wir auf euch!« hatte uns Hans nachgerufen, während Hein und ich in die Flugleitung gegangen waren.
Vor einem offenen Fenster blieben wir stehen und schauten zur Startbahn hinaus, wo sich ein größerer Bergungstrupp

bei der abgestürzten Maschine zu schaffen machte. Unter dem Fenster huschte eine Gruppe Männer vorbei. Offenbar kamen sie aus den rund um den Platz angelegten MG- und Flakständen zurück, die für die Zeit des Alarms gegen Tieffliegerangriffe besetzt gehalten wurden, und suchten nun ihre Quartiere wieder auf. Das uns verhaßte Geklapper von Stahlhelmen und Gasmaskenbüchsen drang herein. Zuletzt kam ein Unteroffizier, den wir fragten, wie es zur Zerstörung der Ju 86 gekommen sei.

»Zweimal durchgestartet!« erklärte er. »Kriegte das Fahrgestell nicht raus. Als sie beim dritten Male zur Landung ansetzte, wahrscheinlich um eine Bauchlandung zu machen, da fiel so ein Schwarm Lightnings aus den Wolken und setzte ihr genau einige Splitterbomben aufs Kreuz. Und dabei kam die Kiste vom Schulflug zurück ...«

»Meine Herren!« stöhnte Hein. »Konnte sie sich denn nicht so lange in den Wolken verkriechen, bis die Luftgefahr in diesem Raum vorbei war? So eine 86 hat doch mindestens für vier Stunden Sprit?«

»War ja auch bereits so lange unterwegs. Es wurde höchste Zeit! Außerdem sind sie schon in der Luft angegriffen worden. Dabei soll's den Kutscher erwischt haben und der Mixer soll schwer verwundet worden sein. Der Bordfunker hat sie gelandet. – Na, und dann kam dieser Zirkus hier!«

»Alle tot?«

»Kutscher und Mixer sind verbrannt. Der Funker ist schwerverletzt ins Lazarett gekommen. Aber das Tollste, in der Kiste waren noch drei Bordfunkerschüler. Und keiner weiß, wo die geblieben sind.«

»Nanu! Vielleicht abgesprungen?«

Der Unteroffizier zuckte die Achseln. »Oder ...? Sie saßen direkt neben den Benzintanks, und da sind ja die Bomben

reingerauscht.« Er deutete mit dem Kopf hinüber dem Platz. »Man durchstöbert augenblicklich die Trümmer!« Dann nickte er uns mit traurigem Lächeln zu, grüßte und ging.
Hein schüttelte den Kopf. Nach einer Weile wendete er sich um und sah mich an.
»Wenn wir hier unsere Sache erledigt haben, wollen wir Pitt anrufen. Weißt du seine Adresse noch?«
»Ja!«
Neben uns wurden Schritte laut. Ein Feldwebel kam auf uns zu. »Gehört ihr zur Besatzung der gelandeten Ju 88?«
Wir bejahten.
»Sagt mal eurem Kutscher, er möchte zum Flugleiter kommen!«
Hein holte tief Luft und blies die Backen auf.
»Ihr wartet wie verabredet in der Kantine«, sagte er, und ich ging.
Als ich die Kantine betrat, rief Fred: »Harry! Hier sind wir!« und winkte mir zu. Sie standen am Schanktisch und hatten eine Schar Bordfunkerschüler um sich versammelt. Anscheinend war Fred mal wieder dabei, einen seiner Fliegerschwänke zum besten zu geben. Das war so eine Marotte von ihm. Mit wahrer Wonne band er den Allzuneugierigen seine Bären auf. Von unseren wirklichen Erlebnissen hingegen habe ich ihn fast nie sprechen hören.
Doch als ich mich jetzt näherte, hielt er inne. Sicher hatte er heute nicht die rechte Muße dazu, denn in uns allen lag eine eigentümliche Spannung. Die Kameraden sahen mich erwartungsvoll an, als meinten sie, daß ich eine Neuigkeit mitbrächte. Der Kantinenwirt, ein etwa vierzigjähriger Stabsgefreiter, kratzte sich grinsend in der Achselhöhle, zündete sich eine Zigarette an und rückte interessiert mit

seinem Schemel näher, wie in Erwartung eines behaglichen Plauderstündchens.
»Wo ist Hein?« fragte Hans.
»Zum Flugleiter befohlen!«
Die beiden sahen sich betroffen an. Fred pfiff gedehnt durch die Zähne.
»Ach laß nur«, versuchte ihn Hans zu beruhigen. »Der Hein wird den Laden schon schmeißen. Der ist nicht von gestern. Schließlich muß der Flugzeugführer wissen, wann er zu landen hat. Außerdem hatten wir Feindberührung, und da ist es doch ganz klar, daß man sich die Kiste erst mal auf dem Boden genau ansieht. Da oben im Dreck konnten wir schließlich nicht feststellen, ob wir Treffer hatten. Immer sachte kommen lassen!«
Wir gaben keine Antwort, sondern brüteten stumm vor uns hin. Aller Augen waren auf uns gerichtet. Das wurde uns mit einem Male lästig. Wir wollten allein sein, unter uns. Der Stabsgefreite sah immer noch mit seinem gefrorenen Grinsen von einem zum andern wie ein neugieriges Huhn und sann vielleicht auf einen Witz, um uns zu imponieren; und die Schüler belauerten jedes unserer Worte. Das alles war so unerträglich, daß ich nach einem abseits stehenden Tische Umschau zu halten begann.
»Komm, Harry!« sagte Fred. »Laß dir ein Glas von dieser Plurre geben, nennt sich Fliegerbier, und dann wollen wir uns dahinten hinsetzen, damit die jungen Schlipse hier besser ran können. Wir sind denen bloß im Wege.«
»Nein, durchaus nicht!« Der Kantinenwirt erwachte aus seiner Erstarrung. »Bleibt man, bleibt man! Du wolltest mir doch was von deinen Einsatzflügen erzählen.« Er sprang auf und machte eine eifrige Handbewegung, als gälte es, einen Schwarm Mücken zu verscheuchen. »Los, Ihr jungen

Schlipse, haut mal ab hier! Laßt die Herren Unteroffiziere mal alleine. Die haben einen anstrengenden Flug hinter sich!«

»Ach, Scheibenhonig! Unsere Ruhe woll'n wir haben. – Gib so'n Glas her, und dann bis später.«

Hans und Fred erhoben sich. Ich nahm mein Glas, und wir verzogen uns in die hintere Ecke. Der Biermarschall sah uns enttäuscht nach. Nun mußte er sich mit seinen »jungen Schlipsen« die Zeit vertreiben, die uns immer noch nicht aus den Augen ließen.

Aber wer waren diese »jungen Schlipse« eigentlich? – Nun, niemand anders als die Anfänger, die sich noch in der sogenannten Vorstufe der Ausbildung befanden. Sie waren zumeist gerade erst aus den Fliegerersatzbataillonen oder Rekrutenkompanien gekommen, um Bordfunker zu werden, hatten noch nie in einer Kiste gesessen und erhielten hier auf der Luftnachrichtenschule den ersten Unterricht. Noch wußten sie nichts von Navigation, von Blindflug, Vereisung, von Höhentod, von taktischem Verhalten in der Luft. Man konnte ihnen die phantastischen Abenteuer erzählen, denn sie wußten kam das Mögliche vom Unmöglichen solchen fliegerischen Geschehens zu unterscheiden.

Noch sahen sie zu den Männern mit den sandbraunen Fliegerkombinationen achtungsvoll, fast ein wenig ehrfürchtig auf, als kämen diese aus einem heiligen Lande, das man nur unter unendlicher Mühe nach gewaltigen Stürmen und tödlichen Blitzen, nach langer Dunkelheit erreicht, als säße in ihren wirren Haaren, wenn sie die Kopfhaube abstrichen, der Silberstaub ferner Gestirne. Ihre Pelzstiefel, ihre Handschuhe betrachtete und bestaunte man scheu wie die Zauberringe aus einem Märchen, als könnte man ungeahnte

Geheimnisse daran entdecken. Denn das alles gehörte zu den »alten Hasen«. So nannte man sie, die »im Propellerwind Ergrauten«. Sie hatten einen Nimbus unverletzlicher Würde um sich, so etwa wie der an ihnen haftende Benzingeruch, der anders war als bei Kraftfahrern oder Monteuren.
Und wenn man gar den Mut irgendwo hernahm, sie zu fragen, nach dem Wetter dort oben oder nach dem Lärm im Empfänger zum Beispiel, und man angeschaut wurde und eine fachgemäße Antwort bekam, so war das mehr als eine Belobigung beim Spindappell durch den Kompaniechef oder ein plötzlich erhaltener Stadturlaub, auch wenn man die Antwort nur teilweise verstand, ja, man war von einem alten Hasen für voll genommen worden, und das galt mehr, viel mehr! Da brannten die Augen vor Begeisterung, und man hatte nur den Wunsch, möglichst bald einer von jenen sein zu dürfen. – Das waren: die »jungen Schlipse«! Und das waren wir alle einmal.

Nun saßen wir allein in unserer Ecke und kümmerten uns nicht mehr darum, was drüben an der Theke vorging. Ein jeder von uns war mit seinen Gedanken woanders. Im Grunde genommen entstammten sie alle der gleichen Besorgnis. Es war, als hätte sich Heins dunkles Wittern mit einem Male auch auf uns übertragen, als seien wir gleichsam von dieser bangen Ahnung erfüllt. Doch worin lag sie, was war ihr Anlaß! Hatte sich bereits etwas ereignet, das fordernd nach uns rief, so etwa wie nachts die Mütter von den Stimmen der Söhne aus dem Schlaf geschreckt werden, wenn sie auf den Schlachtfeldern sinnlos sterben? Oder war es unseres eigenen Verhängnisses Vorgefühl? –
»Fred, das verstehst du nicht ...« hatte Hein gesagt; »wie soll ich euch das erklären. Wir müssen hier unbedingt run-

ter!« – Jetzt würde es Fred verstehen, jetzt begriffen wir es alle mit einem Male. Aber hätte uns jemand gefragt: weshalb? – Unsere Antwort würde gelautet haben: Ja, wie soll ich dir das erklären? – Weiter hätten wir es nicht zu deuten gewußt.

Immer, wenn die Tür aufging, schnellten unsere Köpfe hoch. »Hein hätte schon wieder zurück sein können«, meinte Fred nach einer Weile.
»Habt ihr schon gehört, von der 86?« fragte ich.
»Hm! Der Alte da drüben hat's uns erzählt. Der Bordfunker soll sie gelandet haben!«
»Armer Kumpel!« seufzte Hans düster, starrte vor sich hin und spielte mit seinem Bieruntersatz.
Wieder ging die Tür auf. Wieder zuckten wir leise zusammen. – Fred zündete sich an seiner Kippe eine neue Zigarette an.
»Warum ruft ihr eigentlich Pitt nicht an?« fragte er. »Wer weiß, was los ist, wenn Hein zurückkommt. Vielleicht verscheuchen die uns gleich wieder von ihrem Platz. Dann war alles umsonst. – Der könnte jetzt schon hier sein!«
»Hast recht!« sagte ich. Warum sitzen wir eigentlich hier und dösen vor uns hin?«
Auch Hans schaute auf. »Ja eben, warum eigentlich?«
Wir sahen uns aufgemuntert an. Doch es war ein eigenartiges Ansehen. Hansens ernstes, sorgenvolles Gesicht erinnerte mich an seine Gebärde vorhin in der Maschine, als wir landen wollten.
»Warum tun wir's nicht?« wiederholte Fred. »Wir sind vielleicht Pfeifen ...« Er versuchte mit einem Auflachen aus unserer dumpfen Brüterei einen Witz zu machen. Das mißlang ihm. Es wurde ein erzwungenes Grinsen.

»Zum Teufel nochmal, was ist denn bloß los!« Hans sprang auf, warf noch einen kurzen, gedankenfernen Blick auf sein halbleeres Bierglas, als müßte er sich unbedingt darüber klar werden, ob er es austrinken solle oder nicht. Dann blickte er uns ebenso plötzlich an, schüttelte den Kopf und wendete sich an den Stabsgefreiten: »He, Kumpel! Hast du ein Telephon in deinem Bau?«

»Aber gewiß, Kamerad! – Hier in meiner Bude. Willst du sprechen? – Kommt hier herum!« rief er, als er sah, daß wir alle näher traten.

Dienstbeflissen klappte er das Durchgangsbrett neben seinem Schanktisch auf und winkte uns mit einladender Geste. Im selben Augenblick ging die Tür auf.

»Ist die Besatzung der Ju 88 ST-OD hier?« fragte jemand.

»Das sind wir!«

»Möchtet sofort zum Flugleiter kommen!«

»Verrückte Hunde ...!« schimpfte Fred vor sich hin, als der Bote wieder verschwunden war.

»Jetzt hau doch einer lang hin! ...« knurrte Hans.

»Danke, Kumpel. Vielleicht nachher!«

Der Wirt starrte uns nicht gerade geistreich an. Er begriff nicht. »Ja, aber ihr könnt doch schnell noch telephonieren ...«

»Später!« winkte Fred ab.

»Dann ist der Hein doch auf Sand gelaufen.«

»Das kann ja heiter werden. Paßt auf«, brummte Hans, »jetzt kommt's noch so, wie du gesagt hast, Fred!«

III.

Der Flugleiter ging nervös hinter seinem Schreibtisch auf und ab. Er, der Hauptmann, hatte eine kleine, untersetzte Figur, straffe, scharfgeschnittene Gesichtszüge, war eine durchaus schneidige Erscheinung und hätte manch einem Weibsbild Wohlgefallen abgewinnen können. Uns hingegen vermochte er trotz EK I und Kriegsverdienstkreuz nicht zu imponieren, auch nicht mit seiner bitterernsten, fast inquisitorischen Napoleon-Miene, denn wo wir herkamen, galt das Herz hinter den Rippen mehr als das Metall auf der Brust und alle anderweitig angelernte Gravität.

Wir standen ihm nebeneinander gegenüber, bislang noch in »Rührt euch!«, und uns war nicht gerade sehr wohl zumute, denn unsere trübsten Befürchtungen hatte dieser Herr mit seinen Beschuldigungen noch übertroffen.

»Sie wissen«, begann er von neuem, »was auf Feigheit vor dem Feinde steht! Ich brauche es Ihnen wohl nicht weiter auseinanderzusetzen. Ich muß schon sagen ...«

»Herr Hauptmann!« fiel ihm Hein ins Wort, der seine Empörung nicht mehr an sich halten konnte. »Ich bitte, daß Sie ...«

»Halten Sie gefälligst den Mund, wenn ich rede. Sie haben nur zu sprechen, wenn Sie gefragt werden!«

Ich stieß Hein an, daß er schweigen solle. In uns kochte es. Auch Fred ballte die Fäuste und biß sich auf die Lippe.

»Sie haben sich einen ausgezeichneten Plan zurechtgewurschtelt. Feindberührung vortäuschen, vielleicht auch noch ein bißchen in die Luft geballert während des Flugs, auf daß man sich hernach hinstellen und sagen kann: Fragen Sie nach, ob im Raume von Le Puy nicht ein Luftkampf gehört wurde. Durch die Wolken konnten ja die Leute nicht gucken und die Ju 88 sehen, deren Besatzung einen Luftkampf mit den Mücken veranstaltet, damit sie auf dem nächstgünstigen Platz runter kann und den Jabos aus dem Wege ist, weil sie sich noch ein paar schöne Tage in Frankreich machen möchte. Und damit die Sache noch besser hinhaut und man auch wirklich dort runter kommt, wo man hin will, gibt man per Funkspruch durch: Spritmangel und Feindberührung! Da müssen die da unten ja nur so spritzen, nicht wahr? Und wenn der Platz nicht klar ist, dann sollen sie sich gefälligst überschlagen, damit sie ihn klar kriegen ... Jawohl, so haben Sie sich das gedacht, meine Herren!

Meinten Sie vielleicht, mir weismachen zu können, daß eine Ju 88 nach siebzig Minuten Flugdauer bereits Spritmangel hat? In Toulouse haben Sie vollgetankt. Das habe ich schon gewußt, da stand Ihr Schinken noch nicht einmal in der Splitterboxe. Und sich dann noch hinstellen wollen und rauslügen, von wegen Kameraden besuchen und so ... – Sagen Sie, meine Herren, sind wir Soldaten oder gehören wir einem Sportklub an? Draußen verbluten Tausende an den Fronten, haben vielleicht schon jahrelang Frauen und Kinder nicht mehr gesehen, und unterdessen fliegen sich die Kameraden von der Luftwaffe gegenseitig besuchen. Ich an Ihrer Stelle würde mir die Augen aus dem Kopf schämen.

Außerdem scheint mir das mit dem Kameraden sowieso nur ein Vorwand zu sein. – Aber das werden wir ja gleich haben. Wie soll er denn heißen?«

Er stand still, hielt die Hände auf dem Rücken und sah uns herausfordernd an. Hein atmete schwer und gab keine Antwort. Fred und Hans blickten an ihm vorbei zum Fenster hinaus, als seien sie nicht gemeint.

»Unteroffizier Schwab, Hilfslehrer in der 2. Schülerkompanie«, antwortete ich endlich.

»So, so! – Ha, das hätte ich mir ja auch denken können! Der Name ist ja heute in aller Mund! – Man fragt natürlich nach der Landung: Wer ist der arme Kerl, der die Maschine da draußen hingeschmissen hat? – Man erhält zur Antwort: ein Bordfunkerhilfslehrer von der 2. Schüko. namens Unteroffizier Schwab! Und schon weiß man einen Namen. Nicht wahr, meine Herren? Jawohl, ein sauberes Argument! Ich bewundere Ihre Abgebrühtheit. Der arme Kerl liegt sowieso in den letzten Zügen, kommt vielleicht gar nicht mehr zu Bewußtsein, und niemand kann ihn fragen, keiner kann's nachprüfen! Ausgezeichnet kombiniert! Paßt genau zu dem Bild, das ich von Ihnen habe ...«
Das Telephon rasselte und unterbrach seinen Redestrom. Er griff zum Hörer und blickte zum Fenster hinaus.
»Pitt!« hauchte Hein. Das traf uns schwerer als alle Verleumdungen und Schmähungen.
»Mensch, Kinder!« knirschte Hans. »Ich glaube, ich vergeß mich und spring dem an die Gurgel!«
»Harry!« raunte Fred. »Wißt ihr nicht noch einen Kumpel, der euch kennt, vom letztenmal noch?«
»Nein! Wir müssen zu Pitt!«
Im selben Moment öffnete sich die Tür, und ein Hauptmann trat ein. Er sah, daß der Flugleiter telephonierte, musterte uns von oben bis unten einen nach dem anderen, kam langsam auf uns zu und blieb vor Hein stehen.
»Seid ihr die von der 88?«
»Jawohl, Herr Hauptmann!«
Der Offizier nickte nur, ging weiter, setzte sich halb auf die Schreibtischkante und lauschte auf das Ferngespräch. Der andere drehte sich um, erkannte ihn und nickte ihm zu. Jetzt horchten wir auf.
»... bei Besinnung?« fragte der Flugleiter erstaunt. Aus

dem Apparat krächzte eine schrille, aber für uns unverständliche Stimme.
»So, so ... ja, –– na, vielleicht kann man noch einiges aus ihm herausbekommen. Wir müssen unbedingt wissen, was mit den drei Schülern ist, ob sie bei der Landung noch in der Maschine waren, oder ob ... wie bitte? – Sie geben ihm nur noch wenige Stunden? ... Donnerwetter, armer Kerl ... ja ... Spritze ... verstehe, damit er nicht solche Schmerzen hat ... Jawohl, Herr Oberstabsarzt. Herr Hauptmann Bingen, der Ausbildungsleiter, ist gerade bei mir. Einen kleinen Moment bitte, er möchte Sie wohl selbst einmal sprechen ... Jawohl, Herr Oberstabsarzt ... auf Wiederhören!«
Er übergab dem andern den Hörer. Hauptmann Bingen war aufgesprungen, hatte dem Flugleiter auf die Schulter getippt und durch Zeichen zu verstehen gegeben, daß er die Verbindung noch aufrechterhalten solle, da er noch etwas zu sagen habe.
»... Herr Oberstabsarzt, versuchen Sie doch bitte, den Schwab mit allen Mitteln noch eine Weile klar zu halten. Ich muß ihn unbedingt noch einmal sprechen ... Wie bitte? –... Jawohl, ich werde auf dem schnellsten Wege dort sein ...« Er legte auf und stöhnte. »Ich werde sofort rüberfahren ... Hatten Sie noch etwas?«
Der Flugleiter sah zu Boden. »Grüßen Sie Schwab bitte nochmal von mir ... sonst nichts!«
Die Kameraden neben mir bebten. Mir würgte es in der Kehle. Ich wollte etwas sagen, brachte aber kein Wort heraus. Hein, Hans und Fred ging es nicht anders.
Der Ausbildungsleiter grüßte und schritt zur Tür.
»Herr Hauptmann!« stieß ich hervor.
Er wendete sich um und sah mich forschend an.
»Herr Hauptmann ...!« Ich rang nach Luft.

»Was wollen Sie?« Bingen kam einige Schritte auf mich zu. Dann hatte ich mich gefaßt.
»Herr Hauptmann! Unteroffizier Schwab liegt im Sterben ... Seinetwegen sind wir hier zwischengelandet ... Ich war seit der Rekrutenzeit mit ihm zusammen ... In Pocking und Roth haben wir zusammen geschult. Meine Kameraden kennen ihn von Roth her. Bitte nehmen Sie uns mit! Er wird sich freuen ... Wir möchten ihm ... Lebewohl sagen!«
Die Offiziere wechselten Blicke. Hein tastete nach meiner Hand und als er sie gefunden hatte, drückte er mir die Finger, daß ich fast aufgestöhnt hätte. Dann ruhten die Augen der Offiziere auf uns, und was sie nicht wußten, schienen sie auf unseren Gesichtern zu lesen.
»Gut!« gab der Flugleiter endlich mit langem Atem von sich und blickte uns streng von unten herauf an. »Nehmen Sie die Leute mit sich, wenn Sie mögen! – Aber zuvor bitte ich noch um Koppel und Pistolen, meine Herren! Und Ihnen, Herr Bingen, möchte ich raten, nehmen Sie sich zwei Leute von der Wache mit. Ich möchte nicht, daß mir die Herren abhanden kommen. Wir werden noch ein Hühnchen mit ihnen zu rupfen haben!«
Es ist wohl nicht übertrieben, wenn ich sage, daß wir ihm die Waffen auf den Tisch knallten und zur Tür hinausstürmten, so daß Hauptmann Bingen Mühe hatte, uns zu folgen. Vor der Flugleitung sprangen wir in einen Pkw, und Sekunden später rauschten wir durch die Wache.
Der Hauptmann hielt nicht und nahm auch keinen Posten mit. Nur als wir schon bald die Stadt erreicht hatten, rief er uns zu: »Ich glaube, daß ich den guten Rat, der mir eben gegeben wurde, getrost in den Wind schlagen kann!«

IV.

Unser Pitt! dachte ich nur immer, unser Pitt! Ihn nur noch einmal sehen, ihm nur noch einmal die Hand drücken und sagen: »Pitt, wir sind wieder bei dir. Weißt du, wie immer ...!«

Was sollten wir ihm sonst sagen? Konnten wir ihm seine Schmerzen nehmen? Konnten wir ihm beistehen in jenem letzten großen Kampf, den er zu führen hatte? Und vielleicht stand er schon auf den Thermopylen des Lebens, wo nur einer allein stehen kann, um mit dem übermächtigen Feind zu ringen?

Sei tapfer, Pitt! Dieser Größere ist dir oft begegnet, um dich mit seiner Unüberwindlichkeit bekannt zu machen. Vergiß es nicht! Zeige ihm, aus welcher Schule du bist! Aus welcher? Aus seiner – denn er ist der große Schulleiter unseres Lebens. – In diesem Engpaß kann niemand neben dir sein. Hier ist die Grenze der Kameradschaft.

Aber wir wollen hinter dir bleiben. Wir wollen uns vorwagen, so weit wir vermögen, soweit er es zulassen muß! –

Die Fahrt zum Lazarett, – ich vergesse sie genau so wenig wie die schlimmsten Feindflüge.

Eine Vergangenheit stieg auf. Der Wind pfiff mir im offenen Wagen um die Ohren und hatte Stimmen, unzählige Stimmen. Das leise, eintönige Summen des Motors dröhnte wie der mächtige Gesang um unsere Kanzel. Der Wind fiel mir ins Gesicht und trieb das Wasser in die Augen. Ich sah nichts mehr, hörte nur noch, hörte das Krachen und Rauschen des Empfängers, ein Rufzeichen! Ganz deutlich: PH-PH – und das gellende S O S ! – Und plötzlich riß es ab. Ein Dauerton peitschte hinein, ein nicht endenwollender Dauerton.

»Phips!«
Wer hatte es gerufen? – Hein? – Nein, Hein saß vor mir und sprach mit Bingen. Stoßweise kamen seine Sätze. Gequält, verkrampft brachen sie von seinen Lippen. Die Worte verstand ich nicht durch das Dröhnen um mich, das Rauschen und den Dauerton. Wer hatte gerufen? Hans oder Fred? – Aber nein, die saßen neben mir und starrten wortlos geradeaus wie in eine unsägliche Leere, in dampfende Wolkenmilch. Ich sah ihren blinden Blicken nach.

Der Dauerton überschattete alles wie ein unheimlich gleichförmiger Orkan und gewährte nur diesem einen Ruf Durchlaß. – »Phips!« schrie es wieder wie mit brechender, zeternder Stimme.

Pitt, dachte ich. Vielleicht war das sein letztes Wort, das mir aus der Ferne an die Ohren schlug? Aus was für einer Ferne, wie weit war sie noch? Wie entsetzlich lange währte diese Fahrt! Geht sie jemals zu Ende? Welche Zeitspanne, mit menschlichen Maßen nicht zu messen, dauerte sie schon? Quälen ihn die Gedanken an Phips?

Lassen sie ihn keine Ruhe finden, keinen Schlaf, den letzten, großen Schlaf? Brennt ihm sein trübsinniges Schuldgefühl für den Tod der Kameraden wieder marternd im Gewissen?

Pitt! Hätte ich schreien mögen, Pitt, sei still! Du bist unschuldig! Sei still! Wir kommen, um dir zu sagen, daß du unschuldig warst …! – Aber welch ein törichtes Rufen. Nie würde er mich hören, – nie!

Und wenn er mich hörte, mich durch den langsam verglimmenden Abend vernahm, was wären meine stammelnden Worte an seinen Ohren? Was wären sie in den Flammen seines sich schmerzlich verzehrenden Gewissens? Da war er wieder, der wahnsinngellende Ton wie ein brodelndes,

dröhnendes Höllenfeuer, das Signal des Absturzes ... Plötzlich brach er ab.
»Aufschlag! ... – Aufschlag!« hätte jemand schreien müssen. Warum blieb es aus? Ich wartete auf diese Worte wie der Delinquent aufs Fallbeil. Warum schrie es niemand? Hans, warum rufst du es nicht, wie damals? ...

Vor mir schlug eine Wagentür. Ich schreckte auf, sah, wie Hein aus dem Wagen flankte und dem Hauptmann nacheilte. Er nahm sich keine Zeit, die kleine Tür zu öffnen. Jemand riß mich hoch und zerrte mich am Arm mit fort.
Wir stürzten die Steinstufen eines hohen Treppenhauses hinauf. Unsere Lungen keuchten in einen fast endlos langen Gang hinein, als müßten wir ihn mit unserem Atem füllen. Ungezählte weiße Türen reihten sich schräg und fremd, rechts und links des Korridors auf. Eine Welle von warmer, süßlicher Luft brandete uns entgegen und schien uns betäuben, beschwören zu wollen, damit wir unserer ungestümen Hast bar wurden, unsere Bewegungen, unsere Schritte ruhiger, andächtiger setzten.
Dann führte uns jemand, der mit einem weißen Kittel bekleidet war, und endlich hielten wir am Ende des langen Ganges. Eine Krankenschwester trat herzu. Von einem hohen, breiten Fenster fiel das letzte schon verklärte Licht des Tages auf unsere Gruppe. Der Hauptmann und der Arzt unterhielten sich gedämpft. Ab und zu flog eine Frage an die Schwester. Sie sah mit großen Augen an uns vorbei, deren Lider sich bei jedem Schlage ein wenig langsam wie unter leidvoller Last bewegten, als säße all das Leid, das sie geschaut, irgendwie an diesen Lidern; so wie bei einer Käthe-Kruse-Puppe die Bleigewichte, mußte ich in diesem Moment denken. Aber der Vergleich mißfiel mir, und darum

sah ich ein wenig beschämt zur Seite auf die Tür, vor welcher wir standen. Aber ihr Blick war weit von mir. Wahrscheinlich hatte er mich nie berührt.
»Dann lassen Sie mich zuerst mit hinein gehen«, hörte ich Bingen sagen. »Ihr Erscheinen könnte ihn zu sehr verwirren. Und es ist vielleicht auch besser, wenn er nachher nicht mehr daran erinnert wird.« Er sah uns fragend ab, als hätten wir ein Recht an den letzten Minuten des Kameraden. Was für ein Mensch? Und mit verhaltener Stimme, wie um sein Zuvorkommen begründen zu müssen, setzte er hinzu: »Aber Sie wissen, die drei Flugschüler ...«
Behutsam öffnete der Arzt die Tür, und leise, auf Zehenspitzen, schob sich der Hauptmann nach. Einen Augenblick blitzte mir von drinnen ein Fenster entgegen, durch welches ich hinausstarrte, durch das Zimmer des Sterbenden, durch die Luft, die noch mit seinem Atem vermählt sein mußte, hinausstarrte in das reglose Gefieder und auf die weißen Blütentrauben einer Akazie. Dann schob sich der schlanke Schatten der Schwester dazwischen und zog die Tür hinter sich zu.
Durch den Gang knarrten von irgendwoher Schritte, knarrten wie das langsam anlaufende Wasserrad einer Mühle, wuchtig und ächzend, für Sekunden von dem quietschenden Mahlen eines Operationswagens begleitet.
Aber die Schritte blieben, als käme ein Unsichtbarer langsam Schritt um Schritt näher. Und als sie lauter, drängender wurden, drehten wir uns um, starrten den halbdunklen Gang hinauf, bereit, ihm entgegenzuspringen, ihm den Zutritt zu wehren und ihm zuzuschreien: »Warte noch! Gib uns noch Zeit!« als könnten wir vier ihm eine Bürgschaft bringen, um derentwillen er es täte.
Die weiße Tür vor uns öffnete sich. Die Schwester und der

Arzt winkten uns herein. Nein, es war kein Winken, es war ein Flehen, ein sorgenvoll bängliches Flehen. Wir schlichen an Pitts Bett, leise, zärtlich beinahe und merkten kaum, daß Bingen sich erhob. Er hatte auf einem Stuhl neben dem Kopfende gesessen und trat scheu zurück, um uns Platz zu machen; wir sahen nur die vor Staunen und Freude aufgerissenen Augen unter dem blutdurchtränkten Kopfverband, die wie aus einer trüben, schmerzlichen Ferne zurückgerufen schienen. Wir beachteten nicht mehr das unterdrückte Schluchzen der Schwester, sondern vernahmen nur ein glücklichwehes »Oh!«

»Pitt!« raunte jemand. Ich weiß nicht mehr, wer es war. Möglicherweise bin ich es selbst gewesen; vielleicht habe ich es auch nur zu hören gemeint, denn dieser Name schrie ja in uns allen.

»Harry ... Hein ... Hans ...« hauchte er. Dann blieben seine Augen bei dem vierten hängen, den er nicht kannte.

»Das ist Fred ...!« schluckte Hans und zog den Kameraden wie einen schüchternen Knaben heran. »Unser Beobachter, Pitt!«

Er nickte schwach. Und unversehens, als flösse neue Kraft in ihn, bewegten sich seine Lippen; das fahle Gesicht schien sich zu spannen. »Habt ihr mich rufen hören?« sprach er. Jawohl, er sprach es, laut und vernehmlich und mit einer Ruhe, als sei er aus einem langen, stärkenden Schlaf erwacht.

»Ich habe es gewußt, daß ihr kommen würdet, denn ich mußte es euch doch sagen.« Und dann, mit gänzlich verändertem Ton, so als lausche er auf einen wichtigen Anruf aus einer unwirklichen Welt, fuhr er fort: »Ich habe Phips gesehen ... Er hat mir zweimal rot vorgeschossen, als ich landen wollte. In Morsau soll ich landen.«

Ich sah zu Hein hinüber, der neben Bingen stand. Morsau, dieses Wort hatte Pitt damals in Roth geprägt, als Phips und Werner nicht mehr wiederkamen.
Sein Blick hob sich über uns hinweg: »Hört ihr? ... Die Motoren sind wieder angesprungen. Ich muß lauter sprechen ... der Empfang ... hört ihr mich ...?«
»Ja, Pitt, wir sind doch bei dir. Wir hören dich ganz deutlich!«
»Bin in den rötlichen Wolken ... Oh, es fliegt sich leicht ... nach Morsau ... Phips wird warten, wißt Ihr? ... ist gar nicht durch meine Schuld abgestürzt ... hat nicht aussteigen wollen, hat er gesagt ... hat mit einem Male Morsau gesehen. Werner hat es auch gesehen ... und sich schnell am Leitwerk festgehalten. Darum hat man auch unsere Kiste nirgends gefunden ... hat er gesagt ... wißt ihr ... auf unserer Welle ... Hört ihr mich noch? ... Harry, die Motoren ... Jetzt kommen die silbernen Wolken ...«
Wir zuckten zusammen. In der Nachbarschaft kreischte eine Sirene auf. Vollalarm! Von allen Seiten fielen sie ein. Ein vielstimmig nervenaufpeitschender Kanon verschluckte die immer leiser werdenden Worte des Kameraden. Ich mußte mich über ihn beugen, wenn ich ihn verstehen wollte.
»Harry!« stieß er gequält hervor. »Hörst du mich?«
»Ja, Pitt, wir sind alle bei dir!« Ich ergriff die kraftlose Hand. Sie war feucht und kalt.
»Da ist ... Morsau ... welch ein Platz ... und rötliche Wolken ... Wer singt da? ... Die Motoren ...? –– Schön ... Hein ... Kommt ––«
Es blieb ein Röcheln. Wir alle hatten uns dicht über ihn beugen müssen, um ihn noch verstehen zu können. Nun hielt er die Augen geschlossen und den Mund immer noch

wie beim Lauschen geöffnet. Sein Atem wurde kürzer, kam stoßweise und war schließlich kaum noch vernehmbar.

Die Sirenen waren längst verstummt.

Draußen hob ein fernes Summen an. Im Gang wurden die Schritte laut, die wir vordem vernommen, nur daß sie jetzt immer schneller tönten. Wir hoben die Köpfe und sahen bang auf die Tür. Gleich mußten sie heran sein, gleich, jetzt! Die Tür öffnete sich, und ein großer, ungewöhnlich hagerer Arzt mit knochigem Gesicht glotzte uns an. »Hauptmann Bingen« – seine Stimme war seltsam kühl, fast tonlos – »gehen Sie mit Ihren Leuten in den Keller. Sie sind im Anflug!«

»Und dieser dort?«

Der andere warf einen flüchtigen Blick auf Pitt. »Der hat's nicht mehr nötig.«

»Herr Oberstabsarzt, dann bleiben wir auch!«

Der Arzt schaute ihn durchdringend an. »Dann werde ich Ihnen den dienstlichen Befehl geben müssen.«

»Herr Oberstabsarzt, dann werde ich den Befehl verweigern.« Und leiser, aber scharf und entschlossen fügte er hinzu: »Es ist bei uns nicht Sitte, daß wir einander im Stich lassen!«

Der andere hatte einen undeutbaren Blick. Er schien uns alle mit einem Male durchbohren zu wollen, und wir standen wie gebannt. Nur Hein machte einige unsichere Bewegungen.

»Wie Sie wollen ...« Und dabei schien er es bewenden zu lassen. Er ging.

Als sich die Schritte entfernten, überfiel mich ein Schauern. Ich wurde an eine Uhr erinnert, die jemand noch einmal aufzog; denn genau so hörte es sich an.

Bingen war näher getreten. Wir sahen halb fragend, halb dankend zu ihm auf. Was wagte dieser verwegene Mann? Doch er, als erriete er unsere Gedanken, winkte leicht ab und blickte auf das bleiche, sich langsam entspannende Antlitz des Sterbenden.
Draußen erfüllte das Summen den dunkelnden Tag und schwoll, als senkte sich ein riesiger Hornissenschwarm auf die Stadt hernieder.
Noch einmal bewegten sich Pitts Lippen. Es war kein Flüstern mehr, nur noch ein Hauch. Vielleicht lag ein Wort darin, ein Name, ein Abschiedsgruß, der uns aber nicht mehr erreichte. Unablässig starrten wir auf die verlöschenden Züge.
Dämmerung lag in dem nackten Zimmer und webte dichter und dichter ihre Schatten zwischen uns und das noch bleich schimmernde Antlitz auf dem steilen Kissen. Draußen dröhnte der Himmel.
Noch einmal beugte sich Hein über ihn hinab, als wollte er auf einen fernen Ruf horchen. Und später, viele Tage danach, schien es mir, als habe er ihn vernommen.
Noch einmal ging ein leises Beben durch den dahingestreckten Körper. Dann spürte ich an der Hand, die ich immer noch hielt: Pitt war gelandet auf dem großen Flughafen, von welchem niemand mehr startet ...

V.

Es waren keine Bomben gefallen, denn die Feindverbände hatten die Stadt nur überflogen. Unter dem Sirenengeheul der Vorentwarnung sprang unser Wagen an, und langsam, mit dem abgeblendeten Licht der verdunkelten Scheinwerfer, fuhren wir zurück.

Später, als wir nur noch wenige hundert Meter von der Wache des Fliegerhorstes entfernt waren, fragte Fred: »Herr Hauptmann, was ist mit den drei verschollenen Schülern? Haben Sie etwas erfahren können?«
»Schwab sagte, sie seien abgesprungen. Aber«, fügte er mit einer müden Handbewegung hinzu, »der Oberarzt meinte, ich solle auf diese Auskunft nicht allzuviel bauen. Er befand sich anscheinend in einer Art von Delirium, das zum Teil durch die starken Spritzen verursacht worden war, die man ihm verabreicht hatte. Wir werden sehen.«
Kurz darauf hielten wir dort, wo wir vor wenigen Stunden in den Wagen gesprungen waren. Aber mir war, als läge eine Ewigkeit zwischen Ausfahrt und Ankunft.
»Halten Sie sich bis zur Vollentwarnung im Flugvorbereitungsraum auf, und bleiben Sie dort zur Verfügung des Flugleiters. Ich werde ihm Bericht erstatten und will sehen, was sich für Sie tun läßt.«
»Unsere Pistolen«, knurrte Fred und sah zu den dunkel schimmernden Fenstern hinauf.
Hans stieß ihn an. »Sei ruhig!« murmelte er, als Bingen einige Schritte entfernt war. »Er weiß es doch.«
Der Hauptmann tat, als habe er Freds Worte nicht mehr gehört. Langsam gingen wir in den uns anbefohlenen Raum.

»Hoffentlich sind wir allein!« sagte Hans, nachdem er alle Ecken mit der Taschenlampe ausgeleuchtet hatte, um nachzusehen, ob sich nicht irgendwo schlafende Kameraden befänden, die solche stillen Räume vorzogen, um angenehmer und schneller die lähmende Wartezeit bis zur Vollentwarnung zu überbrücken. Fred hatte indessen den Lichtschalter gefunden. »Ich werde Licht machen!«

»Nein!« wehrte Hein ab. »Laß aus! Ich möchte eine Verdunklung aufziehen!«
Wir setzten uns auf einen der langen, breiten Kartentische, und nur Hein blieb am Fenster stehen; nachdem er das Rollo aufgezogen hatte, lehnte er den Kopf gegen die Scheibe und starrte hinaus. Am Horizont geisterten wie steife, silbrige Finger die Schweinwerfer und tasteten mit ausholendem, unregelmäßigem Winken die Himmelsdecke ab. Dazwischen, weiter entfernt, so, als stände hinter den düsteren Wolkenvorhängen ein schweres Gewitter, flakkerte von Zeit zu Zeit ein gelbliches Leuchten herauf.
Ein beklemmendes Schweigen befiel uns. War es Erschöpfung oder war es das Brüten um jenes letzte Erlebnis? Ich wendete meinen Kopf zu den neben mir sitzenden Kameraden. Schwach, wie in der Dunkelheit aufgehängte Masken, glommen ihre Gesichter mit großen, schwarzen Augenhöhlen darin. Ab und an nur kündete ein leichtes Blitzen, ein matter Widerschein der fernen Scheinwerfer, daß hinter diesen dunklen Schädelgrotten geheimnisvolles Sinnen wachte. Ich vermochte die Kameraden nicht zu unterscheiden, und selbst das Zucken des Lichtes erschien gleichzeitig und kam so verschwommen in ihren Augen auf, als beseelten sie die gleichen Gedanken.
Heins große, schlanke Gestalt hatte sich seitlich von uns ans Fenster geschmiegt. Ihre Umrisse waren nur noch zur Hälfte sichtbar und sprangen wie ein Relief aus den dunklen, braunvioletten Falten des Vorhangs hervor. Er hielt das Gesicht uns abgewandt gegen die Nacht gerichtet, und nur eine Seite der Stirn mit dem nach unten begrenzenden Augenbrauenwulst und der schwachen Ausbuchtung über dem Jochbein stach markant wie die Silhouette einer kühnen Bergwand gegen den lichtzuckenden Himmelsstreifen ab.

Und gleichsam, als hielten diese deutlich gezeichneten Konturen meinen Blick mit hypnotischer Macht gefangen, schienen sie vor mir zu wachsen, glichen plötzlich einem drohenden Felsabsturz, der mir bekannt vorkam. Wo hatte ich ihn noch größer, noch unheimlicher und drohender, gesehen? – Es mußte eine ähnliche Nacht wie diese gewesen sein. Nur etwas fehlte hier noch. – Der Mond? – Jawohl, der Mond! – Grell, beinahe blendend, einem aufgeblähten Segel gleich, stand er neben dem schroffen Hang, und wir flogen genau darauf zu. Aber das war es nicht allein gewesen. Wie fing es doch an, damals? –

Nachtflug! Bei Einbruch der Dunkelheit waren wir in Ostia, Roms Flughafen, zwischengelandet, um unsere Kraftstoffbehälter neu aufzufüllen für den großen Sprung, der uns bevorstand. Es mutete fast märchenhaft an; keine achtundvierzig Stunden waren seit dem letzten Einsatz auf afrikanischem Boden vergangen. Unser Mittagessen hatten wir noch in Tunis verzehrt, und jetzt befanden wir uns bereits in einer stattlichen Höhe von 8000 Metern über den deutschen Alpen, um den günstigen Höhenwind auszunützen. Bald war es überstanden. Denn es mochten noch höchstens fünfzig Minuten sein, bis wir auf der anderen Seite in Neuburg an der Donau aufsetzten.
Der Brenner war überflogen, und gleich mußten wir Innsbruck passieren. Natürlich sahen wir diese Stationen bloß auf der Karte, in den spärlichen, abgeblendeten Lichtern unserer Bordlämpchen. Mit unserm Licht gingen wir sehr sparsam um. Nur Fred und ich ließen die Lämpchen von Zeit zu Zeit aufleuchten. Hein fand seine Hebel ohne hinzusehen und konnte seine Leuchtkäferchen auch im Dunkeln ablesen; und Hans war in Gedanken sowieso schon mehr zu

Hause als bei uns. Er sprach nur noch vom Heiraten. Jawohl, Hans wollte sich ins eheliche Abenteuer stürzen. Nebenbei allerdings – und das muß zu seiner Ehre gesagt werden – galt seine Sorge auch noch dem Kompaß und den wichtigsten Anzeigegeräten, damit wir ja richtig ankamen, und er lauschte fast fieberhaft auf meine Peilergebnisse. Wenn Hein mal die eine oder die andere Meldung nicht richtig verstand, so hatte er sie schneller wiederholt als ich. Zwischenzeitlich schielte er prüfend auf den Geschwindigkeitsmesser und wußte wohl gar die Ankunftszeit schneller als Fred, denn er zählte die Minuten. »Noch fünfundvierzig, mein Lieber«, sagte er zu Fred. »Glaube ja nicht, daß du mich auch nur um eine Sekunde übers Ohr hauen kannst. Ich rechne genau mit!«

»Denkste, Schätzchen, denkste! Du rechnest nämlich nicht, du zählst. Da kann ja schließlich nicht jeder kommen und so'm alten Nautiker was vormachen!«

»Na, so einen Spazierflug wie diesen berechne ich dir allemal noch. Stimmt's, Hein? Den hätten wir auch ohne Beobachter geschafft!«

»Hab' man keinen Kummer, Hans!« entgegnete Hein in seiner üblichen Ruhe. »Du kommst schon noch nach Hause. Morgen um diese Zeit bist du längst bei deinem Lieschen, und wir, wir strolchen unterdessen allein weiter. Aber dafür trinkst du auch einen mehr auf unsere Gesundheit, verstanden, Hans?«

»Einen? – Vier, Hein! Für jeden einen, und für mich natürlich auch. Und dann noch einen auf unsern alten, braven Schinken hier.« Dabei strich er wie liebkosend über das Plexiglas der Kanzel.

»Na, laß man gut sein«, sagte Fred. »Der Hein meint's besser mit dir als du ahnst. Paß mal auf; – wieviel sagtest du, fünfundvierzig Minuten? Ich unterbiete und sage: höchstens dreißig! Mal sehen, wer Recht hat. – Da staunste, was? Wir sind nämlich schon im Sinken. Wir müssen ja auch mal wieder runter, nicht wahr?«

»Wieviel Sachen haben wir denn drauf?«

»Vierhundertdreißig! – Haben aber den Wind von vorn.«

»Und wie hoch?« fragte ich.

»Rund 7600. – Aber behaltet ja schön euren Maulkorb um, denn es dauert noch ein Weilchen bis wir unten sind!«

Der Anflug auf München-Riem klappte ausgezeichnet. Ich hatte einen sehr guten Empfang und war zeitweise die einzige Maschine auf der Frequenz. Die Nacht war verhältnismäßig dunkel trotz der vielen Sterne, die wie ein weiter Wurf von winzigen, glitzernden Diamantsplittern auf dem dunklen Samt des Himmels lagen.

Die Welt schien überhaupt nur noch aus Nacht und Sternen zu bestehen, allüberall. Und nur unter uns, wenn ich die Nase ganz dicht an das Plexiglas drückte, starrte mir ein eintönig dunkelgähnender Abgrund entgegen. Dabei lag dort unsere Heimat. Nur zuweilen, wenn wir eine große Stadt überflogen, dämmerte ein trüber, milchiger Fleck herauf. Es mochte der Widerschein der abgedunkelten Straßenlaternen sein. Aber das war tief, sehr tief und kam wohl von einem anderen Milchstraßensystem, denn wir flogen ja zwischen den Sternen, zwischen den Zwillingen und Arktur. Unser rechtweisender Kurs zeigte auf Andromeda, und hinter uns glühte, so als hätten wir ihn vor weiß wie langer Zeit verlassen, der Sirius. Und wenn ganz einsam eine Sternschnuppe fiel, stand für den Bruchteil einer Sekunde ein silberner Strich im schwarzen Dom, als habe eine unsichtbare Hand mit einem Messer die Ewigkeitskuppel ein Stück aufgetrennt.

Manchmal konnte man meinen, daß im Duett der Motoren schon ein leises Klingen vom Sphärensang der Erde schwang, weil man in dieser Einsamkeit und unerhörten Höhe, die einem viel gewaltiger vorkam als sie tatsächlich war, glaubte, ihn schon vernehmen zu müssen.
Stundenlang einsam über Land, Wasser und Wolken, oftmals zwischen sechs- bis zehntausend Metern, wo war uns das Bewußtsein der eigenen Nichtigkeit mächtiger, wo fühlte man die Augen einer gewaltigen forschenden Majestät unmittelbarer auf sich gerichtet? Nirgends ist mir die menschliche Hilflosigkeit bedrückender erschienen, als in diesen einsamen Stunden vor dem wechselvollen Antlitz der Schöpfung. Wir feierten in diesem Schweigen eine eigentümlich dumpfe Gemeinschaft. Ich aber dachte an die Worte Nietzsches, und ein mächtiger Sprecher rief sie mir mit singender Stimme ins Ohr, nur daß ihre Bedeutung auf die Nacht verwandelt war:

»Siebente Einsamkeit!
Nie empfand ich
näher mir süße Sicherheit,
wärmer der Sonne Blick.
– Glüht nicht das Eis meiner Gipfel noch?
Silbern, leicht, ein Fisch,
schwimmt nun mein Nachen hinaus ...«

Wärmer der Sonne Blick! ... Waren es nicht Tausende, Abertausende von Sonnen, die uns erwärmten durch ihren fernen, göttlichen Abglanz in dieser Nacht? Brannte nicht selbst in uns ihr helles, einsames Feuer? – – –
Schwimmt nun mein Nachen hinaus ... – Wohin in dieser Einsamkeit? – Und ich vergaß fast, daß wir einen errechneten Kurs flogen.

»Wie hoch sind wir noch?« unterbrach Hans nach einer Weile die Stille. Es gab aber niemand Antwort.
»Fred rechnet!« sagte ich zu ihm, denn ich sah, daß bei dem Beobachter das Lämpchen brannte.
Schließlich antwortete Hein: »6800 ... Harry, noch ein paar Peilungen von München!«
»Können nicht mehr allzuweit sein. So etwa beim Starnberger See?« meinte Hans. »Stimmt's, Fred?«
Offenbar wollte er Fred wieder ein wenig necken mit seiner über den Daumen gepeilten Navigation. Ich hörte Hein leise kichern. Wir warteten, daß Fred mit seiner üblichen Lektion herausplatze. Doch der Beobachter schwieg. »Der zählt wieder wie ein Maikäfer. Dann will ich man nicht stören«, brummte Hans resignierend, als er keine Antwort erhielt.
»Fred!« sagte ich, »was haben wir für einen Kompaßkurs? Die Hauptstelle möchte ihn wissen.«
Er blieb auch mir gegenüber stumm.
»Der ist wieder stur!« brummte Hans.
»Fred!« rief Hein. »Hörst du denn nicht? – Melde dich mal!«
»Dann nenne du ihn mir doch, Hein, wenn er so beschäftigt ist!«
»Moment ... Zwei Grad! – Fred, – was machst du denn da?«
Es war auf der Welle der Flugsicherungshauptstelle ziemlich ruhig, und darum blieb ich in der Bordverständigungsanlage eingeschaltet. Als Fred nun wieder nichts von sich hören ließ, wendete ich mich und schaute zu ihm hinüber. Dieses Gebaren gefiel mir nicht. Ich tastete meinen Funkspruch automatisch weiter. Eine Unruhe überkam mich. Wieder waren mir die Worte jenes dumpfen nächtlichen Sprechers im Ohr: schwimmt nun mein Nachen hinaus ...

– Aus der Motorenmelodie rief es mich an, aus dem Gesumme der Morsezeichen. Ich starrte nach vorn auf das still, unheimlich still leuchtende Lämpchen. Höhentod!... durchzuckte es mich. Höhentod!

Der Tod in der Höhe ist süß. Man wähnt sich mit einem Male geborgen, und es überkommt einen ein wonniges Gefühl. Man beginnt sich plötzlich über irgend etwas zu freuen. Zumeist etwas, das mit dem Fliegen verbunden ist, sei es über die glitzernde Weite des Wolkenschaums, das schmale Band eines Flusses zwischen breiten, waldigen Flächen, die wie dichtgepflanzte Grünkohlfelder ausschauen, sei es das tiefblau schimmernde Meer, der blinzelnde nächtliche Sternenhimmel oder das Empfinden des milden Sonnenhauches im Gesicht. Es kann aber auch geschehen, daß man eine seltsame Lust zu seiner Tätigkeit verspürt, daß man beglückt ist, des ausgezeichneten Empfanges wegen, oder weil die Peilungen so leicht von der Hand gehen, die Zahlen nur so übers Papier fliegen, die Anzeigegeräte so ruhig arbeiten und der Wendezeiger immer noch genau auf Kurs hält. Man möchte die ganze Welt umarmen, so wohl ist einem zumute, so frei fühlt man sich. Und dann denkt man: Nie hat alles so wunderbar geklappt wie heute.

Aber das alles ist die gefährliche Täuschung. Möglicherweise erlebt sie jeder anders, diese Spiegelfechterei, aber in einem Maße, in einer Form vollzieht sich der tödliche Betrug gleich, nämlich, daß er sanft und lieblich überwältigt.

In Wahrheit krakelt man zwar undefinierbare Zahlen aufs Papier. Der Kopf schwillt an, wird tiefrot, nimmt allmählich bläuliche Färbung an. In Wahrheit bäumt sich zwar der

Leib auf unter dem unsichtbaren Würgegriff, – soweit er sich aufzubäumen vermag, denn man ist durch die Gurte an seinen Sitz gefesselt; – vielleicht schaukelt man auch nur ein wenig und bleibt schließlich nach einigen entsetzlich langen Atemzügen ganz still auf seinem Platz hängen. In Wahrheit ...

Aber das ist nur für die andern, wenn sie es sehen sollten. Den Erstickenden selbst überkommt eine wohlige Müdigkeit, als habe er das Elixier Morpheus' geleert. Er hat das Gefühl, als würde die Maschine schneller steigen, muß immerfort gähnen und denkt – denn er meint noch zu denken –: Nur ein Minütchen, dann bin ich wieder putzmunter. Es klappt ja heute tadellos ... nur ein Minütchen ... – und schon hebt der Traum, der Schlaf ihn hinfort. Der Traum, halb noch entstellte Wirklichkeit, verdunkelt sich nach und nach. Und wenn es dann noch niemand von den Kameraden gemerkt hat, war es ihm nicht vergönnt, jemandem zu erzählen, wie schön es war, denn dann wacht er unter dieser Sonne nicht mehr auf ...

Wie kann so etwas geschehen, wenn man mit einem Höhenatemgerät ausgerüstet ist? – Nun, vielleicht hat ein oberflächlicher Bodenwart die Sauerstoffflasche hinten im Rumpf nicht gewissenhaft aufgefüllt. – Oder durch einen Einschuß wurde die Flasche aufgerissen und das Gas entströmte, oder die Zuleitung ist unterbrochen, und niemand hat es bemerkt. Es kann auch geschehen, daß das Anzeigegerät versagt, und man glaubt noch stundenlang mit dem Höhenatmer fliegen zu können, und unterdessen übermannt einen ungeheißen der tückische Schlaf.

Das also ist der Höhentod mit seiner Zwiegesichtigkeit. Aber daran dachte ich nicht in diesem Moment.

Ich sah nach vorn. Was war da los? Warum meldete sich der Beobachter nicht?
»Fred!« schrie Hein. Die Membranen der Hörermuscheln schrillten den Namen so laut, daß ich zusammenfuhr.
Das Lämpchen brannte noch immer. Was war mit Fred?
»Hans... Harry... schnell, schnell! Sauerstoffdusche! Schnell...!«
Ich schleuderte die Taste zur Seite, riß den Gurtverschluß des Sitzes auf und sprang nach vorn. – Es war wohl mehr meine Absicht zu springen, denn ich hatte den umgeschnallten Fallschirm am Gesäß. – Aber Hans war schon da. Wir zerrten Fred vom Sitz und legten ihn flach auf den Boden.
»So eine Sauerei...« schimpfte Hein. »Krallt euch fest! Gebt Obacht auf Fred! Es geht runter!«
Ich hatte noch einmal kräftig Luft geholt wie beim Tauchen, meine Atemmaske herabgerissen und sie dem vor uns Liegenden aufgesetzt, während Hans sofort begann, Atemübungen mit ihm durchzuführen.
»Achtung! Ich stürze!« rief Hein.
Hans mußte innehalten.
Hat denn Fred wenigstens schon wieder geatmet, durchzuckte es mich. Das hätte Hein doch fragen müssen, denn der Sturz wird immerhin Minuten dauern. Es ist doch heller Wahnsinn zu stürzen! Ehe wir unten sind, ist es zu spät. Wenn die Lungen nur ein wenig gearbeitet hätten, wäre alles gut. Aber so, das Herz – wer weiß. Warum hat Hein nicht gefragt?
»Harry! Duschen! Duschen!« schrie Hans erneut.
Ich griff zum Hebel an der automatischen Lunge. Dann schnellte ich zurück, denn ich spürte, wie der Grund der Maschine unter mir entwich. Ich zerrrte mich an den Boden mit allen mir zur Verfügung stehenden Kräften, klemmte

mich mit Armen und Beinen zwischen den Sitzen fest und drückte Fred hinab.

Das alles ging rasend schnell und mit verzweifelten Griffen, die wohl mit Kräften geladen waren, wie man sie nur in Todesängsten hat. Meine Muskeln waren zum Zerreißen gespannt. Ich spürte sie wie glühende Drähte und kam nicht mehr auf den Boden. Ich schwebte, es zogen mich Titanenhände nach oben. Wenn mir nur der Fred nicht entwischt. Wenn ihn Hans nur gut festhält! Nur nicht loslassen! Nur nicht loslassen, sonst schleudert's dich gegen das Kabinendach, und Fred ... und Fred ...!

Mein Herz schlug gleichsam wie der überall hinstoßende Kolben einer dröhnenden Maschine in allen Gliedern und schien mir die Halsschlagadern sprengen zu wollen. Es sauste in den Ohren. – Wenn's nur nicht so lange dauert! Der Brustkorb drohte mir zu bersten. Ich konnte nicht mehr und japste nach Luft ... Luft! Wo war Luft? – Festhalten! Meine Zähne knirschten, als bissen sie auf Glas. Nur nicht weich werden, nur nicht! – Wie in ohnmächtiger Wut krallte ich meine Finger um irgendwelche Leichtmetallstäbe. Warum schwindet mir das alles, warum wird mir alles so leicht, zu leicht? – »Luft! Luft!« schrie ich. – Ich habe es nie geschrien. –

Betäubendes Rauschen! Donnerschläge in den Ohren. Die Schmerzen in den Muskeln und Sehnen wurden immer ferner, immer weiter entrückt. Sie gehörten schon gar nicht mehr zu meinem Körper, waren dann nur noch ein Grummeln wie ein letztes Echo.

Wo saß ich? In einem Karussell? Herrlich, schön! Hatte ich das alles nur geträumt? Wie leicht ich flog! Wie die vielen Lichter da um mich kreisten und tanzten. Und dort, ein ganz großes, immer näher kam's wie ein exotischer Leuchtkäfer mit höllischem Zirpen, immer näher, rings ums Haupt schwirrte er. Und nun, wie ulkig, rhythmisch war dieses Zirpen, immer schriller und gestochener wurde es wie Morsezeichen . . .

Nun war es ganz nah, ganz deutlich, direkt in meinen Ohren. Und der vermeintliche Leuchtkäfer schwamm noch ein wenig hin und her und hielt dann, saß dann ganz still in einiger Entfernung.

Aber, da war ja ein Sitzplatz, Freds Beobachtersitz. Und der Leuchtkäfer, das war ja das kleine Lämpchen! – Zum Teufel, die Morsezeichen, die Hauptstelle rief mich! Aber hatte ich Watte in den Ohren?

»Alles klar?« hörte ich Hein wie aus einer weiten dumpfen Ferne.

Unter stechenden Schmerzen löste ich langsam meine Klammergriffe, prüfend, ob es ging. Jawohl, ich blieb liegen. Das Stürzen hatte aufgehört. Wie im Halbschlaf richtete ich mich auf, dabei aber immer noch jappend wie ein Jagdhund, und griff sofort zur Nase, drückte sie zu und blies die Backen auf. Noch einmal verspürte ich einen heftigen Schmerz in den Ohren, als würden mir beide Trommelfelle mit einem Male durchstoßen. Es blieb noch ein langsam schwächer werdendes Rauschen.

»Harry! Lebst du noch?« ächzte Hans.

»Ja!«

Fred! dachte ich. Was ist mit Fred?

Hans kniete schon über ihm, hatte seine Arme ergriffen und machte Atemübungen. Ich riß dem Reglosen die Kopfhaube ab und tastete nach meiner Taschenlampe. Sie mußte doch irgendwo in einer der Knietaschen sein. Ja, natürlich, hier! Ich leuchtete Fred ins Gesicht. Hans hielt erschöpft inne.

»Nimm doch die Atemmaske ab!« stieß ich hervor. »Du

kannst ja nicht mehr ... komm, leuchte!« Ich setzte die Übungen fort.
»Um Himmels willen, was ist mit Fred! Sagt doch endlich, Harry, – Hans ...! Ist er noch nicht wieder da?«
»Nur weiter ... weiter, Harry!« keuchte Hans.
Endlich spürte ich Widerstand in den Armen, die ich umfaßt hielt und auf und ab bewegte. Es war ein unbeschreibliches Gefühl, das mich erfüllte. Und dann schlug er die Augen auf.
»Er lebt ...« brachte ich nur hervor. »Er lebt!«
Welch ein Empfinden. Es war, als ginge in mich selbst ein neuer Lebensodem ein.
»Gott sei Dank!« stöhnte Hans.
Drei-, viermal noch setzte ich die Bewegungen fort. Dann hielt ich ermattet inne.
»Fred – tief durchatmen, hörst du? Ganz tief durchatmen!«; Unsinn, er hörte es ja gar nicht. Er hatte ja keine Kopfhaube mehr. Hans suchte sie mit der Taschenlampe. Nachdem er sie gefunden hatte, richteten wir ihn auf, stülpten sie ihm über den Kopf und legten das Kehlkopfmikrophon um.
»Fred!« fragte Hein wieder besorgt.
»Ja!« kam es schwach.
Später erzählte Hein, daß der Sturz nicht einmal drei Minuten gedauert habe. Uns jedoch war er wie Stunden vorgekommen, und wir glaubten wirklich an ein Wunder, daß Fred noch lebte. Und war es nicht ein Wunder? – Wir versuchten es zu erklären: Die Lungen müssen eben noch leicht geatmet haben, als wir ihm die Atemmaske aufsetzten, sagten wir. Ach, wie kläglich sind solche Deutungen.
Selbst strauchelnd und ermattet schleppten wir Fred auf seinen Platz und schnallten ihn wieder an. Hans blieb noch

bei ihm. Ich kroch auf meinen Sitz und war vollkommen erschöpft.

Die Hauptstelle rief mich ununterbrochen. Ich suchte meine Taste. Sie hing an ihrem Gummikabel, rechts unter dem Funkgerät. Das Betriebsbuch war auch nach längerem Suchen nicht zu finden. Es mußte durch den jähen Sturz in irgendeine Spalte gerutscht sein. Ich gab es bald auf, weiter danach zu forschen.

Ganz langsam tastete ich eine Sanitätsmeldung, und ich mußte mich sehr zusammennehmen. Mir zitterten die Hände. Jetzt erst merkte ich, wie ich in Schweiß gebadet war.

»Wie hoch sind wir? Die Hauptstelle will es wissen. Habe PAN-Meldung gegeben.«

»3300 – sind weiter im Gleitflug. – Harry, was war mit dir? Habe dich ein paarmal gerufen. Warum hast du nicht geantwortet?«

»Er hatte doch schon oben seine Atemmaske dem Fred vorgeschnallt«, erläuterte Hans, »und machte den ganzen Sturz ohne Höhenatmer mit!«

»Junge, Junge! Und wie ist es jetzt?«

»Schon gut!« sagte ich. »Was war das bloß . . .?«

»Wenn wir gelandet sind, wollen wir mal nachsehen. Mit deinem Höhenatmer muß irgend etwas nicht stimmen«, beruhigte ihn Hein. »Wo sind wir nur?«

»Moment!« rief ich. »Hauptstelle gibt gerade Standortbestimmung!«

Ich hatte Peilzeichen gegeben. Die Bodenstelle hieß mich warten. Ich sah zur Uhr. – Endlich hörte ich mein Rufzeichen, und kurz darauf meldete ich:

»Standort zehn Kilometer südlich Landshut!«

Bald danach kurvte Hein ein, denn wir waren weit vom Kurs abgewichen.

»Harry! Wettermeldung von Neuburg.«
Eigentlich lag es in unserer Absicht, das fünfzehn Kilometer vor dem Platz stehende Navigationsfunkfeuer mittels Eigenpeilung anzusteuern. Doch von der Bodenstelle erfuhren wir, daß es außer Betrieb sei und erhielten die Aufforderung, den Anflug durch Fremdpeilung vorzunehmen. So lotsten uns die Peilungen von Neuburg immer näher an den Platz heran. Der Wind hatte sich gedreht, kam jetzt aus 300 Grad, und da das gleichzeitig unser neuer rechtweisender Kurs war, hatten wir ihn von vorn. Das erleichterte unsere Aufgabe erheblich.

Mit einem Male war der Mond da. Ich entsann mich nicht, ihn vorher in dieser Nacht irgendwo gesehen zu haben. Jetzt stand er im Nordosten. Auch Fred schien Augen für ihn zu haben.

»Der Mond!« sagte er. Und wir freuten uns eigentlich über diese Worte, freuten uns wie sich eine Mutter freut, wenn ihr krankes Kind aus dem Fiebertraum erwacht und seit langem wieder das erste Mal seine Puppe wahrnimmt und bestaunt.

»Der Mond«, dachten wir alle und waren froh, daß er da war, als gäbe es die Sterne nicht mehr, als müßten wir dankbar sein, daß es den Mond noch gab.

Nun brannten nur noch die Kontrollämpchen an Bord. Unsere Arbeitslampen hatten wir ausgeschaltet. Wir benötigten keine Karten mehr. Alles konzentrierte sich auf den Peilanflug.

»Qdm«*, hieß es nur noch. Qdm war eine Flugsicherungsschlüsselgruppe; ihre Gradzahl besagte, in welcher Richtung sich die Peilstelle von uns befand.

»Qdm«, hieß es, »304 Grad!«

* Sprich: Ku-de-em

»304«, wiederholte der Flugzeugführer.
Und nach zwei oder drei Minuten: »Qdm 302.«
»302.«
Alles lauschte auf diese Zahlen. Es waren nicht trockene, aneinandergereihte Zahlen, nicht irgendwelche x-beliebigen Striche auf der Kompaßrose; diese Zahlen waren Begriffe wie Bodennebel, wie irgendeine Schlechtwetterstufe am Platz, wie Flughöhe, wie Wind, Sonne, Sturm oder Eis. Von diesen Zahlen hingen Wohl und Wehe der Besatzung ab. Es kam auf eine einzige Ziffer dabei an. Versah sich der Peiler, verhörte sich der Bordfunker, verrechnete sich der Flugzeugführer, versagte nur einer in dieser Kette, sei es durch eine Unaufmerksamkeit oder durch ein anderes Mißgeschick, so schreckte der fünfte Fluggast auf aus seiner dumpfen Langmütigkeit.
Wer war das, der unsichtbare fünfte Fluggast? – Es war der eigentliche Kommandeur der Maschine. Irgendwo in der Maschine saß er zusammengekauert und schaute uns zu, sah mit eindringlichem Grinsen in unsere Hirne, auf unsere Hände und forderte Schweiß und Blut als Tribut. Vor ihm galten all unsere Prüfungen, unsere Bewährungen nichts. Er war der stets gegenwärtige Schulleiter, und wir mußten immer von neuem vor ihm bestehen. Er belächelte unsere Hoffnungen, unsere Wünsche; half diesem bei seinen Aufnahmen von feindlichen Geleitzügen, Industriezentren, Hafenanlagen, Truppenansammlungen, Befestigungsbauten, jenem beim rasenden Durchtasten eines Funkspruches, dem dritten schärfte er Augen und Ohren für Instrumente und Anzeigegeräte, spielte blinzelnd mit einer grünen, roten oder gelben Lampe, instruierte heimlich ins Denken hineinflüsternd mit tollkühnen Ratschlägen den Flugzeugführer und stellte großzügig eigenhändig den Kompaß. Und immer

sang er dabei ein dumpfes kaltes Lied zum Rhythmus der Motoren, wie um sie zu beschwichtigen in ihrem leisen Beben.

Zuweilen griff er selbst zur Steuersäule und hatte sein Wohlgefallen am Tanzen der Maschine, wenn es den Paraden berstender Flakgranaten, deren Sperrgürteln auszuweichen oder sie zu durchstoßen galt. Dann lachte er kurz und metallisch über einen Treffer in der Bordwand oder warf sich im Orkan bald nach hinten oder nach vorn über, sprang stampfend von einer Fläche auf die andere, vor Wollust jaulend im Toben der Elemente. – Ihn hungerte nach Stoßgebeten, nach Flüchen! Mit kalter, ruhiger Hand verstand er MG-Läufe und Bordkanonen zu richten, hieb dem die Fläche ab, traf diesem grausam und klatschend ins Gesicht und hatte seine Freude an einer heil abstürzenden Maschine, einem noch ungebrochenen metallenen Leib, oder entzündete zwischen den Sternbildern feurige Fackeln, die ihre steile Bahn zogen wie fallende Sterne, gleichsam wie Kometen der Menschheit. Ja, er konnte Prophet und Würgeengel zugleich sein.

Aber zuweilen wußte er auch Geduld zu zeigen und vermochte stumpfsinnig Herausforderungen zu ertragen; doch es war grinsende, berechnende Langmut. Niemals würde er seine Gelegenheit versäumen. Er war ja immer dabei, überall wie die Luft, wie das Licht, wie die Nacht. Er, – seine Majestät Mors, – der Tod!

Er war auch jetzt dabei, eben in 8000 Meter Höhe, vorn neben Fred hatte er gesessen, war mit uns gestürzt, hatte sich von uns überwinden lassen, so wie sich eine Raubtierkatzenmutter von ihren Jungen im Spiel balgend überwinden läßt und sich schnurrend auf den Rücken legt, damit die Kleinen einmal piepsend triumphieren sollen ... Aber er

war auch jetzt auf der Hut, jetzt, bei dem Anflug auf Neuburg –
»Qdm 302!« rief ich wieder.
»302«, wiederholte Hein. Und zum dritten Male die gleiche Zahl. Wehe, wenn sich der Peiler täuschte.
Aber nein, er konnte sich ja nicht irren, denn auch nach unseren Berechnungen erwarteten wir diesen Zahlenwert. Die Peilungen standen. Auch die folgenden Ergebnisse blieben 302. Unsere ganze Unterhaltung bestand nur noch aus Zahlen. Sie bedeuteten in diesen Minuten alles. Für Hein, Fred und mich hießen sie Weiterflug und morgen in Perleberg landen. Für Hans bedeuteten sie Heirat, Ehe, – Leben war ihre Losung, Leben oder ...
»Platz überflogen!« meldete ich. »Wie hoch sind wir?«
»400!« antwortete mir Fred.
Wir waren wieder da, alle, jetzt wo's drauf ankam. Wir waren wieder eins! Dieses Bewußtsein der Gemeinschaft ist ein seltsames Gefühl von Geborgensein. – Unsere Funktionen liefen wieder regelmäßig mit der Präzision eines Uhrwerks. Jeder schien ein lebendiges Zahnrad in diesem eigenartigen Getriebe zwischen Sternen und Erde zu sein.
»Platzbefeuerung eingeschaltet!« gab mir der Peiler herauf.
»Danke! Abflug!« tastete ich zur Antwort.
Das Landeverfahren begann. Ich schaute hinunter und sah durch den schwachen Bodendunst das ein wenig verschwommene Bild der Platzbeleuchtung: die roten Punkte der Hindernislampen, ein weiter unregelmäßiger Kranz von glühenden Flecken, dann die Umrandungsfeuer des Platzes, das blauleuchtende T, der Landerichtungsanzeiger, welcher zur Angabe der Bodenwindrichtung und damit der Landerichtung dient, die grün-weiß-rote Reihenfolge der Landebahnmarkierung wie eine schmale, bunte Gasse, und in ih-

ren Eingang hineinweisend, vor dem Platz, die grünlich blauen Lichter der Anfluggrundlinienbefeuerung.
Das Ganze war aus der Höhe anzusehen wie die Illumination eines Gartenfestes.
Dann war der Parallelflug beendet.
»Kurve!« rief Hein.
»Kurve!« tastete ich.
»Bake eingeschaltet!« rief ich meinem Flugzeugführer durch.
Die Bake war ein Ultrakurzwellensender, der in Anflugrichtung einen akustischen Leitstrahl in Form eines Sektors von wenigen Graden Breite sandte. Das war der letzte wichtige Lotse zum Platz. Wenn wir aus der Kurve herauskamen, mußten wir im Zielanflugempfänger seinen Dauerton hören. Stießen wir aber zu weit nach rechts hinaus, empfingen wir Striche, und zu weit nach links Punkte. Den Dauerton mußten wir haben, dann war alles in Ordnung.
Nun war jeder Gedanke, jeder Handgriff wie der Pendelschlag einer genau gehenden Uhr. Der augenblickliche Anflug zum Platz dauerte im Höchstfall dreieinhalb Minuten, dann sollte die Maschine inmitten der grün-weiß-roten Gasse aufsetzen, oder der Anflug mußte wiederholt werden, die Rechenmaschine wurde von neuem aufgezogen, eine Nervenmühle; jede Sekunde schien bemessen.
Die Kurve war beendet. Die Maschine lag wieder waagerecht. Ich drehte mich um und sah in Flugrichtung. Vor uns mußte der Platz auftauchen. Noch waren wir etwa acht Kilometer entfernt. Ein heller Fleck dämmerte herauf, kam geschwind näher, wuchs, – Lichter funkelten daraus hervor, bunte Lichter, wie ein in Bodennähe erstarrtes Feuerwerk.
Wir befanden uns im akustischen Sektor. Punkte hörte ich, Punkte!

»Größer steuern! Kursverbesserung Steuerbord!« rief Fred.
Aber Hein behielt seinen klaren Kopf; Hein steuerte größer, und da war er schon, der tiefsummende, eintönige Strich, der Dauerton. Eine kleine Schwankung in der Maschine, und jetzt lagen wir genau auf der Anfluggrundlinie. Mit Spannung erwarteten war das Voreinflugzeichen. Sein Sender befand sich drei Kilometer vor dem Platz und strahlte seine Rhythmen senkrecht in die »Dödödödödödö ...« und durch ... Warten!
Ich zählte die Sekunden. Die Maschine sank, sank. Gleich mußten wir das schrille Haupteinflugszeichen durchfliegen und dann kurz danach aufsetzen, denn es stand ja nur 300 Meter vor der Landebahn. Und nun sah ich den Platz. Welch ein herrlicher Feuerzauber!
»Fahrwerk!« gellte es mir plötzlich in den Ohren. Hein, Fred und Hans hatten es gleichzeitig geschrien. »Zum Teufel nochmal ... das Fahrwerk ist nicht ausgefahren!«
»Ditditditditditditdit ...« peitschte das Haupteinflugszeichen.
»Durchstarten!« Ich fuhr zusammen. Wessen Stimme war das? Es war ein Ausruf des höchsten Entsetzens. Ich meldete es dem Peiler.
»Durchstarten ... Fahrwerk!« Das sagte ihm genug.
Doch kaum war das geschehen, da rief Fred: »Hein, Hein! Was machst du? – Schieb die Pulle rein!«
»Hab ich doch ...! Die Motoren ...!«
Was war mit den Motoren?
»Wieso? – Das ist doch kein Vollgas! Wir schmieren ja gleich ab!«
»Die Motoren!« schrie Hein. »Die Motoren geben nichts mehr her ... habe Vollgas drin ...!«

Ein Schütteln ging durch den Leib des Schiffes. Die Flächen bebten.

»Die Tourenzahl!« stöhnte Hans. »Die Tourenzahl ... und da vorne die Berge, – Hein!«

»Nichts zu machen! Habe das Gas zurückgenommen und langsam vorgeschoben ... zum dritten Male ... die Motoren.«

In etwa fünfzig Meter Höhe flogen wir dahin. Vor uns stand die Bergwand, der steile Absturz, links daneben der Mond, das grelle, gespannte Segel der Nacht, und genau auf den dunklen Schatten der Wand hielten wir zu. Dreißig Grad nach links nur und wir würden gut vorbeikommen. Aber diese dreißig Grad ... nicht zehn, nicht fünf Grad würde die Strömung an den Flächen zulassen. Keine Bewegung der Maschine, auch nicht den geringsten Ruderausschlag könnte sie uns gewähren. Unsere Eigengeschwindigkeit war zu gering. Die Motoren hatten beide zu gleicher Zeit versagt. Wir flogen in Landegeschwindigkeit, und dabei standen die Gashebel auf Vollgas. Es war überhaupt verwunderlich, daß noch nichts geschehen war.

Hein hätte das Höhenruder nachdrücken können, damit unsere Geschwindigkeit durch einen schwachen Gleitflug zunähme, aber wir flogen ja schon tiefer als die Hindernisbefeuerung. Jeden Moment konnten wir im Dunkel auframmen. Und das Höhenruder anziehen, um zu steigen, oder einen Ausfall nach links wagen? – Das wäre heller Wahnsinn gewesen.

Es gab nur noch eines. – Das lag nicht in unserer Macht. Dafür konnten wir nichts, auch nicht das geringste tun: – Die Motoren, die uns so schmählich in höchster Gefahr im Stich gelassen hatten, die Motoren mußten wieder mit voller Kraft einsetzen, oder es war aus ...

Vier Augenpaare starrten nach vorn. Vier Augenpaare stierten auf die Bergwand, auf den schwarzen, gefräßigen Schatten. Und die Bergwand wuchs, wuchs näher, grauenvoll näher. Wie weit noch?
Die Silhouette ließ die Entfernung nicht schätzen. Noch zwei Kilometer etwa, vielleicht auch noch fünf, vielleicht nur noch wenige hundert Meter! Wir stierten sie an. Wir sahen unser Grab vor uns. Dort also würden wir zerschellen, in einer Feuerfontäne untergehen.
Ein Film lief ab, rasend, – ein Zeitraffer von unerhörter Geschwindigkeit; Bilder, die man nicht behält, Bilder, die man nur einmal sieht, Bilder, die jäh von einem einzigen großen verschluckt werden würden. Und es stand bereits vor uns wie eine Vision und brannte in unsern Sinnen: Die Feuersäule! Dort an der Wand wird ein Stern aufgehen, und man wird ihn weithin sehen können, diesen ein einziges Mal nur aufzuckenden Stern unseres Unterganges. Und Hansens Braut wird ihn vielleicht auch sehen. Man wird sie vor die Tür oder ans Fenster rufen und zeigen: dort! – Und bald wird sie wissen, was dieser Stern bedeutete...
Da war er vor uns, der gewaltige Todesschatten.
Jetzt...!
Ein Zucken ging plötzlich durch den Rumpf der Maschine, ein kräftiger Stoß. Ich kippte nach vorn über, es riß mich in den Schultern. Die Gurte hatten zu locker gesessen. Ich schlug mit dem Kopf gegen das Funkgerät. In Flugrichtung stand der Mond. Wir schossen genau auf ihn zu, mit einem Getöse, als begännen die Flächen wie Schwingen zu schlagen. Im letzten Moment riß Hein die Maschine herum. Die Motoren jaulten auf wie eine aus dem Schlaf gepeitschte Löwenherde. Unsere rechte Fläche

glitt an dem dunklen Mantel des Todes vorbei. Dann lag das Flugzeug wieder waagerecht.

Wir gewannen an Höhe und hingen in unseren Gurten, schweißübergossen, zerschlagen. Leer war es in uns, gähnend leer. Worte kannten wir nicht mehr. Uns schien die Sprache genommen.

Wie sich der Anflug zum zweiten Male vollzog, vermag ich nicht zu sagen. Plötzlich hörte ich wieder den Dauerton der Anflugbake. Ich hatte wie in Narkose, wie ein Roboter funktioniert. Erst das schrille Haupteinflugszeichen schlug mich munter. Es folgte ein dumpfer Plumps, und wir rollten aus.

Und schließlich stand die Maschine. Die Motoren schwiegen. Aber noch immer saßen wir kraftlos und erschlafft wie Puppen auf unseren Plätzen. Draußen fuhr ein Wagen vor. Man rief uns. Man klopfte gegen die Bodenwanne. Es kam von weit, wie durch einen langen, dunklen Tunnel. Endlich, nach wer weiß wie langer Zeit, nach einer hohlen, summenden Stille, machte Hein den Anfang.

Wir wankten, rutschten die Leiter hinab und stierten apathisch auf die schmalen Schlitze der Autoscheinwerfer. Mit einem Male schlug eine heiße Welle in uns zurück.

Wir fielen uns in die Arme, hörten unseren Atem, spürten unser Beben. Aber dieses Ineinanderfallen der Arme, Schultern und Köpfe war wie ein großes gemeinsames Händefalten ...

So war es gewesen, damals als wir von Tunis zurückkehrten. Diese Bilder standen wieder vor mir, und die Worte wurden in meinen Ohren wach, als hätten sie dort Monate und Jahre überdauert.

Draußen, hinter den Scheiben, lagerte jetzt die undurchdringliche Nacht. Die Scheinwerfer schienen an ihrem zwecklosen Beginnen ermüdet zu sein. Es gab keinen Horizont mehr. Himmel und Erde waren zu gleichartiger Dunkelheit ineinander verwoben.

Hein saß neben mir auf dem Kartentisch, hatte sich leicht an mich gelehnt, und ich meinte, daß er schliefe. Was wird morgen sein? – Aber diesen Gedanken sollte ich nicht weiterspinnen. Draußen im Gang erhoben sich Schritte. Türen schrien auf und riefen uns zurück, zurück nach Lyon in die Flugleitung. Und was Türen und Schritte noch nicht ganz vermochten, vervollkommnete mit schriller Aufdringlichkeit die Sirene über uns auf dem Dach: Vollentwarnung!

Gleichzeitig sprangen wir auf, dehnten und streckten uns, als hätten wir stundenlang in Reih und Glied stillgestanden und schlenderten langsam, tastend zur Tür.

Im Gang war Licht. Mit einem Male stand Hauptmann Bingen neben uns.

»Gratuliere!« sagte er lächelnd. »Vergessen Sie morgen nicht, einen Balken auf den Rumpf Ihrer Kiste zu malen!« Er schlug Hein dabei auf die Schulter. Wir sahen ihn verständnislos an.

»Wieso?« fragte Hans. »Was ist denn los?«

»Was los ist?« lachte Bingen. »Gratuliere! Thunderbolt abgeschossen, bei Le Puy! Die Bestätigung ist heute abend eingetroffen. Was machen Sie denn für Gesichter?

Gehen Sie jetzt zum Flugleiter hinein. Man erwartet Sie dort. Und lassen Sie sich Ihre Pistolen wiedergeben. Es ist alles in Ordnung! – Wie immer, die meisten Dinge erledigen sich von selbst. Anschließend gehen Sie essen, und dann kommen Sie ein wenig zu mir herüber. Ich sorge für Ihr Unterkommen. Also bis nachher!«

Wir staunten uns gegenseitig an und machten nicht gerade geistreiche Gesichter.
»Abschuß?« fragte ich noch einmal. Als wäre das eine Ewigkeit her, und ich müßte mich erst besinnen, wann es gewesen sein sollte.
»Na so was?« wunderte sich Fred.
Und dann schoben wir uns gegenseitig vorwärts, bis zu jener Tür mit der Aufschrift: Flugleiter, die wir schon zweimal in so verschiedener Stimmung durchschritten hatten. –

VI.

Diesen Abend vergesse ich nie. Er hat sich mit allen Einzelheiten ins Gedächtnis eingegraben.
Als wir die Messe verließen, begann es zu nieseln.
»Qbi qgo!« meinte Fred. Diese Q-Gruppen bezeichnen den Superlativ aller Schlechtwetterstufen, die es für einen Flugplatz geben kann. »Wolkenuntergrenze bestimmt nicht höher als fünfzig Meter und Sicht ...?«
»Sicht?« fragte Hein. »Siehst du mich noch?«
»Nein!«
»Na, was fragst du denn noch nach Sicht!«
»Ich meine doch am Tage, du Pinsel! Sicher nicht mehr als hundert Meter.«
»Harry, laß mal deine Taschenlampe wieder aufblitzen«, sagte Hans. »Ich möchte nicht gerade einem Kater auf den Schwanz treten.«
»Bei dem Wetter jagt man keinen Kanarienvogel vor die Tür!« bemerkte Fred.
»Da gibt es wieder dicke Vereisungszonen. Nur gut ...!«
So zogen wir los.

Und wie war es danach, bei Bingen?

Der Hauptmann saß vor uns, die Beine übereinandergeschlagen und meinte mit einem erzwungenen Lächeln: »Was haben Sie sich eigentlich gedacht, als Sie sahen, daß die Thunderbolt genug hatte?«
Diese Frage fiel so unverhofft, daß wir uns alle ein wenig betroffen anschauten. Eben hatten wir noch von Pitt erzählt. Wir hatten ihm von unseren Erlebnissen mit dem Freund berichtet und auch empfunden, wie sehr er in allem mitgegangen war.
»Schwab hat auf eine beneidenswerte Weise die Angst vor dem Tode überwunden!« sagte er einmal. »Ist nicht unser ganzes Leben eine ununterbrochene Auseinandersetzung mit dieser Angst?« Und als wir darauf schwiegen, fügte er düster hinzu: »Ein jeder hat seinen Tod. Er begleitet ihn seit dem ersten Atemzug, und sein innerer Frieden ist von der Überwindung dieser bewußten oder unbewußten Furcht abhängig.«
Diese Worte hatten uns merkwürdig still werden lassen, und nun wollte er uns offenbar aus dieser Versenkung aufwekken mit jener unerwarteten Frage, die wir so gar nicht zu unserm bisherigen Gespräch in Beziehung setzen konnten. Wir wußten nicht gleich, was wir darauf erwidern sollten. Er zog an seiner Zigarre und blinzelte uns durch einen graublauen Qualmschleier an.
»Gedacht?« meinte Hans nach einer Weile, zog die Stirn kraus und sah mich an, als sollte ich ihm dabei helfen. »Gar nichts haben wir uns gedacht. Wir wußten ja nicht, daß wir getroffen hatten.«
»Es war nicht unser erster, Herr Hauptmann!« versuchte Hein zu klären.

»Hm, ich verstehe! Aber sagen Sie, sieht man überhaupt den Menschen, der einen angreift, denkt man überhaupt an ihn, oder entdeckt man sich plötzlich nur einem metallenen Ungeheuer gegenüber, und nun gilt dieses Du oder Ich?«
Wir dachten über seine Worte nach.
»Ja«, sagte Hans nach einer kleinen Zeit. »Das scheint mir wirklich so. Man denkt überhaupt nicht daran, daß in der Führerkabine ein Mensch sitzt. Man weiß sich nur lebensgefährlich bedroht und wehrt sich verbissen, – und das ist eigentlich alles.«
»Und doch ist es mehr!« sagte Hein nachdenklich. »Man muß plötzlich schießen. Jawohl, man muß! Und nicht selten hat man eine verteufelte Lust daran, auch wenn einem selbst dabei die Kimme eins zu hunderttausend geht!«
»Man wehrt sich eben gegen den Tod aus reinem Selbsterhaltungstrieb?« sagte Bingen. »Das wollte ich nur einmal bestätigt wissen, denn mir ist es auch immer so ergangen. Und alle, die da sagen, daß sie einen abschießen wollten, daß sie es mit Überlegung getan hätten, gewissermaßen um der feindlichen Luftwaffe einen Verlust beizufügen, alle, finde ich, die so reden, sind Angeber, großmäulige Kindsköpfe. Man entdeckt doch nur überrascht, daß es einem hier an den Kragen geht und wehrt sich verzweifelt seiner Haut.«
»Seltsam«, nickte Hans und blickte auf den gelben Schirm der Tischlampe vor uns. »Wenn ich mir das so überlege, daß der arme Kerl wahrscheinlich auch eine Mutter zu Haus hat, oder eine Frau und Kinder ... Hast du in dem Moment daran gedacht, Harry?«
»Mensch, nun werdet bloß nicht melancholisch!« winkte Fred ab. »Wir haben Krieg!«
»Sie haben recht! Die Vernunft hilft uns wenig. Es ist ent-

setzlich, wenn man darüber nachdenkt. Immer schaut man hernach seinem Bruder ins Angesicht und meinte, seinen Feind zu treffen!«

Mir kam es so vor, als sollte hinter diesen Worten ein doppelter Sinn liegen, eine Zweideutigkeit, die uns vielleicht bei tieferem Nachdenken erkennbar werden müßte. Aber doch war mir, als hätte Bingen selbst unabsichtlich gesprochen und würde sich erst jetzt während des Schweigens der Bedeutung seiner eigenen Worte bewußt.

Er hatte sich erhoben, stand vor dem Schreibtisch und strich gedankenversunken über den dunkelblitzenden Hörer des Fernsprechers. Wir sahen auf seine Hand. Aller Augen hingen an ihr wie gebannt, als wäre aus dieser Bewegung eine Fortsetzung des Gespräches zu entnehmen.

»Was ist mit den drei Schülern eigentlich, die in Pitts Maschine saßen?« fragte Fred.

»Die sind schon hier eingetrudelt, während wir noch im Lazarett waren. Schwab muß nach dem zweiten Durchstarten geahnt haben, daß die Landung schief ging, ist dann noch einmal auf Höhe gegangen und hat den Leuten Befehl zum Aussteigen gegeben. Wie sie mir erzählten, hat er genaue Anweisungen für den Absprung erteilt. Jeden Handgriff hat er ihnen eindringlich erklärt und immer wieder ans Herz gelegt, daß sie ja nichts versäumten oder etwas zur falschen Zeit täten, so als ginge es dabei um sein Leben. Sie mußten noch einmal sorgfältig die Fallschirmgurte nachziehen und sich gegenseitig davon überzeugen, ob sie fest genug saßen, damit ja keine Quetschungen vorkämen. Dann hat er ihnen erklärt, wie sie hinten aus der Klappe springen müßten, und wann sie die Reißleine ziehen sollten.

Der eine Oberschnäpser sagte, es sei ihm vorgekommen wie beim ersten Schwimmversuch ohne Angel. Wie ein Schulsprung bei den Fallschirmjägern sei es gewesen, und sie hätten gar nicht lange erst überlegt. – Haben sich auch recht geschickt angestellt, die Jungen. Lediglich der eine hat sich beim Aufsetzen den Fuß verknackst. Aber das ist nicht weiter tragisch. Etwa zwanzig Kilometer von hier sind sie runtergekommen. Ein Heeresverpflegungswagen, der zur Stadt fuhr, brachte sie her. Den Flugzeugführer und den Mechaniker hatte es bei Vichy schon erwischt. Das war uns ja von Schwab per Funkspruch durchgegeben worden.«

Draußen regnete es jetzt stärker. Irgendwo schlug eine Uhr. Ich wurde an die knarrenden Schritte im Lazarettflur erinnert und zählte mit. Elf dumpfe Schläge. Leise zitterte der Lampenschirm. Fred schüttelte leicht den Kopf. Doch wer wußte, worüber er nachsann? – Er blickte auf seine Füße. Hinter den Scheiben tropfte die Nässe aufs Fensterbrett. Döck, – döck, – döck. – Ein eigenartiges, fast knöchernes Ticken.

Mit einem Male wurden die Pausen zwischen den hohlen Schlägen von einem feinen Gebrumm ausgefüllt. Ich richtete mich auf. Auch Bingen schien es zu vernehmen. Er schlug eine Qualmwolke vor seinem Gesicht zur Seite und sah mich hell und lauschend an. Der Ton nahm schnell zu. Fred blickte auf. »Na, die Kameraden werden auch froh sein, wenn sie unten sind.« Er nickte dabei gewichtig.

»Ein schwerer Schinken!« meinte Bingen.

»Die alte Tante Ju!« sagte Hein.

Wir bestätigten es. Unverkennbar war es die Ju 52, die alte Tante Ju, wie wir sie nannten. Wir mochten sie alle besonders gern. Sie war eben wie eine wohlbeleibte, treue Tante. Und es mag etwas gesucht und gewagt klingen, und manch einer wird bedenklich den Kopf wiegen, wenn man ihr solche menschlichen Eigenschaften zuschreibt, doch wer sie richtig gekannt hat und mit ihr vertraut geworden ist, der wird mir recht geben. Man sagte sogar von ihr, daß sie gutherzig sei. Sie schleppte Verpflegung herbei, barg sorgsam die Verwundeten und brachte sie geschwind zu den Lazaretten oder übernahm auch die lästigsten Materialtransporte.

Sie beförderte alles in ihrem dicken Bauch und nahm es mit ihren Aufträgen äußerst gewissenhaft. Und wenn wir als Flugschüler den Vorzug hatten, sie zu fliegen, so galt das als ein besonderes Fest. Denn wenn es bei uns manchmal noch nicht so recht klappen wollte, bei der alten Tante Ju war das nicht so gefährlich. Sie war nicht so empfindlich wie die schnelleren und jüngeren Typen. Bei ihr kam es nicht immer so genau darauf an, das wußten wir.

Ihre Stimme unterschied sich auch deutlich von allen anderen Maschinen. Sie war voller und tiefer. Die Ruhe und Ausgeglichenheit ihrer Größe und ihres Alters schwangen in diesem Baß mit. Jawohl, genau wie beim Menschen, so war auch ihre Seele daraus zu erkennen. Ihre Würde bestimmte alles: Start und Landung, Zuverlässigkeit und Motorengebrumm, denn sie besaß immerhin drei Motoren. Würde lag auch in ihrer Geschwindigkeit, denn sie hatte es nicht so eilig. Ich habe sie nie mehr als 250 Kilometerstunden fliegen sehen. Und diese Würde machte sie auch beliebt ...

Jetzt donnerte sie über unsere Köpfe hinweg, daß die Scheiben bebten.

»Die werden schwitzen«, sagte Hans. »Wir können froh sein ...«

»Und doch«, meinte Hein, »sollte ich einmal nicht mehr fliegen dürfen, ich glaube, ich würde nur noch ein halber Mensch sein. Das wär' doch kein Leben mehr ...«

»Hast recht, Hein! Ich glaube, so denken wir alle«, stimmte Fred bei. »Man kann auch gar keinem beschreiben, was einen da hinaufzieht. Ich weiß, wenn ich manchmal mit meiner Frau darüber sprach, ja, dann mußte ich mich erst besinnen, und wenn ich's dann versuchte, ihr klarzumachen, kam mir's bald so phrasenhaft, so quatschig vor, daß ich lieber die Schnauze hielt. – Wenn ich einmal nicht mehr starten dürfte, ich glaube, ich würde eine ganze Tagesration für eine Steilkurve geben.«

»Auch heute?« lächelte Bingen. »Trotz dickstem Dreck bis in 6000 Meter Höhe, trotz Nacht und Vereisungsgefahr?«

»Ach, Herr Hauptmann«, erwiderte Hans, »das gehört nun einmal dazu. Wenn einem auch die Muffe dabei geht, aber das ist es ja gerade. Wenn das nicht wäre, dann . . ., ach Sie wissen es ja selbst. Wir sind eben nicht für den Schönwetterflug.«

»Aber bei dem Wetter, Hans, das ist doch wohl ein bißchen zu dick.«

»Na, ja! Freiwillig steigt man da natürlich nicht in die Kiste.«

Bingen hielt die Arme vor der Brust verschränkt und musterte uns aufmerksam. Er schien dabei auf irgend etwas zu sinnen.

»Ich bin auf die Antwort von Ihrer Einheit gespannt«, sagte er endlich. »Und wenn Ihnen Ihr Kommandeur nicht die Erlaubnis geben sollte, bis zur Beisetzung Ihres Freundes zu bleiben, dann schimpfen Sie nicht auf ihn, sondern bedenken Sie, daß das Leben weiter geht.«

»Wenn uns der ›alte Tom‹ ruft, Herr Hauptmann, dann gibt es bei uns kein langes Besinnen mehr. – Aber der läßt uns bestimmt drei Tage Urlaub. Da ist er viel zu sehr Mensch!« entgegnete Hein.

»Der ruft uns nur, wenn Not am Mann ist!« sagte ich.
»Aber ganz gewiß«, fiel Hans ein, »dann ist auch was fällig! Und unsern alten Tom im Stich lassen? – nein, das gibt es nicht!«
»Wer ist das, der ›alte Tom‹?«
Wir lächelten etwas verlegen.
»Unser Gruppenkommandeur, Herr Hauptmann!«
»So, so!« Er sah zu Boden und grinste vor sich hin.
Er verstand uns. Der »alte Tom«, das war keine Respektsuniform mit Silberschnüren und bunten Ordensbändern, das war das Wesen der Gruppe, der Vater der Familie. Und was ihn äußerlich unterschied, diente nur einem Witzbold, seine Karikatur an der Wandtafel unmißverständlicher darzustellen. Und das nahm er nie übel.

Da rasselte unverhofft der Fernsprecher. Wir zuckten zusammen. Bingen griff zum Hörer und meldete sich.
»Die Besatzung der Ju 88 ST-OD ...?« rief er. Er war erregt. – Wir merkten auf; das ging uns an. »... Jawohl, ist bei mir! ... Fernschreiben – dringend? ... Gut, ich werde den Flugzeugführer sofort rüberschicken ...«
Hein hatte sich schon erhoben.
»Zur Flugleitung?« fragte er.
»Jawohl!« kam leise die Antwort. Bingen war merkwürdig ernst; und vielleicht kam es mir nur so vor, vielleicht war die Beleuchtung daran schuld, der gelbe Lampenschirm, denn ich meinte festzustellen, daß er in dieser Minute fahler geworden sei. »Nehmen Sie mein Fahrrad. Warten Sie, ich werde es Ihnen aufschließen!« Er ging mit Hein hinaus.
»Seht ihr, seht ihr! Unser Alter. Man soll den Teufel nicht an die Wand malen. Ich glaube, wir können so langsam unsere Sachen packen.« Fred zündete sich eine Zigarette an

und schien es sich jetzt erst auf seinem Stuhl recht gemütlich machen zu wollen.

Nach einiger Zeit kam Bingen zurück und setzte sich schweigend. Durch das eintönige Gewisper des Regens dröhnte vom Platz der Lärm der Motoren herüber. Die Ju 52 war gelandet. Wir lauschten angestrengt hinaus. Im Zimmer war eine unheimliche Stille. Nur Fred bewegte sich von Zeit zu Zeit und blies den Qualm seiner Zigarette mit hörbarem Atem unter den Schirm der Tischlampe. Endlich vernahmen wir das Knarren einer Fahrradbremse vor dem Fenster, und dann stürmte Hein ins Zimmer.

»Sauerei!« schimpfte er. »Mistwetter!« So gut es ging, klopften wir den Regen von ihm ab. »Fernschreiben vom Alten!« berichtete er halb außer Atem.

»Na und?« Bingen stand auf und trat einen Schritt näher.

»Wir sollen sofort starten und noch vor Anbruch des Tages bei der Gruppe sein. Gleich, was für ein Wetter!«

»Daß es so schnell gehen würde, hätte ich nicht geahnt!«

Mir schien, als läge in diesen Worten eine bittere Ironie. Auch Hein sah mich bedeutsam an, als empfände er das ebenso. Aber da trafen uns die Augen des andern. Und Bingen fuhr fort: »Es ist eine harte Probe. Bestehen Sie! – Befehl ist Befehl!«

Seine Stimme hatte sich verändert. Auch sein Gesichtsausdruck war merkwürdig gespannt. So hatten wir ihn noch nicht gesehen. Nein, so kannten wir ihn nicht. Zum ersten Male stand uns der Ausbildungsleiter der Luftnachrichtenschule gegenüber; und er wollte uns unsere Aufgabe wohl dadurch ein wenig erleichtern. Denn ein Name war plötzlich wieder in allen erwacht: Pitt! – Niemand sprach ihn aus. Aber er lag in der Atmosphäre des Zimmers, in dem kurzen bedrückenden Schweigen. Und Bingen spürte es auch. Der »alte Tom« und Pitt, sie hielten sich in unserm Herzen die Waage. Doch die Pflicht ist etwas Lebendes, und das Lebende reißt uns immer mit sich fort. Es entschied auch hier ... zunächst ...!

»Wann werden Sie starten?«

»In vierzig Minuten! Wir müssen die nötigsten Vorbereitungen treffen.«

»Tun Sie das! Das Wetter und die Tageszeit verlangen es.« Und wie um uns zu beruhigen: »Es muß etwas Wichtiges sein, daß Ihr Kommandeur Sie bei diesem Teufelswetter abberuft. Sonst hätte er Ihnen zumindest bis morgen früh Zeit gegeben, denn er wird wissen, was hier für Wetterverhältnisse herrschen. Rechnen Sie übrigens ruhig bis zur Mainlinie mit dieser Waschküche. – Kommen Sie, ich bringe Sie mit dem Wagen zur Flugleitung, und während Sie die Vorbereitungen treffen, fahre ich Ihren Mixer zur Maschine. Sie können ihn nachher über den Flug unterweisen, wenn ich mit ihm zurückkomme!«

»Das ist ja fast Einsatzgeschwindigkeit!«

»Der Alte braucht uns, Fred! – Jetzt geht's wieder rund!« Bingen und Hein waren schon durch die Tür. Wir folgten ihnen. –

VII.

Die gelandete Ju 52 war wie eine mystische Botschaft aus einer anderen Welt. Die alte Ju brachte Verwundete von der Italien-Front und kam aus dem Dunkel, in welches wir hineinstarten sollten. Wir sollten diese Bahn hinaufklettern, die sie mühevoll verlassen hatten; wir mußten uns in dieses

Inferno einer Nacht hineinwagen. Hatte jener dunkle Wetterdämon sie nur deshalb ungeschoren entlassen, weil er uns erwartete? – Waren wir ihr Lösegeld?

An eine Uhr muß ich heute immer wieder denken. Vielleicht vernahm ich sie als einziger, vielleicht haben die andern sie nie gehört? Wir sprachen nicht davon. Ich denke an das sonderbar kalte Knarren, das mich erschaudern ließ, als sich der Oberstabsarzt entfernte. Wie hatte er doch ausgesehen? Woher wußte ich denn, daß es auch wirklich der Oberstabsarzt war? Gewiß, Bingen hatte ihn so genannt . . . Seltsam! Aber hatte die Uhr nicht auch die Ankunft der Ju 52 angekündigt? Elf dumpfe Schläge läuteten sie ein, wie ein sich oft wiederholender Gong zum letzten Akt. Und war nicht Freds leichtes, gedankenversunkenes Kopfschütteln wie ein vorgezeichnetes Sträuben gewesen, eine Andeutung, ein Vorspiel? Hatte ich mit meinen Augen eine geheimnisvolle Zwiesprache belauert?

Es schien alles aufeinander abgestimmt: das hohle Ticken der Nässe vor dem Fenster, das ferne, geheimnisvolle Klopfzeichen der Nacht, und dazwischen langsam hineinklingend, wie der Auftakt zu einem Requiem – die anfliegende Junkers-Maschine mit ihrer metaphysischen Fracht. Und daß ausgerechnet Rolly ihr Bordfunker sein mußte! Wer hätte damit gerechnet, daß wir uns noch einmal so kurz, für Minuten nur, wiedersehen würden? Er, der wiederum Erinnerungen aufriß, der noch einmal das längst Vergangene verkörpern sollte! – Aber an diese Deutung dachte ich erst viel später. Das unverhoffte Auftauchen des Kameraden, diese Überraschung ließ zu solchen Überlegungen keine Zeit.

Das hatte ein kurzes, aber herzliches Wiedersehen gegeben, als er so unvermittelt in der Flugleitung vor uns stand, und

Hein, Hans und ich erkannten ihn trotz seines tiefgebräunten Antlitzes sofort wieder. Seit Roth, wo wir zusammen die Hörsaalbank gedrückt, hatten wir ihn nicht wieder gesehen. Damals war er mit Jochen, seinem Flugzeugführer, einem Transportgeschwader zugeteilt worden. Viele Monate war das her. Natürlich hatte er Phips und Pitt gekannt. Er war ja dabei gewesen, in jener Nacht in der Flugleitung, als wir fieberhaft auf eine Nachricht von der PH-PH warteten. Heute erfuhr er nun den Ausklang der Tragödie um das letzte Mitglied dieser Besatzung.

»Wo steckt denn eigentlich dein alter Kutscher, der Jochen?« fragte Hein. »Ihr wißt doch, der Jochen«, meinte er dann zu uns, »der im Fränkischen Jura die Mustang zum Absturz brachte!«

Na, und ob wir das noch wußten. So ein Husarenstück vergißt man nicht sogleich, noch dazu, wenn es ohne jegliche Bewaffnung geschah, wie es hierbei der Fall war, denn auf Blindflugschule flogen wir unbewaffnet. Mit brennender Fläche stieß Jochen durch die Wolkendecke und setzte noch eine einwandfreie Bauchlandung hin, und die ihn verfolgende Mustang, welche die Wolkenuntergrenze nicht kannte, zerschellte an einem Berg. Das war die Sensation der Gruppe gewesen, und so etwas vergißt man nicht.

»Jochen?« antwortete Rolly, »Hein ... der ist dort, wo die Besten sind. Beim Rückflug von der Krim war's.«

Da entstand eine Stille, bis der Flugleiter hineinrief:

»ST-OD, Beeilung! Ich habe bereits für Null Uhr den Start weitergemeldet!«

Erschrocken sahen wir zur Uhr. Noch neun Minuten also! Wir rissen uns voneinander los. Und dann war Rolly doch mit in Bingens Wagen gesprungen. »Ich kann euch doch nicht allein starten lassen ...« hatte er gemeint.

Und als wir uns dann endlich zum letzten Male die Hände schüttelten, rief er: »Haltet bloß die Ohren steif! Ab tausend Meter wüste Vereisung! Heizt man eure Kiste schon vor!«
Aber dieser Rat war uns bereits auf der Wetterstelle gegeben worden. Der Wetterwart hatte uns groß angesehen, als wir ihm auseinandersetzten, daß wir unbedingt sofort starten müßten. »Warten Sie noch vier Stunden, meine Herren, dann sieht es schon erheblich anders aus. Sie fliegen jetzt gewissermaßen in den dicksten Dreck des Jahres hinein ...« hatte er gesagt.
»Vier Stunden? – Da wollen wir schon wieder gelandet sein!« war Freds lachende Antwort gewesen.
Alle Warnungen des Beamten vermochten uns nicht abzuschrecken, und so wünschte er uns endlich nach altem Brauch »Hals- und Beinbruch«!
Rollys Mahnung hingegen quittierten wir als eine Selbstverständlichkeit aus einer ganz anderen Perspektive. Zwar schwang Besorgnis in diesen lächelnd gesprochenen Worten mit, denn er war eben noch einer von den Alten, die es verstanden, dem Wettergott hinter die Kulissen zu schauen. Ja, die Alten! – Sie wurden immer seltener. Hie und da habe ich einen von ihnen noch einmal getroffen. In irgendeiner Kantine, in dem Vorbereitungsraum einer Flugleitung oder im Zelt eines Feldflugplatzes. Mit einem »Hallo!« flog man sich dann in die Arme und strahlte sich an, als wäre es ein besonderes Glück, daß man sich ausgerechnet auf der alten Erde wiedertraf. Oder wir begegneten Kameraden, die diesen und jenen gekannt hatten. Sie waren vielleicht mit ihm zusammen geflogen und wußten von ihm zu erzählen. So gestalteten sich unsere eigenartigen Wiedersehen. Dann hieß es: »weißt du noch ...?« oder »ist dir das von ihm

bekannt, er hat doch damals . . .« – Ach, es war ein wundervolles Zurücktauchen in unsere schönsten Stunden, in eine Vergangenheit, die gleich einer verlorenen Kindheit zwischen fernen Ufern erwacht schien und über seichte Nebel herüberwinkte. Da stiegen Szenen, Worte, Gedanken auf, wie bei den vertrauten Strophen eines alten Volksliedes, und dann gab es plötzlich keine Entfernungen mehr, und die Zeit schien abgetan zu sein. Dann war die Welt mit einem Male so klein, als gäbe es darin ein immer wiederkehrendes Begegnen und ein immer neues Abschiednehmen. Doch für manchen war es das letzte Mal, und bei manchem das letzte stumme Verweilen in Gedanken inmitten eines Gespräches – wie vorhin bei Pitt und Jochen . . .

Die Startbahn war vom gelben Licht der Scheinwerfer erleuchtet. Ich blickte noch einmal hinaus und schaltete die Bordsprechanlage ein. Wir waren zum Start gerollt. Der Propellerwind hatte die unzähligen Regenperlen vom Kabinenglas hinweggefegt. Draußen, jenseits der Lichtergasse hielt Bingens Wagen. Er hatte uns treu bis zum Start begleitet. Nun sah ich die schlanke, zierliche Gestalt des Hauptmanns; er stellte sich einige Meter vor die Lampen seines Pkws, damit wir ihn sehen sollten, und neben ihm erschien Rollys kleine, gedrungene Figur.

Hans half mir den Chronometer am linken Unterarm befestigen. Das Zifferblatt hatte die Größe einer Taschenuhr und besaß einen riesigen Sekundenzeiger, der mittels eines Knopfes wie eine Stoppuhr verwendet werden konnte. Noch standen wir am Start, doch es mochten nur noch wenige Sekunden sein, bis wir anrollten. Darum schrieb ich bereits in mein Betriebsbuch:

»Start: 0.03 Uhr.«

Unsere Motoren begannen zu kreischen! Noch einmal sah ich hinaus. Dort standen Bingen und Rolly. Mich bedrückte eine namenlose Trauer. Wir waren alle ein wenig sentimental gestimmt. Es lag wohl an unseren überreizten Nerven! Die Luftschrauben hatten die erforderliche Tourenzahl erreicht. Gleich würden sie sich in die Dunkelheit hineinbohren. Noch trat Hein auf die Fahrwerksbremsen. Noch hielt der Flugzeugführer das vibrierende, raumlüsterne Gespann mit straffen Zügeln zurück.
Bingen und Rolly erhoben die Hand zum Gruß.
»Hinten fertig?« fragte Hein mit tiefer, ruhiger Stimme.
»Fertig! ... Fertig!« kamen unsere Antworten.
»Dann los!« raunte Fred.
Hell schrien die Motoren. Ein kurzes Beben. Wir rollten an. Immer schneller wurde die Fahrt. Wir schossen in der goldenen Lichtbahn dahin. Die Scheinwerfer blendeten ab. Mit Spannung lauerte ich auf den schwachen Ruck. Er kam, kaum vernehmbar. Nun hoben wir ab und schwebten in den schwarzen Schlund der Nacht hinein.
Noch einmal zogen wir eine Kurve, überflogen den Platz. Die vertrauten roten, blauen, grünen und gelblichen Lichter zitterten zwischen dichten Nebelschwaden herauf. Ein seltsames Abschiedsblinken. In etwa hundert Meter Höhe brausten wir darüber hinweg.
»Macht's gut!« murmelte Hein. Es galt Rolly, Bingen ... und Pitt. Noch ahnte ich nicht, daß diese einfachen, unverhohlenen Abschiedsworte einen viel weiteren, tieferen Sinn in sich tragen sollten. Ob Hein dieses Vorgefühl gekannt hat? Ob die andern diese unausweichbare Bedeutung empfunden haben ...?
Es war ein unvergeßlich schweigsamer Flugbeginn. Nicht Müdigkeit, nicht Erschöpfung jenes anstrengenden, hinter

uns liegenden Tages war es, in dessen Folge nervenzerreibender Ereignisse uns nun schon die neue Zeit des anderen Tages entgegendämmerte, an dem wir den dunklen Becher bis zur Neige leeren sollten; – diese gähnende, eintönige Schweigsamkeit, die uns befiel, hatte einen anderen Grund. Unsere Sinne, unser Denken, unser ganzes Können schienen für diesen großen Flug reifen zu müssen. Ich ließ mir die Uhrzeit vom Peiler heraufgeben und teilte sie Fred mit.

»Qte 32 Grad!« rief ich bald darauf. Qte war die Schlüsselgruppe der Abflugpeilrichtung.

Wir waren noch keine fünfzehn Minuten vom Platz entfernt, als der Empfang schon dermaßen schlecht war, daß ich besorgt hinausschaute, ob mir nicht schon ein weißer Schleier von den Kabinenscheiben entgegenglitzerte.

»Hans!« rief Hein. »Ich habe die Positionslampen eingeschaltet. Siehst du etwas?«

»Nein! Nicht den geringsten Schimmer!«

Ich sah, wie Hans nun mit der Taschenlampe hinausleuchtete, um festzustellen, wie weit die Flächen zu erkennen waren.

»Nichts zu machen!« knurrte er.

Es wurde übermäßig warm in der Kabine. Hein heizte gut ein. Ich schaltete mich aus der Eigenverständigungsanlage aus, teilte den Kameraden mit, daß sie den Sprechknopf drücken sollten, falls sie etwas von mir verlangten, und rastete schleunigst die Frequenz der Bodenstelle, die unsere Flugsicherheit überwachte, um meine Pflichtmeldungen abzugeben. Auch hier bereitete mir der Empfang große Mühe. Die atmosphärischen Störungen nahmen beträchtlich zu, und schließlich konnte ich gerade noch eine Wetterwarnmeldung aufnehmen, verstand noch die Hö-

henangabe der Vereisungszone, und dann lähmte das Äthergetöse die Funkverständigung.
Ich unterrichtete Hein darüber.
»Da, horch selbst hinein!« sagte ich und schlug den Schalter herum, daß er in die Frequenz hineinlauschen konnte. »Stell ab! Stell ab!« rief er. »Das ist ja zum Verrücktwerden, so ein Krach!«
»Wieviel sagtest du, Harry?« fragte Fred. »Bis in welche Höhe war die Vereisung?«
»Stellenweise bis in viertausend, der Meldung nach.«
»Hm! Unsere Sicherheitshöhe beträgt achtzehnhundert. Wir sind schon mitten drin. Noch tut die Enteisungsanlage ihr Mögliches. Aber wir wollen es nicht allzulange darauf ankommen lassen. Ich glaube, es ist besser, wenn wir versuchen, die Front nach oben zu durchbrechen.«
»Unbedingt!« erwiderte Hein. »Ich gehe schon auf Steigkurs. Harry, wenn du die Bodenstelle nicht verstehst, funke die Änderung unseres Flugzustandes einfach blind.«
»Gut!« sagte ich.
»Wir gehen jetzt auf Höhe fünftausend!«
Und so geschah es. Ich tastete meine Meldungen blind, und wir hofften, daß uns die Bodenstelle verstehen würde, denn ich leitete meinen Spruch mit den entsprechenden Notsignalen ein. Freds Überlegungen waren durchaus berechtigt. Wir durften nicht allzulange in der Vereisungszone bleiben. Die Heizung konnte nachlassen. Am Plexiglas waren leichte Kristallzungen zu erkennen, deren Wachstumsgier durch die überheizte Kabine noch sehr beeinträchtigt wurde, aber wußten wir, wie lange ihre Macht noch zu bannen war? Es galt aus dieser gefährlichen Zone unbedingt herauszukommen. Sie zu unterfliegen war nicht möglich. Tiefer als 1800 Meter durften wir der Berge wegen nicht gehen. Über der

Vereisungszone befinden sich sehr oft Zirruswolken, die aus winzigfeinen Eisnadeln bestehen und vom Flugzeugkörper abprallen. Die gefährlichen Vereisungsfronten hingegen sind Wasserwolken in unterkühlter Luft. Ihre Temperatur liegt zum Teil noch über dem Gefrierpunkt, und erst durch die Berührung mit dem metallenen Körper des Flugzeugs erstarren diese Wassertröpfchen zu Eis. Wie unzählbare weiße Insekten stürzen sie sich auf uns, kleben an Flugzeughaut und Luftschrauben, vermehren sich mit rasender Geschwindigkeit, werden Gewicht, werden Keil, werden Fessel.

Um uns herrschte eine undurchdringliche Finsternis. Nur ab und zu blitzte ein weißer Fleck, wenn die Dichte des schwarzen Wolkenschleiers nachließ, von Fläche und Rumpf durch das Kabinenglas und gemahnte uns, daß wir auf die menschliche Technik nicht blindlings bauen durften. Die Elemente sind unabwägbar mit ihren Tücken.

Ich hatte meine Arbeitslampe ausgeschaltet, die Lautstärke des Empfängers zurückgedreht und schaute hinüber zu Hans. Ich wußte ihn auf dem Klappsitz neben mir. Doch der hintere Teil der Kabine war so dunkel, daß ich den Mechaniker zunächst nicht erkannte. Fred machte sich vorn am Peilgerät zu schaffen. Aber auch er vermochte unmöglich etwas zu vernehmen. Im Schein seiner Arbeitslampe sah ich ihn mit dem Dreiecksrechner hantieren. Er hatte jetzt seine Not, denn seit der letzten Peilung war fast eine halbe Stunde verstrichen. Er mußte blind, aufs Geratewohl, weiterkoppeln. Und dabei wußte er nur Windrichtung und Windstärke von der Beratung in Lyon, denn eine Wettermeldung zu erhalten, war mir später nicht mehr gelungen. Wenn ich mich weit herumneigte, entdeckte ich Heins Fäuste am Halbrad der Steuersäule. Zwar erkannte ich nur die rechte Hand im schwachen Lichtschein, der von Fred herüberdrang, doch ich ahnte die Linke, denn ich wußte ja, wo sie sich befand. Und zwischen Fred und Hein glomm unser eigener kleiner Sternenhimmel. Es waren grünlich-weiße Striche, Punkte und Zahlen, wie der phosphoreszierende Glanz faulender Knochen, und hier und dort glühte ein Lämpchen gleich einer märchenhaft winzigen Sonne. Dieser Himmel mit seinen absonderlichen Lichtern war uns noch gnädig verblieben. Menschenhände hatten ihn gefügt, und wenn seine Gesetzmäßigkeit versagte, war das Schicksal der Besatzung besiegelt. Es lag Leben hinter diesen Sternen, ein geheimnisvolles Kreisen. Dort pulsierte eine eigene Welt. Und wir sahen sie an, prüfend, forschend, abschätzend. Wir verglichen Zeiger mit Zeiger, Zahl mit Zahl, Strich mit Strich. Sie geboten in diesen Minuten über unser Leben und vermochten damit willkürlich umzugehen und zu spielen, ganz nach Laune und Belieben. Sie dirigierten unseren Herzschlag, unser Denken, unsere Handgriffe. Nicht wir waren die Herren der Maschine, nein, diese Lichter da vorn schienen unsere Zwingherren zu sein, und wir mußten uns gut mit ihnen stehen und sie vorsichtig behandeln, wenn wir Wert auf unser Leben legten. Sie konnten uns Treue heucheln. Tausendmal war dieser oder jener Hebel ein williger, gefügiger Leibeigener, und mit einem Male ändert er seinen Sinn, denkt sich eine Revolte aus, und das Verhängnis bricht über uns herein.

Eine seltene Beklommenheit empfanden wir plötzlich vor ihnen, eine Beklemmung, die uns den Atem heiß werden ließ. Und als ich meinen Blick von ihnen löste, gewahrte ich Hansens Gesicht. Er hatte sich weit vorgebeugt, sein Kopf hing zwischen dem Beobachter- und Führersitz. All seine

Sinne belauerten die Instrumente. Er stand ihnen Auge in Auge gegenüber.

Fred tastete nach dem Sprechknopf, und schon hörte ich: »Achtung! Atemmaske anlegen! 4000-Meter-Grenze überschritten!«

Nun drangen wir in die Gefahrenzone ein und folgten der Anweisung des Beobachters. Die Atemmaske schloß Mund- und Nasenpartie luftdicht ab und war durch einen Schlauch mit der automatischen Lunge verbunden. »Maulkorb« hieß sie in der Fliegersprache. Jedoch beeinträchtigte sie unser Sprechen nicht, da wir uns durch die Kehlkopfmikrophone verständigten. Die automatischen Lungen wiederum wurden durch längere Zuleitungen von den Sauerstoffflaschen gespeist, die hinten im Rumpf untergebracht waren, und jedes Besatzungsmitglied besaß sein eigenes Höhenatemgerät und seine eigene Flasche.

»Na, hoffentlich hört der Dreck bald auf!« stöhnte Hein. »Ich klettere noch weiter. Ich habe ein Gefühl wie Ritter, Tod und Teufel! – Wir müssen doch endlich rauskommen . . .«

»Wenn meine Berechnungen stimmen, sind wir dicht vorm Schwarzwald«, antwortete Fred. »Ich werde es noch einmal mit dem Peilgerät versuchen!«

Unterdessen wechselte ich die Frequenz auf die Hauptstelle München, doch der Empfang war noch ebenso miserabel wie zuvor.

»Sind wir denn noch nicht aus der Vereisungszone heraus?«

»Doch, Harry!« erwiderte Fred. »Ich höre einen Dauerton. Es muß das Funkfeuer 23 sein. Aber nenne mir zur Sicherheit noch einmal die Einstellung.«

Fred hatte wirklich recht. Die Frequenz, die ich ihm nannte, stimmte. Es mußte das Funkfeuer in der Nähe von Augsburg sein. Und als wir schließlich die Kennung hörten, war es uns gewiß. Nun versuchte ich es auch noch einmal mit meinem Funkgerät und atmete auf, denn, ich hatte Glück und wurde sofort gehört.

»Tadellos!« ließ sich Hein vernehmen. »Nun kommt alles mit einem Mal. Seht da, wir sind raus.«

Ich sah hinauf und mochte es kaum fassen. Wir tauchten auf wie vom Grunde eines Meeres.

»Sterne!« jubelte Hans. Es war mir, als habe uns jemand einen Rettungsring zugeworfen. Dieser Ruf blieb für immer in meinem Gedächtnis, denn er war das letzte frohe und ruhige Wort, das ich in dieser Nacht vernahm. Dieses »Sterne!« war wie das Aufreißen einer Kerkertür oder wie der letzte hellschmetternde Fanfarenstoß vor einem dumpfen, orphischen Finale.

Noch flogen wir zwischen den Sternen. Wieder berauschte uns die nächtliche Herrlichkeit des Weltalls. Ach, sie ist anders, tausendmal schöner dort droben. Unter uns wogte das violett-braune Wolkenmeer wie eine sich wälzende Lavamasse. Noch sahen wir auf von unserer schweren Arbeit und vergaßen die schimmernden Eisreste auf Flächen und Rumpf; wir schauten nur, wie die Lichter des Alls durch die Kanzelhülle glitzerten und ihre feinen Strahlen von den schmelzenden Eiskristallen prismaartig gebrochen bei der geringsten Bewegung des Kopfes in immer neuen, bunten Farben schillerten.

»Sterne!« murmelte Hein. Ach, es waren warme, freundliche Augen, in die wir blickten, wohin wir das Antlitz richteten. Da mußten die phosphoreszierenden Flecken an den Armaturenbrettern verblassen. Jetzt fürchteten wir ihren dämonischen Ausdruck nicht mehr. Nein! In diesen Sekunden nicht. Wie klein und unwesentlich waren die Gefahren und Ängste, welche die Welt dort unter uns barg. Über uns war der Himmel, der klare Himmel; wie ein Gnadengeschenk empfanden wir ihn, als reiche uns jemand nach einer verzweifelten Todesfahrt einen funkelnden Pokal köstlichen, lauteren Weines, – und wir tranken, tranken mit Augen und Herzen.

»Dada-daditdada-dadada!« Ich fuhr zusammen. Was war das? Wo kam das her? – Und wieder: »Dada-daditdada-dadada ...« Da rief jemand nach uns mit einer tristen, quäkenden Flöte! Ich kannte diese Fagott-Melodie!
»MYO!« schrie ich. »MYO!«
Alle schreckten wir zusammen, alle vier, bei diesem Ruf. Ich selbst erschrak, denn so laut hatte ich es nicht geschrien. So laut nicht! Nein! Das war nicht meine Stimme gewesen, die die Membranen in meiner Kopfhaube so schrill wiedergaben. Wer saß in unserer Leitung? Wer hatte diesen Ruf so entsetzlich verzerrt und verstärkt, daß mich vor meiner eigenen Stimme schauderte?
Ich griff zum Frequenzangleich am Empfänger, und laut und deutlich quarrte mir der Funkspruch in den Ohren. Eine Sternmeldung: An alle! An alle! Starke Kampf- und Zerstörerverbände ...! Ich entschlüsselte weiter und nahm die Gradnetzkarte mit den Meldetrapezen zur Hand. – Anflugrichtung Nürnberg! Und gleich darauf eine neue Meldung: Starke Kampf- und Zerstörerverbände mit Anflugrichtung auf Leipzig! – Die einen kamen aus Westen, die andern aus Nordwesten.
Hein rief: »Schnell noch eine Standortmeldung von der Hauptstelle, Harry!«
Hans machte sich an den MGs zu schaffen und rutschte dann in die Bodenwanne.

»Standort 01.52 Uhr über Flußmündungen: Neckar, Jagst und Kocher bei Wimpfen!«
Fred fing an zu schimpfen: »Wenn wir doch nur die genaue Flughöhe der Feindverbände wüßten! Ich wette, wir fliegen denen direkt ins Gehege!«
»Hauptstelle weist uns an, sofort in Schwäbisch-Hall zu landen!« gab ich durch. Doch da waren wir uns einig: Das kam nicht in Frage. Was wußte die Hauptstelle von unserem Befehl, was wußten die da unten vom alten Tom? Wir waren doch keine Anfänger mehr. Wir mußten durch!
»Gehen auf achttausend!« entschied Hein.
»Willst du sie überfliegen?« fragte Hans.
»Auf jeden Fall! Etwas anderes gibt es nicht?« – Das bedurfte keiner weiteren Erörterung. Das war für uns selbstverständlich, denn wir glaubten, daß die Nacht uns schützend in ihre Arme nähme. Wir glaubten, daß die Treue zu unserer Aufgabe uns gegen das Verderben feien müsse. Der alte Tom, dachten wir, die Gruppe wartet! Vor Morgengrauen müssen wir gelandet sein. Wir haben eine Schlacht gegen das Wetter gewonnen, wir werden auch aus der andern ungeschoren hervorgehen.
Fred schaltete rasch auf das Würzburger Funkfeuer um.
»Es meldet sich nicht mehr!«
Würzburg hatte die Sendung eingestellt, um den Feindmaschinen den Anflug nicht zu erleichtern. Geschwind holte ich noch einige Kreuzpeilungen ein. Bald mußte ich auch diese Mühe aufgeben. Die Peilstellen verstummten. Das war der Beweis, daß sich der Feind unmittelbar in ihren Bereichen befand. Aber diese Bereiche waren auch die unseren. Ich blieb auf Empfang und widmete meine ganze Aufmerksamkeit dem Luftraum. Alle überflüssigen Bordlichter hatten wir längst gelöscht.

Noch einmal gab uns Hein die Flughöhe bekannt: »7600!« Dann hielt die große Stille ihren Einzug.

Die Sinne waren nach draußen gerichtet. Dort thronte die hohe Nacht mit ihrem unheimlichen Frieden. Über uns lebte das tausendfache Glitzern und der hauchdünne Schleier der Milchstraße von Horizont zu Horizont. Unter uns lagerte sich mit gleichbleibender Finsternis die dicke Wolkenwand, die uns von der Erde trennte. Und über dieser dunkelbrauenden Landschaft flog irgendwo auch der Feind. Er brauchte sich nicht einmal bis auf die Wolkenkuppe hinabzulassen. Er fand auch so sein Ziel, da er mit seinen Radargeräten durch sie hindurchsehen konnte. Aber wo war er? – Die Nacht war zu dunkel. Vielleicht war es auch unser Glück, daß der Mond nicht schien.
Hans lag in der Bodenwanne und beobachtete den unteren Luftraum. Von ihm war nichts zu sehen. Vorn in der Kanzel huschte ein undeutlicher Schatten hin und her.
Es mußte Freds Kopf sein. Und dort vorn in Flugrichtung, war da nicht plötzlich der Sternenhorizont verschwunden? – Ja, jetzt erkannte ich es deutlicher: Ein hoher Kumulussturm mit feinen, silberflaumigen Konturen brach dunkel in das Firmament hinein. Vor einer halben Stunde hätten wir diese Wolke noch verwünscht. Doch jetzt sehnten wir sie herbei. Sie konnte Deckung bieten. Und sie erschien mir plötzlich wie eine Insel der Rettung, wie eine Kathedrale, die den Verfolgten Asylrecht gewährt.
Angestrengt schaute ich über das Leitwerk hinaus. Überall war es ruhig. Nur im gleichmäßigen Atmen der Motoren hörte ich ein Lied in der Nacht. Ein Lied ohne Worte, eine schwermütige, hohle Melodie wie ein sarkastischer Hymnus an die weite, in den Sternen sich widerspiegelnde

Schöpfung. Ein Hymnus über der haßzerwühlten Erde von Kain und Abel, über Mord und Zerstörung, über den Feueressen brennender Städte, ein Lied von Hohn und Anklage.

Doch was war das eben am Leitwerk? Bewegte sich nicht etwas dort unter dem linken Höhenruder! War es ein Stratusfetzen gewesen? Jetzt war nichts mehr zu sehen. Hatte die Nacht mich genarrt? Nein! Da war es wieder, nur ein wenig tiefer; – ein schwarzes Brett schob sich langsam herauf wie von magischer Gewalt angezogen, wurde schnell größer, und da noch eins und dort, und nun brach neben dem Rumpf ein großer Schatten hervor ...

»Moskitos!« schrie Hans aus der Bodenwanne. Ich zielte nicht lange und schoß. Zehn, zwölf Funkenketten rasten mir entgegen. Von oben, von unten kamen sie, endeten hinten im Rumpf, kreuzten sich rechts und links neben der Kabine. Vor meinen Augen schien der Himmel zu sprühen. Ich wußte nicht, wo ich zuerst hinschießen sollte und hielt immer mitten hinein in diese Funkensender.

Jetzt ist es aus! Gleich gehen die Tragflächen in Flammen auf, jeden Moment muß vor dir das Plexiglas durchlöchert werden. Nein, – noch nicht. Noch hast du keine Ladehemmung, und so lange du den Zeigefinger krümmen kannst und die Augen offen sind, gibst du dich nicht verloren.

Mit einem Male vernahm ich ein lautes Knacken in den Ohren und darauf den leisen, abschwellenden Ton einer Sirene. Dann war alles taub unter der Kopfhaube, und schlagartig war es auch dunkel um mich. Die Maschine taumelte. Das Feuerwerk hinter mir war vollkommen erloschen. Selbst die Sterne! Wo war der Himmel? Vor mir glomm nur das Fadenkreuz meines MGs. Der Kumulusturm, durchzuckte es mich. Wir sind in den Wolken. Waren sie unsere Rettung?

Schon wurde ich nach rechts geworfen und dann in den Sitz gepreßt. Was war das, eine Steilkurve? Oder schmierte die Maschine gar ab? Ich wendete mich blitzschnell nach allen Seiten. Brannte die Kiste? Züngelten schon Flammen? Nacht, Dunkel, undurchdringliche Finsternis ...

Aber wir stürzten, und es mußte ein steiler Fall sein, denn die Maschine trudelte. Ich meinte jedenfalls, daß es so sei, glaubte Kreiselbewegungen zu verspüren. War Hein getroffen ...?

»Hein!« schrie ich. »Hein! was ...?« Die Worte blieben mir im Halse stecken, denn ich hörte meine eigenen Laute nicht mehr. Kein Rauschen, kein Knacken, leer war es unter der Kopfhaube, eine gepreßte Taubheit quälte mich. Nur das schluchzende Dröhnen der stürzenden Motoren brandete von außen schmerzend gegen die Schläfen.

»Hein!« schrie ich, »Hein!« so laut, daß ich meinte, er müßte es trotz der Motoren hören, wenn er noch lebte. Ich drehte mich um: »Fred!« – Heiß schlugen die Namen in meiner Atemmaske gegen Mund und Nase zurück, heiß und feucht. Ein leichtes Schwindelgefühl durchfloß meinen Körper. Kaleidoskopartig kreisten mannigfaltige Schattierungen vor meinen Augen. Dann war mir, als läge die Maschine wieder normal. Ich warf den Kopf herum. Meine Blicke hasteten über die Flugüberwachungsgeräte. Endlich hatte ich gefunden, was ich suchte: den Horizontalkreisel – und atmete auf. Der weiße Balken stand waagerecht hinter der Flugzeugmarke. Das bedeutete Horizontallage.

Fred ließ sein Arbeitslämpchen aufblitzen. Die Atemmaske, dachte ich, wenn die Atemmaske nicht wäre, könnten wir uns durch lautes Brüllen verständigen. Aber was soll denn nur werden, wir können doch unmöglich ohne Funkverbindung fliegen. Plötzlich verspürte ich den Geruch von ver-

branntem Gummi, und da entsann ich mich des leisen, abschwellenden Pfeiftones. Das war das Anzeichen für das Absterben der Umformer gewesen.
Der Brandgeruch verflog. Mir war alles klar. Eine Hauptleitung mußte zerschossen sein. Da gab es nichts mehr zu reparieren, während des Fluges jedenfalls nicht.
Wie wollten wir aber weiter bestehen, wie den Standort bestimmen und unser Ziel finden, und wie wollten wir überhaupt landen? Bei Nacht ohne Funkverbindung den Platz anfliegen und landen, bei diesem Wetter noch dazu? Aus meiner ganzen Praxis wußte ich keinen Fall, wo solches gelungen war. Nein, das war ausgeschlossen.
Abgeschossen worden? das waren wir nicht; aber man hatte uns an der empfindlichsten Stelle getroffen. Der Sinnesnerv der Maschine war durchschnitten, und wir waren gelähmt. Ein blinder Vogel wird nie sein Nest finden.

Ich zermarterte mir den Kopf: Was tun? was denn nur? – Nicht einmal verständigen konnten wir uns. Jetzt brauchten nur noch einige Instrumente, einige Flugüberwachungsgeräte zu versagen, dann waren wir reif zum Aussteigen. Wir sahen noch und waren doch blind, wir hörten noch und waren doch taub, wir hatten die Sprache noch nicht verloren und dennoch waren wir stumm. –
Der alte Tom, die Kameraden; vergebens würden sie auf uns warten. Umsonst würden sie bei den Flugsicherungsbodenstellen nachfragen. Niemand konnte ihnen Auskunft geben. Unser Schicksal verlor sich im ungewissen, unerforschlichen Himmel der Nacht. Irgendwo würden Flugzeuge aus dem Dunkel gestürzt und am Boden zerschellt sein, fremde, eigene und unter ihren Trümmern müßte man auch nach den Resten einer Ju 88 suchen mit den Kennbuchstaben ST-OD.

Vielleicht würde man sie noch finden ... vielleicht ... Der Schlußakt war noch nicht beendet, obgleich sich schon der Vorhang vor der letzten Szene zu senken begann ...

Wie hoch mochten wir sein? Hatten wir die Atemmaske noch nötig? Ich riß einen Zettel aus meinem Notizblock, schaltete mein Arbeitslämpchen ein – das wenigstens war mir noch verblieben – und schrieb: »Sämtliche Funkmöglichkeiten, auch Sprechfunk, zerstört! Peilgerät tot! – Flughöhe? – Maulkorb noch nötig?«

Sofort drehte ich das Licht wieder aus, denn die Verdunkelungsvorsicht zu beachten war auf jeden Fall geboten, und gerade wollte ich Hein den Zettel vorreichen, als ich eine Hand auf meiner linken Schulter spürte und ein wenig zusammenfuhr ob dieser unerwarteten Berührung. Ich tastete nach dieser Hand und fühlte einen Papierfetzen, entnahm ihn den harten Fingern, sie mußten Fred gehören, hielt sie schnell fest und schob mein beschriebenes Blatt zwischen die kalten Knöchel. Dann ließ der Griff von mir ab. Lange noch empfand ich seinen Druck.

Ich schirmte mein Lämpchen mit der einen Hand ab und las mit großem Erstaunen, daß meine Fragen schon beantwortet waren: »Nicht ohne Höhenatmer! Immer noch 6000! Wenn keine Funkverbindung mehr, dann Astronavigation! Brechen nach oben durch. Fred.«

Gott sei Dank! Daran hatte ich gar nicht gedacht. Wir führten ja unsere Libellenoktanten nebst den dazugehörigen Unterlagen mit. Astronavigation, das könnte unsere Rettung bedeuten. So vermochten wir wenigstens nach den Sternen unseren Standort zu bestimmen. Ich rechnete aus, wieviel Kraftstoff wir noch besaßen. Kamen wir bis zum Morgengrauen damit hin, so würde vielleicht alles noch einmal gut ausgehen. Wenn nur die Wetterverhältnisse nicht so schlecht sein möchten, und die Wolkenuntergrenze nicht zu tief läge. Immerhin, es könnte noch irgendwo eine Bauchlandung in Aussicht stehen, wenn wir nicht inzwischen von eigenen Nachtjägern abgeschossen würden, denn in dem Bereich, wo wir uns jetzt befanden, flogen wir unangemeldet. Wenn wir solche Angriffe früh genug bemerkten, war es möglich, die für diese Nacht geltende Kennung mit der Leuchtpistole zu schießen. Das wies uns als deutsches Flugzeug aus. Das Sternenlicht schlug in meine Überlegungen hinein. Fred tastete nach meinem Arm. Ein neuer Zettel. Doch diesmal mußte ich beim Lesen größte Vorsicht walten lassen. Zunächst spähte ich sorgsam nach allen Seiten, ob nicht irgendwo wieder die Schatten der Moskitos, jener schnittigen, zweimotorigen Zerstörer, auftauchten. Aber wohin ich sah, fingen meine Augen das diamantene Blinken der fernen Leuchten auf. Starre, dunkle Ruhe umschloß uns. Hans würde auf der Hut sein. Er lag ja noch unten in der Bodenwanne, wie er es bei den gefährlichen Situationen der Feindflüge immer tat. Er würde Alarm schießen, und das müßte ich sehen. Auf Hans konnte ich bauen, und ich würde den Überfall sicher auch nicht eher bemerken als er. Vorhin war es ebenso gewesen. Hans hatte gute Augen, ihm würde nichts entgehen. Seine Verläßlichkeit hatte sich oft genug erwiesen. Die Arbeitslampe ließ ich ausgeschaltet, ich nahm meine Taschenlampe hervor, schirmte sie ab und hielt sie ganz dicht über das Papier.

»Uhrenvergleich! ... 1. Messung 2.21 Uhr, du schießt Regulus! Ich: Kapella! Visierzeit 120 Sekunden. – 2.25 Uhr, 2. Messung!«

Und wieder spürte ich seine Hand. Ich ergriff die Uhr und verglich sie mit der meinen. Die Zeiten stimmten auf die Sekunde überein. Ich zeigte ihm beide Chronometer.

Jetzt war es 2.19 Uhr. Darum beeilte ich mich, meinen Oktanten einsatzklar zu bekommen, zog sein Uhrwerk auf, stellte auf 120 Sekunden Ablaufzeit und richtete das Visier auf den Regulus im Sternbild des Löwen. Bald hatte ich die kleine Wasserblase, die Libelle, treffend im Fadenkreuz, und mitten im Bläschen blinkte mit grünlichem Licht der Stern. So mußte es sein. Diese drei Dinge sollten 120 Sekunden lang ineinander liegen, dann hatte ich den Stern »geschossen«, dann konnte ich seitlich am Zählwerk seinen Höhenwinkel ablesen. Aber zwei Minuten lang ihn so still im Visier zu haben, zwei Minuten ihn frei hochzuhalten, das kostete Schweiß!

Ruckweise sprang der Sekundenzeiger über das große Zifferblatt der Astrouhr auf meinem linken Handgelenk. Jetzt noch zwanzig Striche. Noch acht Sprünge des Zeigers, noch fünf, drei, – ich zählte: einundzwanzig, zweiundzwanzig, drei und los. Ich hatte den Knopf gedrückt, das Zählwerk lief, ich spürte sein Rattern am Backenknochen. Doch was war das? Ruckartig sprang der Stern weit fort. Die Maschine schwankte, tanzte! – Was sollten diese Abwehrbewegungen?

Geschwind, in unbewußter Hast setzte ich den Oktanten ab und griff zum Maschinengewehr. Aber wo war der Feind? Ich schaute blitzschnell nach allen Seiten. Nichts als Dunkel, Sterne, Einsamkeit!

Hein, was sollten diese unsinnigen Abwehrbewegungen? Wußte er nicht, daß wir Sterne schießen wollten? Welchem Zweck dienten diese Übungen?

Ich sah zu Fred. Er hatte Licht gemacht und drohte Hein. Dann ging die Lampe wieder aus.

Die Schwankungen ließen nach und erstarben vollends. Das Variometer zeigte, daß wir mit einem Meter in der Sekunde

stiegen. Diese Feststellung beruhigte mich. Es war ein guter Einfall von Hein. Der Steigkurs müßte unsere Geschwindigkeit verringern, und das bedeutete ein sicheres Bestimmen des Standortes, denn sobald die Messungen beendet waren, vergingen immerhin noch einige Minuten, bis wir den Überflugsort errechnet hatten. Dann aber wußten wir erst, wo wir uns zur Zeit des Sternenschießens befanden, und nun hieß es noch zurückrechnen und weiterkoppeln, um den gegenwärtigen Ort zu ermitteln. Je langsamer die Maschine flog, desto geringer war diese Zwischenzeit und um so kürzer die zurückgelegte Strecke; und weil wir jegliche Orientierung verloren hatten, war dieses Verhalten unseres Flugzeugführers nur zu begrüßen. Doch warum hatte die Maschine eigentlich so geschwankt?
Freds Zettel sollte mir darauf eine vorläufige, beruhigende Antwort geben: »Änderung!: 1. Messung: 2.27 Uhr; 2.: 2.31 Uhr. – Haben anderen Höhenwind, wahrscheinlich Böen. Hein steigt! Gut!«
Gut! – das sagte alles. Ja, unser Flugzeugführer war auf Draht. Er wußte auch in den schwierigsten Lagen, worauf es ankam. Unsere Besatzung harmonierte auch ohne Worte, ohne Befehle, sobald es sein mußte. Ein jeder stritt für vier. Hans lag in der Bodenwanne und bewachte uns. Wir kämpften mit Raum, Zeit und Finsternis ein Ringen auf Leben und Tod aus; und wir mußten es bestehen.
Die Messungen gelangen. Wir rechneten fieberhaft, als gälte es einem Meteorhagel auszuweichen und arbeiteten mit den Lampen. Es war unerläßlich. Wir rechneten, die Minuten verflogen wie Sekunden, und schließlich übergab ich Fred meine Werte.
Bald darauf schossen wir Arktur und Pollux. Die Maschine lag ruhig, die Messungen klappten ausgezeichnet.

Als ich den Zettel mit den errechneten Werten vorgab, schaute ich auf den Höhenmesser und traute meinen Augen nicht. Um Himmels willen, war Hein übermütig geworden, wo wollte er denn mit uns hin? 8200 Meter, und immer noch stand das Variometer auf »steigen«!
Ab achttausend müßte eigentlich reiner Sauerstoff geatmet werden. Was sollte diese unsinnige Höhe? Er müßte doch bemerkt haben, daß wir mit den Messungen zu Ende waren. Fred hatte es noch nicht entdeckt. Der schwache Schein seines Lämpchens fiel auf Heins rechte Faust am Steuerrad. Sie hielt unbeweglich. Ich wandte mich weit herum, ohne den Kopf des Flugzeugführers zu erkennen. Das war mir früher nie geschehen und kam mir ungewöhnlich vor. Doch er konnte sich ja zurückgelehnt haben.
Wieder sah ich nach hinten. Der Luftraum war ruhig. Die Wolken lagen tief unter uns. – 8200, durchzuckte es mich wieder. Erneut flog mein Blick zu den Instrumenten. Immer noch wies der Zeiger in dic Höhe, immer noch meldete er »steigen«! und langsam kletterte er auf den dritten Hunderterstrich.

Mich überfiel plötzlich ein unheimliches Frösteln. Fred hatte die Karte auf den Knien, zog einen Strich und drehte am Dreiecksrechner. Erregt schrieb ich einen Zettel: »Hein! sofort tiefer gehen! Siehe Höhenmesser!«
Ich reichte den Papierfetzen vor. Er schimmerte Hein über den Ellenbogen. Und weil er ihn nicht bemerkte, begann ich den Zettel hin und her zu schwenken. Niemand griff nach meiner Hand, und doch hatte ich das Gefühl, als schauten Augen hinein und lasen. Aber Hein saß unbeweglich am Steuer. Anscheinend hatte er sich in die Höhe verliebt und wollte nichts von meiner Mahnung wissen.

»Hein!« rief ich endlich und schlug ihn auf den Arm. Hein ließ nicht von seinem Steuerrad und rührte sich nicht. Welch ein Verhalten? Ich ergriff ihn am Ellenbogen und schüttelte ihn. Doch ich hätte ebensogut an eine Leichtmetallverstrebung packen und zu rütteln versuchen können, gerade so steif und unnachgiebig schien mir dieser Arm zu sein. Dabei glotzte mich das grünlich-weiße Schimmern der Ziffernblätter und Knöpfe an, als wäre es der gespensterhafte Phosphorschein fahler Knochen, und wohin ich auch sah, begegnete ich diesem stumpfsinnigen und hinterhältigen Starren. Ich schauderte. Was war los? Hier stimmte etwas nicht. Wir mußten diese Höhe aufgeben, wir hatten einen zu hohen Gipfel erklommen. Der Schweiß in meiner Atemmaske schmeckte mir bitter-salzig. Ich hörte mein Herz im Halse schlagen. Licht mußte ich haben! Licht! Ich ertrug diese Katzenaugen nicht mehr, die mich anstierten, als läge ein Raubtier auf der Lauer. Licht, helles Licht brauchte ich, damit dieses teuflische Leuchten vor meinen Sinnen verblaßte. Ich schaltete meine und Hansens Arbeitslampe ein.
Der Mechaniker lag immer noch mit ahnungsloser Ruhe in seiner Bodenwanne und rollte sich in der Nacht die Augen aus.

Da hörte ich die Motoren wieder. Schrien sie schriller? Manchmal war's wie ein heiseres Gurgeln. Und ... da sang doch jemand ... in hellen Kehlkopftönen.
Die Motorenmelodie ging mir mit einem Male wie eine feine, scharfe Säge durch Mark und Bein. Ich sah die Funkenketten wieder vor meinen Augen, wie sie vorhin um den Rumpf peitschten. Sollte dabei Heins Sauerstoffflasche getroffen worden sein, oder haben sie irgendwo seine Zulei-

tung durchschlagen? Was war das doch für ein fremdartiges Tanzen der Maschine gewesen, als ich den Regulus schießen wollte? In Böen wären wir hineingeraten, hatte der Beobachter gemeint? Nein, das sind keine Böen gewesen, das waren kurze Ausschläge von Höhen-, Quer- und Seitenruder ...!
»Fred! – Fred! – Was ist mit Hein?«
Ich mußte es entsetzlich laut geschrien haben, denn der Kamerad schreckte zusammen und blickte zum Flugzeugführer hinüber, und ich sehe noch seine vor Entsetzen geweiteten Augen. Ich zeigte auf den Höhenmesser, aber er nahm keine Notiz davon. Er stierte auf Hein ...
Dann sprang er auf, und schon stand ich neben ihm. Hein hatte den Kopf zurückgeworfen und starrte hinauf in die Sterne. Fred leuchtete mit der Taschenlampe in den blauen Gesichtsstreifen über der Atemmaske.
Sekunden standen wir fassungslos. Wir sahen uns nicht an, wir blickten nur in das Gesicht des Toten und auf die steifen, reglosen Arme, die das Steuer hielten.
Plötzlich krallte Freds Hand in meine Schulter. Hart und spitz fühlte ich jeden Finger, ich fürchtete unter diesem Druck zusammenzubrechen. Um die Hände des Toten zu lösen, griff der Beobachter nach dem Steuerrad. Er wollte dessen schwenkbaren Steuerarm zu seinem Sitz hinüberkippen, denn von nun an mußte er die ST-OD steuern. Doch vergeblich zerrte er an den Händen, sie ließen nicht locker. Die Totenstarre war schon eingetreten.

Fred schaltete die automatische Kurssteuerung ein, und dann versuchten wir mit vereinten Kräften die verkrampften Hände zu öffnen. Unsere Anstrengungen blieben ergebnislos. Am Leder der Handschuhe glitten wir immer wieder ab. Hein gab sein Steuer nicht frei – Hein sah die Sterne.

»Morsau!« schrie ich. Da packte mich das Grauen. Nur raus, fort aus diesem Totenschiff! Das war nicht mehr unser Flugzeugführer, der hier am Steuer saß, das war der andere Hein selbst, dessen lebende Fracht wir waren. Mors saß auf dem Führersitz und flog seinen Platz an, von welchem nur er allein wieder starten konnte. Wir waren auf dem Flug nach Morsau. Fred schüttelte sich vor Entsetzen, riß die Atemmaske herab und brüllte mir ins Ohr: »Fort! Raus! Achttausendsechshundert! Raus Harry! Raus!«
Ich sah, wie er sich noch einmal die Atemmaske ins Gesicht stieß, tief Luft schöpfte und dann mit blitzender Taschenlampe an mir vorbei zu Hans sprang und in die Bodenwanne hinableuchtete. Ich zog den Mechaniker am Bein. Er machte keine Anstalten, heraufzukommen. War er denn eingeschlafen? Gemeinsam zerrten wir ihn hoch. Der Lichtkegel der Lampe traf sein Gesicht. Bis zur Lähmung entsetzt ließen wir ab. Wir sahen erkaltetes Blut. Da begann die Maschine leicht zu schwanken. Fred tastete fieberhaft nach dem Notgriff. Er hatte keine Atemmaske mehr auf und hielt immer noch die Luft an. Plötzlich spürte ich einen starken Zugwind. Der Beobachter sprang auf meinen Sitzplatz und stürzte hinaus in die Nacht.

Achttausendsiebenhundert Meter, durchraste es mich. Einen Augenblick lang zögerte ich. Noch einmal riß ich verzweifelt meinen Kopf herum, sah in das dunkle Loch der Bodenwanne, nochmals brannte mir Freds Lämpchen kalt und teilnahmslos entgegen, nochmals schaute ich die starren Arme und Fäuste am Steuer. Die phosphoräugigen Armaturenspinnen blitzten mir triumphierend entgegen und trieben mich drei, vier Sekunden nach dem Beobachter auf meinen eigenen Sitzplatz.

Ich atmete tief ein und zerrte meine Maske herab. Der ungeheure Sog zog mich hinauf, ein Orkan schlug mir ins Gesicht, die Nässe um Mund- und Nasenpartie schien sofort zu Eis zu werden. Ich wollte mich vom Kanzelrand nach unten abstoßen, um nicht gegen das Leitwerk zu schlagen, blieb dann irgendwo mit der Astrouhr hängen und spürte einen entsetzlichen Schmerz im Schultergelenk, als würde ich auseinandergerissen. Dann müssen mir die Sinne geschwunden sein, denn ich erwachte in einem brodelnden, heulenden Sturm. Entsetzt riß ich die Augen auf. Mir war, als läge ich in einer Tonne und rollte kopfüber einen endlos steilen und langen Hang hinab, stürzte, stürzte ...

Um mich war Finsternis. Ich glaubte in die Hölle zu fallen. Eiskalte Nässe schlug mir wie ein Reisigklopfer ins Gesicht. Dann der Druck in den Ohren, das Pressen und Würgen in der Kehle, das vitriolartige Beißen in den Augen – ach es sind kümmerlich zusammengestoppelte Deutungen.

Wie lange ich in dieser Lage das Inferno durchraste, vermag ich nicht zu sagen. Doch bald überfiel mich eine jähe Angst und die Erkenntnis: du stürzt, du bist schon in den Wolken, schnell, schnell zieh den Schirm, bevor es zu spät ist! Dieser Gedanke peitschte mich vollends wach. Ich hastete nach dem Griff vor der Brust und riß ...

Ein wahnsinniger Schmerz im linken Arm, ein Knall, ein Ruck, und ich meinte, mir seien sämtliche Glieder abgerissen worden. Trieb ich nicht wieder hinauf? ...

Erneut verlor ich die Besinnung. –

VIII.

Wie lange es dauerte, weiß ich nicht, denn man sagt, Träume laufen in Sekunden ab und liegen dicht unter der Oberfläche des Schlafes, und so etwa könnte es auch mit diesem Traum gewesen sein.

Ich flog ein riesenhaftes Flugzeug über eine endlos weiße Wolkenwüste, und unter mir zitterte ein noch größerer schwarzer Schatten auf der bleichen Fläche voraus. Krampfhaft versuchte ich das Steuer herumzudrehen, um einen anderen Kurs einzuschlagen, aber all meine Anstrengungen blieben umsonst. Die Steuersäule stand wie angegossen. Das Flugzeug war von seinem eigensinnigen Kurs nicht hinwegzubringen und schoß immer schneller und tiefer über das Wolkenlaken dahin. Ich hatte eine unbändige Angst, auf diesem blendenden Boden aufzurammen; der schwarze, gräßliche Schatten schien mir den Garaus machen zu wollen, denn er zog mich immer tiefer herab und drohte, mich zu zermalmen.

Schreien wollte ich, und ich meinte es auch zu tun, doch hörte ich meine Rufe nicht, denn der gewaltige Lärm der Motoren erstickte sie. Ich wollte aufspringen, aber ungezählte starre Hände mit dicken Lederhandschuhen krallten sich um meine Arme und Beine und drangen mir in die Schultern. Ich rang verzweifelt und schrie, – und der Schatten kam rasend näher, kam nach vorn auf mich zu.

»Hein!« rief ich. »Hein! Laß los!« – Dann war alles fort. Durch einen dichten Nebel kam eine große Gestalt heran mit einem weißen, langen Mantel. Ich lag irgendwo ganz flach ausgestreckt. Sie schob sich immer näher und sah zunächst aus wie der Oberstabsarzt in Lyon. Hager und steif

beugte er sich über mich. Ich wollte fliehen, doch ich konnte nicht fort. Ich vermochte nicht einmal die Arme hochzureißen, um ihn abzuwehren, denn meine Glieder gehorchten mir nicht.
Da schrie ich nach Bingen: »Herr Hauptmann, Herr Hauptmann! Der Oberstabsarzt . . .!« Und plötzlich sah ich ein Gesicht über dem weißen Kittel. Er war es ja selbst, – Bingen, er war es . . .
Dunkle Schatten tanzten um mich herum, und der Weiße verschwand wieder, tauchte mitten in diesen Gestalten unter, und nun wanderten sie näher. Drei waren es. Zwei sprangen von links herbei und einer von rechts. Sie zerrten gemeinsam an meinem linken Arm, und ich bäumte mich vor Schmerzen auf.
»Was wollt ihr?« rief ich verzweifelt. »Laßt mich in Ruh . . .!« Da erkannte ich sie: Hein und Hans . . .
»Komm . . .« lockten sie, »komm, warum hast du uns verlassen. Wir warten noch . . .«
Und der zur Rechten war Fred. Er winkte nur, winkte wie zum Abschied und lächelte. Aber dieses Lächeln veränderte sein Gesicht so sehr und – Rolly stand nun da.
»Ab tausend Meter wüste Vereisung . . .« sagte er.
Er hob die Hand zum Gruß und schwamm dahin; bloß der Nebel blieb noch. Aber der schien sich in drei weiße Säulen zu verwandeln, die mit einem Male wie unbeweglich zu meinen Füßen standen. Da hörte ich meinen pfeifenden Atem. Der Nebel versickerte allmählich immer mehr, doch die Säulen an meinem Fußende blieben, und jetzt sah ich sie deutlicher: zwei Männer und eine Frau.
Ich war erwacht.
»Wo bin ich?« fragte ich erstaunt und wunderte mich über meine Stimme, weil sie so fern und dünn klang.

»Er ist wach!« sagte die Krankenschwester. »Ich werde die drei zurückrufen!«
Sie eilte zur Seite, wo eine Tür sein mußte.
»Wen?« fragte ich. »Wen zurückrufen, Hein und Hans?«
»Ich weiß nicht«, sagte der Arzt, »wie Ihre Kameraden mit Vornamen heißen. Aber wir freuen uns, daß Sie sie erkannt haben. Sie wollten gerade abfahren, denn sie müssen zu ihrer Einheit zurück!«
»Zu ihrer Einheit?« wiederholte ich. »Das kann nicht stimmen! Nein, Sie irren sich ...! Wo bin ich denn nur? Was ist mit mir? ...«
Der Arzt ergriff meine Hand und lächelte müde. »Sie müssen ganz ruhig bleiben. Sie sind in Rostock. Sie haben lange geschlafen, und wir sind froh, daß wir Sie so weit haben. Es wird schon alles wieder gut werden. Sie haben großes Glück gehabt!«
»Glück?« stöhnte ich. »Was ist mit meinem Arm?«
»Er war nicht mehr zu retten. Aber seien Sie froh, es hätte noch schlimmer ausgehen können ...«
Dabei fuhr er mir mit einem weißen, bauschigen Tuch über das Gesicht. Ich war nicht imstande, ihm etwas zu antworten. Ich konnte das alles nicht begreifen. Mein Kopf war entsetzlich schwer und heiß, als sei er mit glühendem Blei gefüllt.
Der Arzt hielt immer noch meine Hand.
»Fünf Kilometer vor der Küste sind Sie heruntergekommen!« Es klang, als wollte er mich damit beruhigen. »In die Mistbeetfenster einer Gärtnerei sind Sie gefallen. Aber das war Ihre Rettung, trotz der vielen Glassplitter im Kopf. Man hat den Krach gehört. Die Gärtner hören immer, wenn Glas klirrt. Im Morgengrauen waren Sie schon hier. Wer weiß, wann man Sie sonst gefunden hätte ...«

Dann war alles wieder weit fort.

Mein Bewußtsein kehrte erst wieder, als die drei, welche die Schwester zurückgeholt hatte, mit einem Male neben mir standen. Wann sie gekommen waren und ob sie lange vergebens an meinem Bett gewartet haben, weiß ich nicht. Jetzt erkannte ich sie jedenfalls. Es waren Herrmann, Willi und Klaus von der Besatzung der »Martha-Dora«.

»Harry!« sagte Klaus. »Wie geht es dir?«

»Wir haben deine Sachen hergebracht, Harry!« schluckte Hermann. Er sah heute noch blasser aus, als er sonst ohnehin war.

»Sachen?« fragte ich.

»Ja, in zehn Minuten geht unser Zug wieder. Wir sollen dich grüßen vom alten Tom.«

»Er wünscht dir gute Besserung, Harry!« fügte Willi hinzu.

»Was ist mit Fred?« schluckte ich. »Er sprang so schnell. Sicher hat er gewußt, daß wir dicht vor der Küste waren ... Und wißt ihr, wo unsere Maschine aufgeschlagen ist? – Wo Hans und Hein liegen? ... Hermann, warum redest du nicht?«

»Harry! Du darfst dich nicht so aufregen. Du mußt ruhig bleiben. – Eure Maschine? – Das weiß niemand, wo die herabgekommen ist. – Wahrscheinlich ist sie ins Meer gestürzt.«

»Weißt du, Harry«, sagte Klaus bitter, »wenn man an keinen Sieg mehr glauben kann, dann sieht man, was der Krieg ist.«

»... und Fred?« fragte ich erneut.

»Fred? – Harry, Fred hat den Fallschirm zu früh gezogen. Weißt du? – Über viertausend Meter. Man hat ihn gefunden. Er war blau ...«

»Blau ...«

Da wurde es heiß in mir. Es schnürte mir die Kehle zu.

»Was ist eigentlich los?« stieß ich hervor. »Weshalb sollten wir so schnell zurückkommen?«

»Unser Geschwader ist doch vorgestern morgen aufgelöst worden. Und da sollten alle da sein. Harry! – Wir starten nie mehr!«

»Was? –« Mir preßte es das Herz ab. »Und darum, – darum dieser Befehl ...?«

Sie schwiegen betroffen und starrten auf das Bettlaken.

Ewald Kimenkowski

Erste Ost-West-Überquerung des Altlantischen Ozeans

In herzlichster Weise werden Köhl und Hünefeld von den irischen Offizieren und Mannschaften des Flughafens Baldonnel begrüßt, von dem aus zu dem wagemutigen Flug über den Ozean gestartet werden soll. Diese aufrichtige Herzlichkeit steigert sich von Tag zu Tag, je mehr das Band der Kameradschaft und der gegenseitigen Achtung stärker wird.

Als dann langsam durchsickert, daß Major Fitzmaurice, der Kommandant der irischen Luftstreitkräfte, als Mitpilot der »Bremen« mitfliegen wird, da ist es von dieser Stunde an, als ob unsere beiden deutschen Freunde nicht erst seit Tagen, sondern seit langen Jahren zu den Iren gehören.

Fitzmaurice ist den deutschen Kameraden ja kein Fremder mehr. Schon einmal nach dem Scheitern des ersten Fluges sind Köhl und Hünefeld Gäste in Baldonnel, wo sie nach der Umkehr wegen Ungunst des Wetters landeten, gewesen. Bereits damals haben sie den irischen Offizier schätzen gelernt, der wirklich seinen ganzen Einfluß aufgeboten hat, um den Deutschen das Leben so angenehm wie möglich zu machen.

Langsam schleichen die Tage in Baldonnel dahin. Aus den Tagen werden Wochen. Immer wieder starten die Piloten mit der »Bremen« zu Probeflügen und überzeugen sich stets von neuem, daß die Meldungen der Wetterwarte, die noch vom Ozeanflug abraten, richtig sind. Voller Stolz und Freude hören Köhl und Hünefeld die hohe Anerkennung von Fitzmaurice, der nach einigen Flügen von der »Bre-

men« sagt: »Sie ist einer der besten Apparate, die mich je mein gutes Schicksal fliegen ließ!« Was muß sich der alte Professor Junkers gefreut haben, als er von diesen Worten des irischen Fliegerkommandanten hörte! –
Der fast tägliche Flug wühlt den weichen Boden des Platzes dermaßen auf, daß der Start mit der schweren Maschine fast zur Unmöglichkeit wird. Tag für Tag sitzen die deutschen Flieger abends im Kasino mit den irischen Kameraden zusammen und hoffen auf eine baldige Besserung des Wetters.

»50 Mann stehen morgen früh um 4 Uhr am Schuppen der ›Bremen‹ bereit, die Deutschen starten zum Ozeanflug von Ost nach West, unser Kommandant, Major Fitzmaurice fliegt mit!« Diesen Befehl gibt der Offizier vom Dienst des irischen Flugplatzes Baldonnel am Abend des 11. April 1928, äußerlich mit gewohnter Ruhe und knapper Sachlichkeit, innerlich stark bewegt.
Daß die drei kühnen Männer, die kurz vor der Lösung der gigantischen Aufgabe stehen, in dieser Nacht vor dem Fluge kaum die Augen zu einem erfrischenden Schlafe schließen, ist wohl zu verstehen: ihr Wagnis ist so riesengroß, daß Körper und Geist nicht zur Ruhe kommen. Die kaum faßbare Vorfreude des »Vielleicht-Gelingens« mischt sich zum wiederholten Male mit der Beurteilung aller Gefahrenmomente, denen die Tapferen, Gott, ihrem eigenen Können und ihrer Tatkraft vertrauend, mutig entgegenblicken.
Zwischen 3 und 4 Uhr morgens, irischer Zeit, treffen wir die Flieger am 12. April 1928 bereits auf den Beinen, obwohl der Start erst auf 5 Uhr angesetzt ist.
Köhl schreibt später:
»Um 3.45 sprang ich aus dem Bett. Im frischen Wasser

verjagte ich die dunklen Träume der Nacht. Der unruhige kurze Schlaf hatte mich doch so erfrischt, daß auch mein alter Mut zum Durchbruch kam. Mein Herz, das im unruhigen Schlummer ängstlich gepocht hatte, war wieder ruhig. Die frische Morgenluft und der nun leise dämmernde erste Morgenschimmer machten mich so frei und froh wie noch nie. Jetzt waren alle die schlimmen Winke und freundlichen Warnungen wie weggefegt. Unbegreiflich erschien es mir, was mich die ganze Nacht an trüben Gedanken und schlimmen Ahnungen im Halbschlummer quälen konnte. Es war mir so tatendurstig und hoffnungsfroh zumute. Nun können sie alle kommen, die gewaltigen Mächte, Sturm, Wellen, Nacht und Nebel, ich will mich vermessen, mit ihnen zu ringen, oder sterben im Kampf mit den Elementen.«

Im Kreise der irischen Fliegeroffiziere nehmen Köhl und Hünefeld ein aus Eiern, Butterbrot und Tee bestehendes kräftiges Frühstück ein. Dann eine kurze Begrüßung und Abschiedsworte an die Besucher des Flugplatzes, unter denen sich auch der irische Staatspräsident, mehrere Minister und der deutsche Generalkonsul befinden.

Fünf Minuten vor 5 Uhr klettern die drei künftigen Ozeanbezwinger in die »Bremen«. Die vielen Pakete mit Lebensmitteln, die Thermosflaschen und Kissen werden so gut wie irgend möglich verstaut.

Der mächtige silbergraue Junkers-Eindecker, der Major Fitzmaurice nach dem Flug als einen der besten je existierenden Apparate bezeichnet, steht jetzt startbereit auf der Ablaufbahn vor dem Schuppen.

Noch ein paar Händedrücke an die Freunde und Kameraden, die am nächsten stehen, dann greifen sehnige Hände an den Propeller. Ein letzter Blick von Köhl und Fitzmaurice auf die vielgestaltigen Hebel und Hähne am Führersitz,

Baron von Hünefeld legt sich den Proviant bereit, den er seinen Kameraden als ersten Imbiß reichen will, und schneidend kurz ruft Hauptmann Köhl: »Klötze weg!« Flinke irische Fliegersoldaten packen kurz nach 5 Uhr die Halteklötze, welche die Räder der »Bremen« an die Startbahn bannen, »frei« schallt es zu den Flugzeug-Führern zurück, die behutsam den Gashebel vorwärts schieben, um kurz darauf Vollgas zu geben.

Erst langsam, dann immer schneller setzt sich die »Bremen« in Bewegung. Gleich zu Anfang »bockt« sie und will von der Startbahn fort nach links ausbrechen. Starke und erfahrene Hände reißen sie zurück, ebenso ein zweites Mal, als die »Bremen« abermals versucht, den ihr vorgeschriebenen Startweg zu verlassen.

Vor diesem Start mit dem schwer beladenen Flugzeug haben die Flieger bange Sorge! Auf etwas Wind von vorne, zur Erleichterung des Abflugs, hat man gerechnet. Aber es ist in dem Augenblick, als der Motor angelassen wird, völlige Windstille.

Die zweimaligen »Ausbrech-Gelüste« der »Bremen« gehen dank der Kaltblütigkeit der Führer gefahrlos vorüber, da taucht ein Hindernis auf, welches man keinesfalls erwartet hat. Ein Schäfer, der von dem welterschütternden Ereignis eines Ost-West-Ozeanfluges mit dem Start auf dem irischen Flugplatz Baldonnel wohl kaum etwas weiß, treibt im Morgengrauen friedlich seine Schafe auf die Weide und ausgerechnet in Richtung auf die daherbrausende »Bremen«. Noch schießt das Flugzeug auf dem Erdboden entlang: ein Zusammenprall mit den Tieren bedeutet eine Zertrümmerung der Maschine! Major Fitzmaurice, der die Gefahr von seinem Platz aus überblicken kann, schreit mit der ganzen Kraft seiner Lunge: »Schafe«, und gleichzeitig reißt er mit

Hauptmann Köhl zusammen das Höhensteuer hoch, so daß die »Bremen« sich im allerletzten Augenblick vom Erdboden hebt und ganz flach über Hirte und Herde, die zu Tode erschrocken sind, hinwegschießt.

Noch ist der Start nicht völlig geglückt! Am Ende der Wiese ist ein sechs Meter hoher Wall, für den die augenblickliche Höhe noch nicht ausreicht. Gott steht den Mutigen bei, ein paar Schritte vor diesem Hindernis schwebt die »Bremen« höher und höher, streift fast noch die Hecke und steigt dann auf zum strahlenden Himmel, um sich ozeanwärts zu wenden.

Da stellt sich ein neues Unheil drohend in den Weg: ein Berg ragt steil und trotzig mitten aus der Flugbahn auf! Vergebens versuchen die Piloten, ihn zu überfliegen. Sie müssen ausweichen, um nicht noch kurz vor der Küste ihrem starken Vogel die Flügel zu zerschmettern.

Endlich kommt die »Bremen« auf volle Fahrt! Mächtig wühlt der Propeller in der frischen Morgenluft, mit 200 km Stundengeschwindigkeit wird die Bucht von Galway erreicht.

Dichter Nebel hüllt die Küste Irlands ein, als die »Bremen« den unendlichen Ozean sichtet, der in glitzerndes Sonnenlicht getaucht ist. Inzwischen zeigt die Uhr kurz nach sieben.

Freudestrahlend nicken sich die drei Mutigen zu: Köhl seinem Mitpiloten Fitzmaurice, und beide dem weitsichtigen, willensstarken Organisator des Fluges, Baron von Hünefeld, welcher zu Beginn des Fluges aus Zweckmäßigkeitsgründen noch zwischen den großen Benzinbehältern liegt. Volles Verständnis liegt in den Augen der Männer, die dieses gewaltige Wagnis begonnen haben, und sie lesen sich die Freude von den Gesichtern ab, daß der unsichere Start mit der fast überlasteten Maschine, vor dem sie gebangt haben, doch gelungen ist.

Mit 220 Stunden-Kilometer geht die brausende Fahrt weiter. Hin und wieder werden Rauchbomben abgeworfen, um an der Rauchsäule Richtung und Geschwindigkeit des Windes abzuschätzen.

Tagsüber bei gutem, klaren Wetter ist es für erfahrene Flieger nicht schwer, ihre Seekarten und Instrumente so zu benutzen, daß die gewünschte Richtung eingehalten wird.

Ruhig und fast spiegelglatt ist das unendliche Wasserbekken, welches Europa von Amerika trennt. Aber nicht lange dürfen die Flieger über das allzu günstige Wetter jubilieren. Gegenwind erhebt sich, der sie veranlaßt, auf 10–20 Meter Höhe über den noch ruhigen Wasserspiegel herunterzugehen, weil dort der Luftwiderstand am geringsten ist.

Hin und wieder sieht man am Horizont schwere Wolkenmassen, die, von Schneestürmen begleitet, pfeilschnell in der Ferne vorüberjagen.

Auch um die »Bremen« herum wird jetzt die Wetterlage zusehends schwieriger! In immer kürzeren Abständen wechseln die beiden Piloten, Köhl und Fitzmaurice, das Steuer, um in den »Ruhepausen«, die alles andere, nur keine »Ruhe« bringen, Berechnungen zu machen oder Benzin- und Ölverbrauch zu kontrollieren.

Mit 170 Kilometer Geschwindigkeit die Stunde zieht der starke Vogel gegen 9 Uhr des 12. April 1928 seine Bahn über das weltentrennende Meer, da pocht der Hunger bei unseren Freunden an. Hünefeld, der Proviantmeister, muß herunter von seinem beschwerlichen Sitz zwischen den Benzinbehältern dicht am Führersitz. Seine Kameraden verlangen den ersten Imbiß, und er selbst ist auch nicht abgeneigt,

eine Tasse starker Brühe, appetitlich belegte Brote und Bananen zu sich zu nehmen.
Schnell vergehen die nächsten Stunden bis zur Mittagszeit. 1500 Kilometer sind geschafft! Noch mehr als 2000 Kilometer sind es bis zur amerikanischen Küste! Hartgekochte Eier, Tee und Schokolade ergänzen die Genüsse, die schon auf der Frühstückstafel zu finden waren.
Die Bananen und die Schokolade steckt Hünefeld dem Fitzmaurice, der zu dieser Zeit gerade am Steuer sitzt, stückweise in den Mund. Schmunzelnd knabbert der irische Fliegerkommandant seinen Nachtisch auf und dankt seinem deutschen Kameraden.
Versuchen die Piloten in der Ablösungszeit einzunicken, so sind es kaum einige Minuten Schlaf, die ihnen vergönnt sind; die Anspannung der Nerven ist so ungeheuer groß, daß man an Ruhe unmöglich denken kann.
In der vierten Nachmittagsstunde wird der Wind wesentlich stärker. Glücklicherweise bläst er aus Südosten, also aus dem Rücken, und erlaubt der »Bremen« eine volle Ausnützung dieser Luftströmung. Sie geht deswegen in eine Höhe von durchschnittlich 500–600 Meter.
Bald aber dreht der Wind, von Zeit zu Zeit muß das Flugzeug durch örtlich begrenzten Strichregen, bald brennt die Sonne auf der linken Seite des Führersitzes, während rechts eiskalte Regen- und Schneeschauer entlanggleiten.
Die drei Männer merken, daß der ruhige, sonnige Teil des Fluges vorüber ist und daß mit der Dunkelheit auch noch ungewisses, wechselvolles Wetter einzusetzen scheint.
Um 5 Uhr lädt Hünefeld die Kameraden zum Tee ein: auch mitten über dem Ozean will man auf die schöne Sitte nicht verzichten. Den Tee in den Thermosflaschen finden die Männer so heiß, wie er vor mehr als 12 Stunden in Baldon-

nel eingefüllt ist. Erfrischt und froh über das bisherige Gelingen des Fluges blicken die Flieger mutig der zunehmenden Dämmerung entgegen.
Köhl versucht die Innenbeleuchtung des Flugzeuges anzuknipsen ... vergebens, der Strom versagt! Taschenlampen müssen helfen, damit von Zeit zu Zeit die Instrumente, besonders der Kompaß und ebenso die Benzin- und Ölmesser, kontrolliert werden können.
Der starke Gegenwind zwingt die »Bremen« bis auf 10 Meter über die schaumbedeckten Ozeanwellen herunter. Zwischen 8 und 9 Uhr abends schlägt das Wetter völlig zu ungunsten der Flieger um: riesige, undurchdringliche Nebelwände stehen plötzlich wie von Geisterhand gezaubert vor dem Flugzeug, heulend tobt der Sturm daher, wühlt die Wogen auf, die gierig nach dem großen Vogel lecken, der es wagt, den ungleichen Kampf mit den Elementen aufzunehmen! Immer mächtiger wird das Getobe, der Orkan bläst hohe Wasserberge in die tiefen Wassertäler, Regen, Schnee, Nebel, beißende Kälte, tiefdunkle Nacht, dies alles ringt mit den 3 Männern, die mit entzündeten, müden Augen, mit heißen Schläfen und klopfenden Pulsen diesem Kampf der entfesselten Elemente trotzen und mit eiserner Hand ihren Sturmvogel, die wackere »Bremen«, stahlhart und doch jedem Fingerdruck gehorchend, amerikawärts steuern.
Da scheint sie das Glück ganz zu verlassen! Eine Zettelbotschaft von Fitzmaurice lautet: »Wir scheinen Öl zu verlieren!« Mitten im schwersten Unwetter steigt Fitzmaurice in die Kabine, legt sich auf den Boden und sucht mit der elektrischen Taschenlampe unter dem Führersitz herum. Bald hat Köhl einen zweiten Zettel in der Hand, auf welchem die Schreckensbotschaft steht: »Gehen Sie an Land so schnell wie möglich, wir verlieren stark Öl!«

Der Reserve-Ölbehälter wird geöffnet, in der Hoffnung, mit den letzten Ölmengen die rettende Küste zu erreichen. Hünefeld reicht den beiden Piloten stärkenden Kaffee, und weiter geht es durch Sturm und Nebel.
Stunde auf Stunde verrinnt, die Maschine ächzt und zittert. Tiefe Dunkelheit liegt über der »Bremen«. Nach dem Kompaß kann kaum geflogen werden, der grelle Lichtschimmer der Taschenlampe blendet die schmerzenden, müden Augen. Kein Land, keine Küste, kein wegweisender Leuchtturm! Wohin geht der rasende Weg? Da packt Fitzmaurice Hauptmann Köhl am Arm und reckt die Hand nach unten: breite Flecken zeigen sich, die dem unbewaffneten Auge wie Nebelmassen auf dem Wasser vorkommen und durch das Fernglas wie schneebedeckte Wälder aussehen! Das Licht mehrerer Leuchtraketen bestätigt die Annahme der Flieger: Sie befinden sich über dem Festland!
Erleichtert lachen sie auf, die größte Gefahr scheint vorüber! Aber man darf solch ein gewaltiges Wagnis nicht vor dem Ende loben. Endlos scheint die Ausdehnung dieses schneebedeckten Landes, teils von Wäldern, teils von Bergen durchzogen! Keine Wege, keine menschlichen Behausungen sind zu sehen. Stunde auf Stunde verrinnt, Seen und Flüsse werden in niedriger Höhe überflogen, der Kompaß funktioniert nicht mehr, richtungslos braust die »Bremen« über das völlig unbekannte Land dahin. Auch in einer Höhe von 2200 Metern ist keine Orientierung möglich, keine Küste, kein Leuchtturm, kein Wegweiser zu erspähen: nichts als Wald, Schnee, Berge und Täler!
Ein eisiger Schrecken durchzieht die Herzen der Flieger. Der Sturmgefahr auf dem Ozean sind sie in der Nacht glücklich entronnen. Der entfesselte Kampf der Elemente ist fast spurlos an Flugzeug und Besatzung vorüber gegangen.

Aber jetzt, diese endlose Schneewüste? Der Benzinvorrat reicht nur noch für wenige Stunden! Was geschieht, wenn in diesem menschenleeren Gebiet eine Notlandung wegen Brennstoffmangels vor sich gehen muß?

Es wird eine Jagd auf Leben und Tod! Das Fernglas wandert von einem zum andern. Mit müden Augen suchen die Männer den Horizont nach Spuren menschlicher Tätigkeit ab: nach Häusern, Hütten, Rauch, nach Wegen und Bahnlinien! Kälter und kälter wird es in der »Bremen«, immer winterlicher wird die Landschaft, von menschlichem Wirken nicht die geringste Spur!

Hünefeld streift sich trotz der schneidenden Kälte seinen Pelz ab und klettert, um den Kameraden in diesen Stunden schwerster Gefahr nahe zu sein, wieder zwischen die Benzinbehälter, die dem Führersitz am nächsten sind.

Unentwegt aber braust die »Bremen« weiter.

Bald sind sich die Flieger darüber einig, daß der Kompaß deswegen nicht funktioniert, weil erdmagnetische Störungen dauernde Ablenkungen nach sich ziehen. Eine Orientierung ist unmöglich. Der Flug geht auf gut Glück weiter.

Abermals steigen undurchsichtige Nebelwände auf, Böen wechseln mit eisigkalten Winden ab, Schneesturm peitscht die »Bremen« zur letzten Kraftentfaltung an – da reißen plötzlich die Nebel auseinander und Fitzmaurice sieht mitten im Eis ein Schiff! Schnell geht es zur Erkundung herunter, und Köhl stellt mit seinem Glas bald fest, daß das hohe, rundliche Gebilde, das Fitzmaurice für den Schornstein eines festgefrorenen Dampfers gehalten hat, ein Leuchtturm ist und daneben ein Haus und weiter mehrere Hütten!

Vor Freude jauchzend umkreist die »Bremen-Besatzung« den Leuchtturm mehrmals, um einen geeigneten Landungsplatz zu erspähen. Mehrere Hunde, durch das ungewohnte Geräusch der Motoren aufgeschreckt, springen unten bellend herum. Das andauernde Hundegekläff lockt Menschen aus ihrer Behausung heraus, die staunend die mächtige Flugmaschine anstarren.

Unschwer ist auf einem kleinen vereisten Schneefeld bald ein geeigneter Landungsplatz gefunden. Aber anstatt nach dem Aufsetzen ordnungsgemäß zu rollen, bricht die »Bremen« in das Eis ein und stellt sich Kopf.
Ein entsetzlicher Sturm pfeift in das Innere des Flugzeuges hinein, als Köhl das Verdeck öffnet, um als erster auszusteigen. Die Oberfläche des Eisfeldes ist durch die Frühlingssonne der Vortage geschmolzen und erst in der letzten Nacht leicht übergefroren. So erklärt sich das Einbrechen der Maschine, das mit solcher Gewalt geschieht, daß Köhl schwer mit dem Kopf auf die Steuerung aufschlägt und blutet. Hünefeld, der die letzten sieben Flugstunden ohne Mantel, Pelzstiefel und Handschuhe zum Gewichtsausgleich zwischen den beiden Benzinbehältern dicht am Führerstand gelegen hat, steht im Augenblick der Landung Kopf. Als er, einem Eisklumpen gleich, die Maschine verläßt, wirft ihn ein Sturm, wie ihn keiner der Ozeanbesieger je zuvor erlebt hat, in das eisige Wasser, wohin ihm der lachende Köhl in den nächsten Sekunden ebenfalls folgen muß. Nur Fitzmaurice bleibt von dem Eiswasserbad beim Betreten des amerikanischen Bodens verschont, er kann sich mit aller Kraft an der treuen »Bremen« halten.
Aber diese kleinen Landungsepisoden können die Freude der drei Ozeanbesieger über den geglückten Ost-Westflug nicht im geringsten beeinträchtigen.
Bald ist mit den herbeieilenden Bewohnern das erste Gespräch aufgenommen. Mit dicken Tauen wird die »Bre-

men«, die bei der Landung beschädigt ist, an die seit 36½ Stunden sehnsüchtig erwartete Mutter Erde gefesselt. Dann folgen Köhl und Fitzmaurice ihrem Kameraden Hünefeld in die Behausung des Leuchtturmwärters. Das eiskalte Bad hat den von den letzten, mantellosen Flugstunden ohnehin schon übermenschlich mitgenommenen Körper von Hünefeld dermaßen gepackt, daß eine Minute längeres Verweilen an der vom bitterkalten Sturmwind durchpeitschten Landungsstelle womöglich eine schwere Lungenentzündung und den Tod verursacht hätte. Deshalb ist er den Gefährten vorausgeeilt, die, um das Schicksal ihres Vogels bangend, die Bergungshilfe der hilfsbereiten Bewohner dankbar annehmen.

Jack O. Bennett

Kampf gegen das Eis

Zu dieser Zeit erlebte ich einen der seltenen gefährlichen Zwischenfälle im Zivilflugverkehr. Wir waren auf dem Weg von Neufundland nach Island. Es war Nacht, und die Meteorologen hatten zwei Tiefdruckgebiete vorausgesagt. Unglücklicherweise sollten wir genau zwischen beide geraten. Nach dem Start, in 3000 Meter Höhe – das war das Höchste, was wir uns damals ohne Druckausgleich in östlicher Richtung gestatteten –, ging ich durch die Kabine, um die Passagiere zu begrüßen. Das war noch gute, alte Sitte. Mitunter setzte man sich auch neben einen der Passagiere, plauderte und aß mit ihm.

An diesem Abend beschloß ich, ein wenig länger in der Kabine zu bleiben. Ich flog mit einem jungen, gutaussehenden Copiloten – Roger Beau –, der mich schon häufiger darauf hingewiesen hatte, daß es höchste Zeit für ihn sei, endlich auch Captain zu werden. Er hätte das notwendige Dienstalter und die entsprechende Erfahrung. An Selbstsicherheit mangelte es ihm nicht.

Also hatte ich Roger versprochen, daß er auf diesem Flug alles allein machen dürfe. Er würde links im Cockpit auf dem Captainssitz Platz nehmen und jede Entscheidung treffen. Ich dagegen würde den stillen Beobachter spielen.

Während ich neben einem Passagier genüßlich mein Abendessen verzehrte, wurde es draußen zunehmend ungemütlicher. Die Propellerblätter schleuderten unter lautem Geklirr Eisstückchen gegen die Aluminiumverkleidung des Rumpfes. Vorsichtig, um die Passagiere nicht unnötig zu beunruhigen, spähte ich aus dem Fenster. Ich sah, daß sich vorn auf den Flügelkanten eine Menge Reif festgesetzt hatte. Normalerweise schaltet man gegen Eisbildung auf den Flügeln nur hin und wieder den pneumatischen Enteiser ein. Den Enteiser dauernd laufen zu lassen ist riskant. Dadurch bildet sich auf ihm zuviel Eis und macht ihn nutzlos. Ich hoffte, daß Roger das nicht vergessen hatte.

In den folgenden Minuten verschlechterte sich das Wetter weiter. Plötzlich flog die Cockpittür auf. Der Ingenieur machte mir ein Zeichen, so schnell wie möglich nach vorn zu kommen. Mittlerweile war die Turbulenz so stark, daß ich nicht mehr aufrecht gehen konnte. Auf Händen und Füßen robbte ich mich aufs Cockpit zu.

Dort stellte ich entsetzt fest, daß Roger in einer Art Schock zu sein schien. Er hielt das Steuer fest umklammert, so fest, daß seine Knöchel schneeweiß hervortraten. Sein Gesicht wirkte wie erstarrt, eine Maske des Schreckens. Während ich auf den Sitz des Copiloten zukroch, warf ich einen Blick auf den Geschwindigkeitsmesser. Ich glaubte meinen Augen nicht: Er zeigte nur 140 Knoten an! 200 Knoten hätten es mindestens sein müssen. Geschwindigkeit ist ein unsichtbarer »Himmels-Haken« – sie ist es, die ein Flugzeug überhaupt in der Luft hält.

Über das Klappern der Eisklumpen und das Donnern der Motoren hinweg rief mir der schwitzende Roger zu: »Ich kann das verfluchte Ding nicht länger halten! Wir schmieren ab in den Atlantik! Die Mühle wird immer langsamer!«

Automatisch gab ich Vollgas. Mit der linken Hand wollte ich wieder einmal die Flügel-Enteiser anstellen. Zu meiner größten Überraschung liefen sie bereits.

»Wie lange laufen die Dinger denn schon?« fragte ich Roger.

»Himmel!« stöhnte er auf. »Die ganze Zeit. Ich habe vergessen, sie auszuschalten. Nun haben wir die Scheiße. Wir sammeln immer mehr Eis an.«

Ich schaltete die Enteiser erst einmal aus. Seiner Analyse über unsere augenblickliche Situation hatte ich nichts hinzuzufügen. Sie traf ins Schwarze. Tödlich genau ...

Aber ich hatte keine Zeit, jetzt mit ihm und seinem Unvermögen zu hadern: »Laß mich das Monstrum ein paar Minuten fliegen.«

Roger ließ das Steuer so schnell los, als habe es sich in glühende Kohlen verwandelt.

»Du dummer Hund«, dachte ich. »Du kannst die Verantwortung wohl nicht schnell genug loswerden, was? Darüber werden wir später noch ein Wörtchen miteinander zu reden haben. Das heißt, wenn es für uns überhaupt ein Später gibt.«

Als ich meine Hände ganz leicht aufs Steuer legte, entzog es sich meinem Griff. Ganz so, als sei es ein menschliches Wesen, das über meine Berührung empört war. Ich packte ein wenig fester zu. Nun spürte ich gar keinen Widerstand mehr.

Großer Gott, wir fielen aus der schwarzen arktischen Nacht mitten hinein in den eisigen Atlantik. Innerhalb von Sekunden würde sich der eine Flügel senken, und wir würden unkontrollierbar ins Trudeln geraten ...

Mir erschien es unglaublich, daß das bei 140 Knoten passieren konnte. Normalerweise sackte die Maschine erst bei 86 Knoten ab. Wir mußten auf allen Vorderkanten Tonnen von Eis angesammelt haben. Die Eislast mußte so viel wiegen wie die ganze verdammte Maschine. Sicherlich sahen wir von vorn wie ein fliegender Eisberg aus. Hypnotisiert beobachtete ich, wie der Höhenmesser auf 2700 Meter, dann auf 2400 Meter absank. Und ich konnte nichts dagegen tun.

Was für ein lausiger Tod, dachte ich. Ärzte schätzen, daß der menschliche Körper höchstens drei Minuten im eiskalten Ozean überleben kann. Aber würden wir nicht vorher schon, beim Absturz, ums Leben kommen?

Mir blieb keine andere Wahl. Ich schlug den Knüppel nach vorn, ließ die Nase schneller sinken, um die Fahrt zu erhöhen. Bei 2000 Metern und 150 Knoten versuchte ich noch immer mit Vollgas, die Höhe zu halten. Heilige Mutter Gottes – bei diesem Manöver hatten wir 1000 Meter an Höhe vergeudet. Noch einmal so etwas, und wir wären endgültig im Eimer. Aus! Finis!

Ich versuchte, ein paar lumpige Meter zu steigen, aber die Geschwindigkeit sank schon wieder auf 148 Knoten. Fast kam es mir vor, als spräche das Steuer mit mir: »Laß doch die Experimente! Hör auf mit der Höherschrauberei! Sonst habe ich keinerlei Gewalt mehr über die Mühle, und wir sacken wieder ab.«

Der Ingenieur legte seine riesigen Hände auf die vier Gashebel und sah mich fragend an. »Skipper, wir haben jetzt schon seit zwei Minuten volle Pulle drauf...!« Offenbar wollte er das Gas wegnehmen. Auf so diskrete Art machte er mich darauf aufmerksam, wie riskant es war, länger als eine Minute mit voller Kraft zu fliegen. Es bestand die Gefahr, daß die Motoren in Brand gerieten...

Ich legte meine Faust fest auf die seine und sagte: »Wenn ich das Gas wegnehme, ist unsere Schau beendet!«

Er bedeckte seine Augen mit den Händen und stöhnte: »Wahnsinn! Letzte Woche erst brannte in New York ein Motor aus, weil er knapp zwei Minuten voll aufgedreht war.«

Trotz meiner Angst bemühte ich mich um Festigkeit. »Zum Teufel mit den Motoren! Sie werden es nicht wagen, uns jetzt im Stich zu lassen.«

Ich versuchte aus dem Seitenfenster zu spähen. Die Auspuffringe mußten rot glühen. Ich fragte mich, ob sie die Motorverkleidung davonblasen oder zum Schmelzen bringen würden. Aber die Seitenfenster und die Windschutzscheibe waren inzwischen mit – Gott weiß wieviel! – Eis bedeckt. Ich konnte absolut nichts erkennen. »Das ist vielleicht auch besser so«, dachte ich resignierend.
Plötzlich begann der verfluchte Knüppel in meinen verschwitzten Händen zu bocken. Offensichtlich sammelten wir noch mehr Eis an. Mir blieb keine andere Wahl. Ich mußte das Flugzeug weiter nach unten driften lassen.
Mit einem Blick auf das Außenthermometer stellte ich verblüfft fest, daß es nur null Grad anzeigte. Unsere Wettervorhersage hatte in dieser Höhe mit minus fünfzehn Grad gerechnet. Ich überlegte einen Augenblick. »Laß die flügellahme Ente bis auf 350 Meter absinken. Vielleicht ist da unten wärmere Luft, die etwas von dem Eis zum Schmelzen bringt...«
Also drifteten wir weiter abwärts. Der Höhenmesser zeigte 1500, 1200, 900, 600 Meter. Trotz Vollgas sackten wir wie ein Stein ab. Unterhalb von 350 Metern wurde die Luft plötzlich glatt.
»Lieber Gott, laß mich am Leben. Womit habe ich das alles nur verdient?« stöhnte Copilot Roger neben mir auf.
Ich sah ihn angewidert an. Mir fiel nichts Tröstendes ein. »Gott straft die Vermessenen. Das Ungerechte daran ist nur, daß Sie eine Menge unschuldiger Menschen mit in den Tod nehmen werden.«
Knapp unter 350 Meter über dem Wasserspiegel wagte ich den letzten Versuch, unseren Bleivogel in der Luft zu halten. Die Temperatur lag etwas über null Grad. Vorsichtig spielte ich mit dem Steuer. Ich glaubte, ich könnte bei 150 Knoten

einfach so in der Luft hängen bleiben. Der Höhenmesser zeigte an, daß wir inzwischen klägliche 130 Meter über dem Meer waren. Ich dachte: »Jetzt sind wir so niedrig, daß die Schaumkronen unseren Bauch naßspritzen!«

Über die Schulter hinweg sagte ich zum Funker: »Versuch mal, das Wetterschiff irgendwo da unten zu erreichen. Erkläre ihnen, was passiert ist. Bitte sie, in der Nähe zu bleiben, es sei ein Notfall. Erbitte unsere und seine genaue Position, da wir keine Möglichkeit haben, uns nach den Sternen zu orientieren. Unsere Antennen sind vermutlich ebenfalls durch das Eis abgeschlagen worden. Wir haben Navigationsschwierigkeiten.«

Dann wandte ich mich an den Navigator: »Bring den Stewardessen bei, was los ist. Sie sollen die Passagiere auf eine Notwasserung vorbereiten, alle müssen ihre Rettungswesten anlegen. Haltet die Hysterie in Grenzen. Die Passagiere dürfen nicht wie aufgescheuchte Hühner durch den Mittelgang laufen. Das stört das Gleichgewicht der Maschine.«

Inzwischen hatte der Funker bereits eine Positionsbestimmung vom Wetterschiff erhalten. Bei unserer augenblicklichen Geschwindigkeit würde es noch vier Stunden dauern, bis wir Island erreichten ...

Der Ingenieur verzog das Gesicht. »Skipper, du glaubst doch nicht etwa, daß die Motoren das mitmachen?«

»Glauben? Daran wage ich nicht einmal zu denken!« gab ich zurück. »Ich bin damit beschäftigt, uns ein paar Minuten länger am Leben zu halten. Und dann noch ein paar und noch ein paar ... Du weißt: Unsere Chance, Island lebend zu erreichen, steht eins zu einer Million.«

»Warum versuchen wir nicht, neben dem Wetterschiff aufzusetzen?«

»Aufsetzen? In der rauhen See da unten?« knurrte ich. »Unsere Sicht ist gleich Null. Die Windschutzscheiben total vereist. Wir müßten blind notwassern. Bei dem Aufprall würde mit Sicherheit die Nase flöten gehen und dann die Flügel. Wir würden in Sekundenschnelle sinken. Und selbst wenn wir nicht auseinanderbrechen – wie sollte uns das kleine Wetterschiff aus den haushohen Wellen auffischen? Und das mitten in der Nacht. Wahrscheinlich wässern wir meilenweit vom Schiff entfernt.«

Es war ein nervenaufreibender Flug. Nur eine Sekunde der Unaufmerksamkeit, und wir würden eine Beute der gigantischen Wellen werden. Ich wagte nicht, die Steuerungsautomatik einzuschalten, um einmal ein paar Minuten Ruhe zu haben. Auch Roger konnte ich das Steuer nicht überlassen. Er war ein gebrochener Mann. Zusammengekrümmt hockte er auf seinem Sitz, die Hände über den Augen.

Hatten wir überhaupt genug Treibstoff bis Island? In unserem Flugplan war dieser mörderische Konsum nicht vorgesehen. Die Spritzanzeiger drehten sich wie winzige Roulettes – sichtbarer Beweis für die Plünderung unserer kostbaren Reserven.

Nach einer Ewigkeit tippte mir der Navigator auf die Schulter. »Gute Nachricht, Skipper. Ich schätze, wir sind noch etwa dreißig Minuten von der isländischen Küste entfernt.«

Mehr als drei Stunden waren also vergangen. Mir kam das wie ein Märchen vor. »Vielleicht schaffen wir es. Das heißt, wenn die Motoren noch ein wenig länger mitmachen. Wir müssen versuchen, wenigstens etwas Eis von der Windschutzscheibe loszuwerden, damit wir sehen können, wo wir landen. Und wir müssen auf mindestens 700 Meter bleiben, damit wir auf Meeks Field nicht gegen die Anlagen prallen.«

Ich war gar nicht so sicher, daß wir überhaupt so weit kommen würden.
»Sieh zu, daß du von Meeks den Wetterbericht bekommst«, bat ich den Funker.
Ich war selig, als die Maschine etwas zu steigen begann. Wir hatten noch für 45 Minuten Sprit. Daher war die Maschine leichter als üblich – das heißt, bis auf unseren Eisballast. Wahrscheinlich war es uns nur deshalb gelungen, die notwendigen 700 Meter Höhe zu erreichen.
In diesem Augenblick verkündete der Funker aufgeräumt: »Meeks ist absolut klar. Keine Wolke am Himmel. Sie jubeln, daß wir es geschafft haben. Sie stehen für den Notfall bereit. Aber die Landebahn ist eine einzige Eisfläche.«
»Weshalb sind die so sicher, daß wir es geschafft haben?« fragte ich mich.
»Captain, warum versuchen wir nicht, das kleine geschwungene Notfenster zu öffnen?« erkundigte sich der Ingenieur. Dieses Fenster befindet sich neben der Windschutzscheibe vor dem Captainssitz und kann notfalls geöffnet werden, um herauszuschauen, wenn die Scheibe vereist ist.
»Himmel ja«, rief ich. »Versuch es!«
Wir waren noch auf 700 Meter. Unser automatischer Funkpeilungszeiger auf dem Armaturenbrett begann zu pendeln. Unsere Restantenne war offenbar unter so viel Eis begraben, daß die Reichweite auf wenige Meter beschränkt war.
Ich jubelte auf: »Männer, ich glaube, wir sind über dem Feld!«
Der Ingenieur hämmerte mit blutenden Fäusten gegen das zugefrorene Notfenster und fluchte: »Aber was nützt uns das, wenn wir nichts sehen können? Soll ich das Fenster mit der Axt herausschlagen?«
Ich zögerte. Dabei würden Glassplitter durch das Cockpit

fliegen, würde womöglich auch die große Windschutzscheibe zum Teufel gehen. Dann wäre es aus mit uns.
Ich erinnerte mich daran, daß wir gewöhnlich eine Aldis-Lampe an Bord hatten. Das ist ein großer Handscheinwerfer, der von den Flugzeugbatterien angetrieben wird. Ich wußte, daß die Aldis-Lampen so heiß werden konnten, daß sie bei unvorsichtiger Handhabung ein Loch in ein Sitzkissen brennen konnten.
»Halte die Aldis-Lampe gegen die Wundschutzscheibe«, bat ich unseren Ingenieur, »aber paß auf, daß du mich nicht blendest. Ich fliege nach Instrumenten. Vielleicht können wir ein Loch in die Eisschicht schmelzen. Gott steh uns bei, wenn die Hitze die Windschutzscheibe sprengt!«
Dann überflog ich ein paarmal die Funkpeilstation. Dabei mußte ich sehr vorsichtig wenden, um nicht an Höhe zu verlieren. Das Fliegen war nun noch anstrengender als zuvor. Zehn Minuten vergingen, dann 20, 25.
Der Ingenieur jammerte: »Wir müssen mindestens fünfundzwanzig Zentimeter Eis auf der Scheibe haben. Ich habe jetzt ein Loch von gut fünfzehn Zentimetern ins Eis geschmolzen. Aber es ist immer noch nichts zu sehen. Wir werden die kleine Scheibe wohl doch zertrümmern müssen.«
Ich warf einen Blick auf die Kraftstoffanzeiger. Die Nadeln standen fast auf Null. Wir hatten keinen Sprit mehr. Aber irgendwie mußten wir runter. Ich hob die Hand. »Okay, hol die verdammte Axt. Aber sei vorsichtig!«
Uns allen lief der Schweiß übers Gesicht. Meine Hände waren klatschnaß. Ich schützte meine Augen vor den Glassplittern, die jeden Augenblick durchs Cockpit fliegen mußten. Der Ingenieur hämmerte gegen das Glas. Es gab einen dumpfen Knall.

Und plötzlich rutschte ein großes Stück Eis die Windschutzscheibe herunter. Das kleine Fenster war nicht zerbrochen, aber die Erschütterung hatte eine Eisschicht gelöst.
»Laß die Axt los!« brüllte ich.
Ich spähte durch dieses Gottesgeschenk von einem Loch und erblickte das erleuchtete Flugfeld von Meeks vor mir. Doch unsere Anflugposition war miserabel. Glatt 500 Meter zu hoch und weit ab von der Mittellinie. Aber ich wagte es nicht, den malträtierten Motoren auch nur eine Sekunde länger zu trauen. Wenn ich noch mal eine Runde flog, würde uns das fünf Minuten kosten. Dafür hatten wir einfach nicht mehr genug Sprit.
Ich ging steil hinunter. Als ich sah, daß wir fast 100 Knoten zuviel draufhatten, trieb ich die Maschine in einen scharfen Kurvenflug und hielt mit der Nase auf die Rollbahnschwelle zu. Das war zwar »Kunstflug mit Passagieren«, aber es war unsere einzige Rettung. Die bleischwere Maschine sackte ab, als hätte sie keine Flügel mehr.
»Mein Gott, Skipper!« kreischte der Ingenieur. »Du bohrst uns noch in die Erde. Zieh hoch! Um Himmels willen, zieh hoch!«
In diesem Augenblick waren wir über der Landebahn. Ich brüllte: »Fahrwerk runter, Klappen raus!« Ich zog die Nase hoch und sah auf der Skala 150 Knoten – gerade als wir überraschend weich auf der glitzernden, eisbedeckten Bahn aufsetzten. Ich berührte leicht die Bremsen. Sie waren wirkungslos.
»Das ist ja rutschig wie Eulenscheiße«, meldete sich der Ingenieur. »Wir werden nie stoppen können. Und da hinten, am Ende der Bahn – siehst du den niedlichen kleinen Felsen?«
Es war ein gespenstisches Gefühl, so die Bahn entlangzu-

schlittern – ganz ohne Steuerung und Bremswirkung. Die Begrenzungslichter zuckten an uns vorbei wie Maschinengewehrfeuer.

»Verdammt«, dachte ich, »der Ingenieur hat recht. Wir werden auf den Felsen prallen! Da wir keinen Sprit haben, werden wir zwar nicht verbrennen, aber wir werden uns alle Knochen brechen. Ob sie überhaupt genug Särge für uns haben? Meine Güte, haben wir uns nur deshalb den ganzen langen Weg über den Atlantik gequält, um in diesem jämmerlichen Loch zu verrecken?«

Jetzt kam der Felsen in rasender Geschwindigkeit auf uns zu. Noch immer hatten wir erschreckende 100 Knoten drauf, aber die Bahn war fast zu Ende.

Mir blieb nur noch eins übrig. Ich rief: »Haltet euch fest! Ich werde das Biest einfach herumreißen. Vielleicht haut es uns das Fahrwerk weg!«

Ich riß den schweren Vogel links herum. »Kommt schon, ihr lieben Motoren! Strengt euch noch ein einziges Mal an. Dann habt ihr für heute Ruhe. Vielleicht auch für immer!«

Wir drehten uns auf der spiegelglatten Rollbahn so schnell um 180 Grad, daß mir vor Verblüffung fast die Augen aus dem Kopf fielen. Ich mußte aufpassen, daß wir uns nicht um unsere eigene Achse drehten und wieder auf den dämlichen Felsen zurasten.

Geschafft! Nun hatten wir wieder die ganze Bahn vor uns, rutschten nun jedoch mit 80 Knoten rückwärts auf die Felsen zu! Anstatt von vorn, würde der Aufprall nun von hinten erfolgen.

Ich gab noch einmal Vollgas und stellte erleichtert fest, daß die Kiste langsamer wurde und – endlich stehenblieb. Ich drosselte die Motoren. Unser Schwanz war nur Millimeter vom Felsen entfernt.

Großer Gott, ich danke Dir! Wir leben noch! Keiner aus der Crew sagte ein Wort.
Doch mit einem Mal saßen wir mitten drin in einem Schneesturm. Wir konnten die Hand nicht vor Augen sehen. Ich zog die Parkbremsen an. Wenn es nur ein paar Sekunden früher zu schneien begonnen hätte ... Ich wagte den Gedanken nicht zu Ende zu denken.
Wir saßen einfach schweigend da. Irgendwie hatte wohl keiner von uns so recht begriffen, daß wir noch lebten.
Aus der Kabine drang Applaus. Die Ovationen wurden ohrenbetäubend.
»Ich höre gar keine Bitte um Dacapo«, meinte der Ingenieur trocken.
Vom Tower kam eine krächzende Mitteilung: »Die Sicht ist saumäßig. Bei dem Schneegestöber finden Sie das Terminal nie! Wir werden Ihren Vogel abschleppen.«
Dagegen hatte ich nicht den geringsten Einwand. Die Felsen nahe der Rollwege waren schon bei Tageslicht gefährlich genug.
Fast eine halbe Stunde zuckelten wir also hinter einem schnaubenden, keuchenden Trecker her. Schließlich fand der Fahrer die halbverrostete Nissenhütte, die Meeks als Terminal diente.
Die Passagiere sammelten ihre Siebensachen zusammen und verließen die Maschine. Über die Gangway traten sie hinaus in das Schneetreiben. Einige von ihnen waren aus dem Häuschen, einige ganz still. Manche knieten nieder und küßten die verschneite Erde.
Meine erschöpfte Crew und ich zogen uns langsam die Mäntel an und gingen hinaus, um unsere Maschine von außen zu inspizieren.
Sie wies keinerlei Ähnlichkeit mehr mit einem Flugzeug auf.

Von vorn wirkte das Gebilde tatsächlich wie ein riesiger Eisberg. Später stellte die Air Force fest, daß sich ein Eiszapfen von etwa einem halben Meter Länge auf der Nase gebildet hatte. Es war ein Wunder, daß wir überhaupt hatten fliegen können.

Jules Roy

Der Navigateur

Der Navigateur und Weser kamen zu ihrer Maschine, als gerade der erste Motor angeworfen werden sollte. Die Windvoraussagen hatten dreimal gewechselt, und sie hatten dreimal die navigatorischen Berechnungen wiederholen und die Kursabweichungen ändern müssen. Der Navigateur zog sich mühsam in den Rumpf zurück und setzte sich hinter den Führersitzen auf eine der Bänke, auf denen sich die Leute aufhalten mußten, die keine bestimmte Funktion während dem Startmanöver hatten, um den Platz im Bugraum nicht zu versperren.

Einer nach dem anderen hatten die vier Motoren sich zu einem Katarakt von Lärm vereint, und die riesige Maschine vibrierte in ihrem ganzen Gefüge. Der Navigateur stellte seine grüne Kartentasche und den Fallschirm zwischen die Beine und atmete auf. Jedesmal fragte er sich in diesem selben Augenblick, ob ihm kein Irrtum bei der Berechnung seiner Kurse unterlaufen war, und er wußte, daß er sie alle den ganzen Flug lang noch einmal nachmessen würde, ehe er sie dem Piloten gäbe. Jetzt aber konnte er nichts mehr dafür tun, und die lange Startzeremonie gewährte ihm ein paar Minuten Ruhe.

Der Start war Sache der Piloten und des Bordwarts. Sie überwachten Temperaturen, Kompressionen und Tourenzähler. Die Entscheidungen, die zu treffen waren, fielen nicht in das Gebiet des Navigateurs. Weil es Vorschrift war, steckte er aus Gewohnheit seine Bordverständigung ein, um das Gespräch zu hören, das sich zwischen den Piloten ent-

spann, aber an diesem Abend setzte er seine Haube, in der die Kopfhörer und das Mikrophon untergebracht waren, ab und fuhr sich mit einer Hand über sein schweißbedecktes Gesicht. Weser saß ihm gegenüber neben dem Bombenschützen und wühlte in seiner Tasche, wahrscheinlich auf der Suche nach einem Radiergummi. Die Leute der Besatzung Lebon waren ganz nett, aber der Navigateur hatte bisher kaum Zeit gehabt, sie näher zu betrachten. Der Bombenschütze war der Junge mit dem kleinen Schnurrbart, dem er schon am Abend vorher im Kasino begegnet war. Weser war Lothringer. Er band seine Radiergummis an Schnüre, die er im Knopfloch seiner Jacke befestigte, und wenn er nachdachte, lutschte er von Zeit zu Zeit an seinem Bleistift wie ein Kind. Ja, alle nett, aber offenbar nicht sehr tüchtig. »Das genügt nicht, um zu gewinnen«, brummte der Navigateur, während er sie betrachtete. Die Bordschützen waren schon in ihren gläsernen Kanzeln. »Was die taugen, werde ich erst in der Luft merken.«
Eine nach der anderen, schwollen die Stimmen der Motoren zu einem Brüllen an, das die Nacht zerriß und zu jenem schneidenden Ton wurde, der sich vor jedem Start zum Angriff von der Erde erhob. Dann ging ein Schüttern durch das Flugzeug, und der Navigateur blinzelte mit einem Lächeln den beiden Leuten zu, die ihm gegenübersaßen. Die Instrumentenkontrollen mußten wohl befriedigend verlaufen sein, da der Pilot die Bremsen gelöst hatte. Manchmal wurde die ganze Mühe der Vorbereitung für den Angriff durch einen Motor, der nicht auf Leistung kam, oder ein gestörtes Instrument zunichte gemacht. Die schwere Maschine schwankte mit ihren dreißig Tonnen Eisen, Benzin und Bomben und bog in die zementierte Rollbahn ein, die zum Start führte. Der Navigateur auf seiner scharfkantigen

Bank spürte, an die harte, kalte Bordwand gelehnt, die mit ihren Spanten, Röhren und Kabeln an die eines Unterseebootes erinnerte, in seinem Rücken und in seinen Eingeweiden alle Bewegungen des Flugzeugs. Selbst ohne hinauszusehen ahnte er in einem leichten Schwindelgefühl die Lichter der anderen Flugzeuge, die vorsichtig hintereinander in der Dekoration der blauen und gelben Begrenzungslampen auf die Startbahn zurollten. Er erkannte die gezackte Silhouette der Wäldchen, zwischen die der Flugplatz geschmiegt war. Wenn der Pilot bremste, wurde der Navigateur leicht nach vorn geworfen, und jedesmal gab es ihm einen Stich. Immer, wenn die schwere, plumpe und gebrechliche Masse der Viermotorigen in ihren Verschraubungen knirschte, mußte er ein Stöhnen unterdrücken.

Der Navigateur zog mit Mühe sein Taschentuch unter den Fallschirmgurten hervor, die ihm die Schenkel einschnürten, und trocknete sich die Stirn. In ein paar Minuten, wenn die Maschine in der Luft wäre, würde diese Pein ein Ende finden. Die Dörfer würden unter dem beginnenden Angriff erbeben, und die junge Frau, die er liebte, würde sich fragen, ob auch der Navigateur mit dem Verband zwischen den Sternen wäre, wenn sie hörte, wie der Sturmwind sich über ihrem Kopf formierte. Wie dachte sie an ihn? Welche Vorstellung machte sie sich von dieser Kraft, die jede Nacht auf die Gewalt antwortete, indem sie aufbrach, die Städte im Osten zu zerstören? Ihr Mann, der Intelligence-Officer, mußte ihr manchmal davon erzählt haben, und vielleicht war sie deshalb so gut zu dem Navigateur gewesen. Aber der Intelligence-Officer mußte das alles wie durch die Scheiben des Kontrollturms betrachten, von dem aus der Flugleiter die Flüge überwachte: die Flugzeuge waren für ihn nichts als einzelne Massen, die sich bei Grünlicht nacheinander in die Luft abhoben, oder die aus der Nacht zurückkamen und plötzlich im fahlen Licht der Scheinwerfer auf einer von Begrenzungslampen bezeichneten Piste erschienen, auf der sich ihre Geschwindigkeit verlor. Dann kamen die Besatzungen in den Nachrichtenraum. Sie setzten sich an die weißen Holztische und antworteten auf die Fragen: »Haben Sie Explosionen im Zielraum beobachtet? War der Flakbeschuß stark und genau? Hatten Sie Jägerangriffe?« Doch der Intelligence-Officer würde niemals wissen, was ein genauer Flakbeschuß war; er würde nie die Splitter der Flakgranaten in Tragflächen und Rumpf peitschen hören, und er würde nie sein Blut in den Adern erstarren fühlen, wenn die Salven vor dem Verband aufblitzten.

Am Morgen hatte der Navigateur die junge Frau angerufen, um ihr zu sagen, daß er vielleicht zwei oder drei Tage nicht kommen würde, weil er an dem nächsten Kampfeinsatz teilnehmen werde. Die kleine, zögernde Stimme hatte im Hörer einen Ausdruck von äußerster Jugend, jene gläsernen Dehnungen, die von der geringsten Erregung gebrochen werden. Als sie hörte, daß der Navigateur in den Krieg zurückkehrte, hatte sie gesagt: »Das freut mich aber.« Der Navigateur hatte das Gespräch abgekürzt und schnell wieder aufgehängt. Worüber freute sie sich? Vielleicht darüber, daß der Navigateur, wieder mit den Geboten der Disziplin in Einklang, in die Gemeinschaft der nationalen und internationalen Helden zurückgekehrt war? »Nein, so ist sie doch nicht. Sie freute sich, weil sie wußte, daß ich unter dem Beiseitestehen gelitten haben. Sie freute sich, wie ich mich selber gefreut habe.«

Der Bordwart kam auf ihn zu, berührte ihn an der Schulter und zeigte mit dem Daumen auf den Führersitz. Mit ein paar vorsichtigen Schritten war der Navigateur neben dem

Piloten, der ihm bedeutete, noch näher zu kommen. Der Navigateur setzte seine Haube auf und steckte die Bordverständigung ein, aber der Pilot machte ihm von neuem Zeichen. Er wollte keine Sprechverbindung. An sie angeschlossen hörte die Besatzung alles, was man sagte. Der Navigateur setzte die Haube wieder ab und hielt die Hand hinter das Ohr, um im Lärm der Motoren besser zu hören.

»Siehst du sie?« fragte der Pilot.

Die Maschine stand am Kopf der Startbahn, und der Pilot schien das Anrollen des Flugzeugs vor ihnen abzuwarten, um seinen Platz auf der Piste einzunehmen.

»Was?« schrie der Navigateur.

»Die Lichter, mein Gott.«

Sie waren blaß, das stimmte, aber deutlich sichtbar. Zur Linken, wo jetzt die Maschine rollte, der sie folgen mußten, verliefen die beiden konvergierenden Linien aus gelben Punkten wie die Hauptstraße einer toten Stadt zwischen den Säumen ihrer nutzlosen Laternen.

Der Navigateur schauderte. Es war also wirklich so. Das Flugzeug hatte noch nicht die Schwelle zum Himmel überschritten, und der Pilot sah die Lichter schon nicht mehr. »Also«, sagte der Navigateur bei sich, »wir werden doch wohl nicht starten mit einem Piloten, der die Begrenzungslichter nicht sieht! Da gibt es nur eins: umkehren.« Doch als der zweite Pilot sich zu ihm neigte und ihn fragend ansah, mußte er an Lebon denken und sagte sich: »Wenn ich ihn im Stich lasse, ist er verloren. Von so etwas erholt man sich nicht mehr.«

»Es ist nichts«, sagte der Navigateur zum zweiten Piloten, um ihn zu beruhigen.

Er stellte sich hinter den Piloten und legte die Hände auf seine Schultern. Dann sagte er so nah an seinem Ohr, daß er

seine Wärme spürte, mit einer autoritativen Stimme, die er nicht an sich kannte:
»Siehst du deine Instrumente?«
»Ja.«
»Dann werde ich dich führen. Wenn meine Hand auf eine deiner Schultern drückt, dann weißt du, daß du die Maschine auf die betreffende Seite steuern mußt. Wegen so einer Lappalie werden wir doch nicht schlapp machen.«
»Meinst du?« fragte der Pilot.
»Ja, ich meine. Und jetzt los. Stell dich in Startposition.«
Das grüne Licht war seit ein paar Sekunden auf sie gerichtet und hatte wild zu blinken begonnen. Das bedeutete: »Beeilt euch.«
»Ja, ja«, brummte der Navigateur. »Nur keine Aufregung, meine Herren.«
Er drückte mit beiden Händen die Schultern des Piloten, der die vier Gashebel vorschob, und die Maschine rollte an. Dann lockerte der Navigateur seine linke Hand und tastete ein wenig, bis die Maschine genau ausgerichtet auf dem Anfang der Piste stand.
»Sehr gut«, sagte der Navigateur. »Jetzt kümmere dich nicht mehr um draußen, das ist meine Sache. Los.«
Der Pilot nahm die Gashebel mit der rechten Hand wie ein Orgelspieler die Register und schob sie langsam bis zum Anschlag. Die ganze Maschine erzitterte unter der Kraft, die sie auf einmal belebte. Erst rollte sie schwer, dann hob sie sich unter der Geschwindigkeit, und die Begrenzungslichter begannen hinter dem Flugzeug zurückzufliehen wie ein wunderbarer Regen von Sternschnuppen. Der Pilot spielte mit seinen Handgriffen in einem geschickten Spiel der Finger je nach dem Druck, den der Navigateur auf seine Schultern ausübte. »Links ... Noch ein bißchen ... Gut so.«

Dann erhob sich die Maschine majestätisch vom Boden wie ein Pferd, wenn man es im Kino in Zeitlupe ein Hindernis überspringen sieht.
»So«, sagte der Navigateur zwischen den Zähnen, »auf die Art kann man sich die Knochen brechen. – Kümmere dich jetzt nicht mehr um die Lichter«, schrie er und ließ die Schultern des Piloten los. »Wir pfeifen auf die Lichter. Du brauchst sie nicht mehr. Fliege nur deinen Kurs.«
Der Pilot nickte mit dem Kopf. Er ging mit dem Gas zurück und nahm den Steuerknüppel in beide Hände, die Augen starr auf die winzige Flugzeugsilhouette des künstlichen Horizonts, nach dem er im Flug das Gleichgewicht hielt, und den Staudruckmesser gerichtet. »Hundertdreißig, hundertvierzig, hundertfünfzig«, zählte der Navigateur. Dann trat er zur Seite, um die Skalen des hinteren Instrumentenbretts für den Bordwart freizugeben und stellte sich neben den zweiten Piloten, während Weser sich zu seinem vorn liegenden Posten schlängelte und dabei den Kartensack vor sich herstieß.
Von allen Nachbarplätzen hoben sich andere Flugzeuge ab. Einen Augenblick glitten ihre Lichter dicht über den Boden, dann gewannen sie schwer an Höhe, die für die Versammlung der Gruppen festgesetzt war. Nach der vorgesehenen Zeit gab Weser den neuen Kurs an, der die Maschine zur Formierung des Verbands über den Platz zurückführen würde.
»Achtung Bordschützen«, sagte der Pilot in sein Mikrophon. »Ich kurve nach rechts. Achtgeben auf andere Maschinen.«
»Er bekommt sich wieder in die Gewalt«, dachte der Navigateur. »Aber wenn die Bordschützen ahnen könnten, daß er fast blind ist . . .« Der Navigateur stellte sich wieder hin-

ter den Piloten und legte die Hände auf seine Schultern. Er war ihm nicht mehr böse. Was spielte ein Wahnsinn mehr oder weniger für eine Rolle in dem Abenteuer, in das sie geraten waren? Solange die Flugzeuge, die man kreuzte, gefährlich werden konnten, mußte er neben dem Piloten bleiben. »Auf jeden Fall«, sagte sich der Navigateur noch, »wenn wir zurück sind, haue ich den Knoten durch und zwinge ihn zu einer neuen ärztlichen Untersuchung. Ich will nicht für den Tod dieser ganzen Besatzung verantwortlich sein.« In dem Moment ließ der Pilot den Steuerknüppel mit einer Hand los und drückte die Hand des Navigateurs, dabei drehte er den Kopf ein wenig nach ihm um. Das war die einzige Möglichkeit, die er im Augenblick hatte, ihm seine Dankbarkeit und seine Freundschaft zu bezeigen.

Der Navigateur neigte sich zu ihm.

»Das war doch nicht so schwer. Ich bin sicher, daß du die Lichter nachher sehen wirst.«

Der Pilot zog den Navigateur zu sich her.

»Ich fange schon an«, sagte er.

»Also, dann paß auf die Herren Kameraden auf«, brummte der Navigateur. »Du könntest leicht einen von ihnen auf die Hörner nehmen.«

In dem Dröhnen konnte der Pilot nur hören, was man in das Mikrofon des Gummirüssels sprach, der an der Haube befestigt war. Wenn man sich vorsah und nicht auf die Sprechtaste drückte, konnte man jede beliebige Beleidigung ausstoßen, ohne daß jemand es hörte. Manchmal war das sehr angenehm, und niemand vergaß, diese Freiheit zu nutzen. Allmählich gewann der Pilot wirklich die Herrschaft über sich selbst zurück und hob manchmal die Augen von seinen Instrumenten, um einen schnellen Blick in die Dunkelheit draußen zu werfen, auf die schwachen, unbewegli-

chen Sterne und die Lichter der Nachbarn, die wie Delphine in dem schwarzen Wasser der Nacht wogten.
»Nach links, Pilot!« heulte da plötzlich ein Bordschütze. Der Pilot bewegte den Steuerknüppel und langsam entfernte sich die Maschine.
»Hab ihn schon, Schütze, hab ihn schon.«
Das andere Flugzeug hatte sie wie ein Irrer gekreuzt, und jeder von der Besatzung, außer Weser, der in seinem geschlossenen Verschlag saß, hatte seine riesige Masse aus dem leeren Raum zur Rechten auftauchen sehen. Am Steuer dieser Maschine mußte ein junger Kerl von einem der Nachbarplätze sitzen, ein früherer Rinderhirt aus Australien oder ein kanadischer Holzfäller, der sich um Feinheiten nicht kümmerte und auf Befehl den Kurs wechselte ohne Rücksicht darauf, ob er einen Kameraden rammen würde. Das waren die Leute, vor denen man sich immer in acht nehmen mußte.
Dem Navigateur hatte es für einige Sekunden den Atem verschlagen. Genauso mußte es an jenem anderen Abend passiert sein.

In einer unerklärlichen Gedankenverbindung sah er vor sich den Admiral, wie er eines Abends, als er ihn bei seiner Rückkehr von einem Einsatz erwartet hatte, bei seinem Flugzeug stand. Der Admiral schwankte noch ein wenig auf seinen Beinen, nachdem er aus dem Rumpf der Maschine gesprungen war; er war zu der Erde gelaufen, die den Zementplatz, auf dem die Maschine zwischen den Bäumen abgestellt war, umgab, und hatte im Gras gewühlt. »He«, hatte der Navigateur, der ihm nachging, gefragt, »was haben Sie? Sind Sie krank?« Der Admiral hatte sich aufgerichtet, seine große Narbe hatte auf seiner Stirn geleuchtet, und auf einmal hatte er aufgelacht, so wie man hustet, ohne es zu wollen. »Haben Sie das noch nie getan?« hatte der Admiral gefragt. »Von den Sternen, wissen Sie, habe ich allmählich genug, und ich muß die Erde anfassen, um sicher zu sein, daß es zu Ende ist. Dann erst fange ich an, mich wieder wohl zu fühlen ...« Der Einsatz war nicht härter als gewöhnlich gewesen. Der Admiral hatte den Strahl seiner Taschenlampe über den Rumpf und die Tragflächen gleiten lassen und nur zwei oder drei Einschläge von Flaksplittern gefunden. »Die Schweine«, hatte er gerufen, »die Schweine ...«

»Wird er nun jedesmal an der Erde kratzen, wenn er zurückkommt?« fragte sich der Navigateur. Und auf einmal hatte er den Wunsch, bei seiner Rückkehr dieselbe Geste zu vollführen. Die Erde hatte jetzt einen Sinn für ihn: das war die junge Frau, die ihn bei dem Kinderbild von Rubens mit den rosigen Wangen und den blauen Augen über dem rotsamtenen Diwan erwartete. Der Navigateur hätte alle Ängste des Augenblicks gegeben für den Frieden des Abends, an dem er – wie lange? – an die junge Frau gelehnt gelegen hatte, eine Hand auf ihrer Brust und schwer von Glück. Und dann hatte er wieder beginnen müssen. »Warum?« fragte er sich.

Die Gruppen hatten ihre Basen überflogen und sich zu einer gigantisch schillernden Flut vereint, die nun auf die englische Südküste zuschäumte. Dort würden alle Lichter gelöscht werden, und die Piloten würden sich einzeln nach den phosphoreszierenden Zeigern der Instrumente richten. Die Bordschützen würden sich in ihren Kanzeln bewegen, wie um sich ihrer Wacht zu versichern. Nur die Navigationsoffiziere in ihren Verschlägen würden klar sehen. Sie zogen ihre Wege, ohne die Ängste der anderen zu teilen, in einem Frieden, der sie von der Welt abschloß.

Der Navigateur glitt zwischen die Piloten, hob den Vorhang vor dem Sitz Wesers und setzte sich neben ihn. Weser hatte den Bleistift zwischen den Zähnen und bediente das Gerät, auf dem die sich überschneidenden Richtstrahlen der Funkfeuer die Positionen errechnen ließen. Der Navigateur stieß seinen Kameraden ein wenig zur Seite und nahm die Steuerung, die Weser ihm überließ, in seine Hände. Er notierte die Koordinaten, und Weser bohrte die Spitze seines Bleistifts mitten im Meer auf die große Merkatorkarte. Bald würden sie die ersten Verteidigungslinien des Kontinents überfliegen, und die Flut des Angriffs würde unter den Schüssen kaum aufschäumen. Dann verlief die Route genau ostwärts bis Sedan, wich ein wenig nach Süden ab, um einen Angriff auf Stuttgart vorzutäuschen, und bog plötzlich auf Schweinfurt zu, wo Kugellagerfabriken zu zerstören waren. Der Name Schweinfurt war nicht erwähnt. Nur der Ort war durch seine geographischen Koordinaten bezeichnet: 10° 14' Ost und 50° 3' Nord. Danach verlief der Kurs nordwestlich, bog wieder nach Süden und lief in einer Zickzacklinie nach Westen bis zu den Küsten von Großbritannien.

»Der Wind hat wieder gedreht«, sagte Weser.

Alle halben Stunden meldeten starke Sender dem Verband die Stärke und Richtung des Windes. Jetzt hatte Geheimhaltung keinen Sinn mehr. Der Feind hatte die Operation erkannt und die Jagd alarmiert, und ganz Europa kannte die Stärke und die Richtung der Winde. Seltsam, der Navigateur fühlte sich erleichtert, weil er keine Verantwortung an Bord hatte. Er verfolgte aufmerksam die Arbeit Wesers, als wäre er in einer Lehrkabine und als käme der Lärm, der ihn trotz der Kopfhörer und der Dicke der Fliegerhaube betäubte, nur von der Turbine, die das Getöse der Motoren vortäuscht. Die Besatzung war ruhig, und der Navigateur rührte sich nicht vom Fleck, um das Schauspiel der Scheinwerfer und der Flakschüsse zu beobachten, als der Verband die Küste überflog. Das Flugzeug drehte ein wenig nach links, dann nahm es wieder seine normale Lage ein. Auf der anderen Seite des Vorhangs überwachte der Bombenschütze in seiner gläsernen Kanzel den Himmel vor sich. Er sagte nichts. Der Navigateur sah ihn auf seinem Schemel sitzen und den Kopf ein wenig bewegen wie ein Wächter auf einer Mauerzinne, inmitten einer Krone von undeutlichen Sternen. An diesem Abend war übrigens ein Irrtum über das Ziel unmöglich.

»Du brauchst mich nicht?« fragte der Navigateur Weser.

»Nein«, sagte Weser, »mach was du willst.«

»Einen Stern messen?«

»Wenn du Lust hast. Obwohl, die Sterne, weißt du ...«

Der Navigateur holte den Sextanten aus seinem Etui. Einen Augenblick zögerte er. Welchen Stern sollte er anvisieren? Er liebte den Jupiter, der hoch am Himmel wie ein Leuchtfeuer strahlte, aber Jupiter war ein Planet, und seine schweifende Bahn erforderte kompliziertere Berechnungen. Auch diesmal würde es um der Bequemlichkeit willen besser sein, einen Fixstern erster Größe zu wählen, der leicht in dem blauen Okular des Sextanten einzufangen wäre, Arkturus zum Beispiel.

»Pilot«, sagte der Navigateur in sein Mikrofon, »genauen Kurs bitte, ich visiere einen Stern.«

»Ah«, wiederholte der Pilot, »einen Stern. Wir werden verwöhnt heute abend. «

Gewöhnlich gaben sich die Beobachter nicht mit der Astronavigation ab. Sie zogen es vor, ohne die Sterne auszukommen. Wenn man sich auch noch so sehr einbilden könnte, daß man sie auf den Lichtjahren ihrer Bahn zum Stehen brächte oder selbst stehenbliebe – die Projektion der Gestirnwinkel auf den Meridian von Greenwich ergab zu ungenaue Positionen, wenn es darum ging, eine Route einzuhalten, die von lauernden Jägern und Kanonen gesäumt war. Die Sterne waren nur ein zusätzliches Hilfsmittel oder ein poetisches Vergnügen, und das Anvisieren des Arkturus würde Weser nur eine Gerade mehr liefern, die er verwenden mochte wie es ihm beliebte.

Der Navigateur hißte sich wie ein Magier in die »Astrokuppel« und suchte sich einen festen Sitz, dann nahm er den Arkturus in das Visier wie eine zitternde Eisblume und löste die Registriereinrichtung aus. Der Pilot hielt die Maschine fest in den Händen und an der Spitze seiner Fußsohlen und bemühte sich, während der zwei Minuten des Anvisierens auch die leichte Schlingerbewegung zu vermeiden, die die Tragflächen wiegte.

»Es ist gut«, sagte der Navigateur, »ich bin fertig.«

Er öffnete die Korrektionstabellen und schob einen Zettel auf den Tisch vor Weser: Arkturus, 43 Grad 35.

Weser nahm den Kompaß und zog den Winkel auf seiner Karte nach. Die Gerade des Arkturus lag nicht allzu weit von ihrem Kurs ab, und Weser drehte sich um und zwinkerte mit den Augen.

»Nicht schlecht«, sagte er.

Der Navigateur ging, noch geblendet von Wesers Lampen, wieder zu den Piloten. Er lehnte sich an die seitliche Kanzelwand. Die Maschine flog mit gelöschten Lichtern in einer vollständigen Finsternis. Nur aus den Motoren züngelten blasse, rote und blaue Flämmchen. Auch die Erde wirkte tot, aber das schreckliche Dröhnen des Verbands mußte über sie hinrollen. Den Rücken zur Flugrichtung notierte der Bordmechaniker die Temperaturen und Kompressionen auf die großen Seiten seines Logbuches, dann stand er auf, wuchtete sich nach hinten und begann die Pumpen auf die mittleren Tanks umzuschalten.

»Könnt ihr andere Mühlen sehen, Bordschützen?« fragte der Pilot.

»Ja«, antwortete der Heckschütze, »wir sind mitten drin.«

Der Navigateur näherte sich dem Piloten. Mit kleinen Ausschlägen des Steuerknüppels glich der Pilot das Schlingern der Maschine aus, und seine dicken Pelzstiefel auf den Fußhebeln des Seitensteuers bewegten sich kaum. Er machte dem Navigateur ein Zeichen, der sich über ihn beugte. Er nahm seine Maske einen Augenblick ab und sagte:

»Hör mal, es geht. Ich sehe alles.«

»Na schön«, dachte der Navigateur und richtete sich wieder auf, »jetzt ist er auch gerettet. Er hat ganz einfach Angst gehabt, ohne es zu wissen.« »Und ich«, fuhr er nach einer Zeit fort, »habe ich Angst?«

Die Frage erstaunte ihn. Beim Start hatte er keine Angst gehabt. Dieser Start war eine Herausforderung gewesen. Aber als der Pilot beinahe den Wahnsinnigen gerammt hatte, der ihren Weg kreuzte, war das Blut im Herzen des Navigateurs erstarrt, und er hatte es heimlich bereut, daß er sich in ein so dummes Abenteuer gestürzt hatte, nur um des Vergnügens willen, jemandem zu helfen. Aber da war schon nichts mehr zu bereuen, die Würfel rollten, und niemand konnte sie aufhalten.

Die Muße, die er jetzt hatte, brachte den Navigateur ein wenig in Verwirrung. Wie bei den nächtlichen Übungsflügen über England spürte er das Zittern der Maschine, das in

regelmäßigen Abständen von den Motoren kam; jetzt aber flog er gegen den Feind, um eine Kugellagerfabrik in Trümmer zu legen. Vierhundertfünfzig Bomber stürzten sich wie der seine in dem Dunkel, das sie zu schützen schien, auf Schweinfurt zu, und sechshundert andere würden über Sedan nach Köln abschwenken, um den Einsatz der Nachtjäger zu zersplittern und die alten Ruinen der gepeinigten Stadt abermals umzurühren. Der Navigateur war nicht gewohnt, ohne Beschäftigung zu sein, und er hatte nicht geahnt, daß so viele Gedanken, die er bis jetzt nur gestreift hatte, ihn begleiten könnten. Immer, wenn das Ziel in die Nähe kam, spürte er in den Gesprächen der Besatzung und vor allem bei den Bordschützen eine gewisse Nervosität, die ihn schließlich selber wie ein Regenschauer durchdrang. An jenem Abend war es ihm unbehaglich. Er war überhaupt nicht mehr neugierig. Immer wieder traten Bilder vor seine Augen, der Admiral, wie er an der Erde kratzte, und die junge Frau unter der Lampe, ihre Hyazinthenaugen halb geschlossen. »Hat er mich nicht belogen?« fragte er sich, als er wieder an den Piloten dachte. »Sieht er jetzt wirklich die Lichter, oder wird er uns in die Scheinwerfer stürzen, ohne etwas dagegen machen zu können?«
Er stellte sich neben den Piloten und klopfte ihm auf den Arm.
»Alles in Ordnung?« schrie er ihm in die Maske und zeigte mit dem Daumen nach oben.
Der Pilot nickte als Antwort nur mehrmals mit dem Rüssel. Er hatte keine Zeit, zu sprechen. Die Nacht war so dunkel, daß man kaum das Ende der Tragflächen sah. Um die dreißig Tonnen der Maschine auf seinen Kreiselkompassen zu halten, mußte er dauernd durch abwechselnde Betätigung der Steuerorgane die Flugzeugsilhouette auf dem künstli-

chen Horizont in der Waagrechten halten. Doch alles ging gut. Der Staudruckmesser zeigte zweihundertzwanzig Meilen an. In dieser Höhe mußte das vierhundert Stundenkilometer ausmachen. In wenigen Minuten würde Schweinfurt in Sicht kommen, und das große Spiel konnte beginnen.
»Hallo, Pilot«, sagte der Bordschütze in der oberen Kanzel. »Links ein Brand.«
Schon einen Augenblick vorher hatte der Navigateur den roten Schein bemerkt, der in einer schwer zu schätzenden, aber anscheinend sehr großen Entfernung am Horizont aufwuchs wie das Morgenrot an schönen Sommertagen.
»Das ist vielleicht Köln«, sagte Weser hinter seinem Vorhang.
Nach dem Einsatzplan dieser Nacht sollte Köln vor Schweinfurt angegriffen werden, zweihundertfünfzig Kilometer nordwestlich davon. Die Brandbomben hatten wohl neue Brände in den Ruinen der Stadt entzündet, und ein Teil der Nachtjäger mußte sich dorthin gestürzt haben, um die Bomber abzuschießen. Das war ein günstiger Umstand für das Unternehmen auf Schweinfurt, das die Verteidiger noch im Ungewissen ließ. Auch bei der Bedrohung Schweinfurts wußte der Feind noch nicht, ob es ein wirklicher oder ein Scheinangriff war. Um die Stäbe der Verteidigung zu täuschen, schickte die R.A.F. manchmal Einzelflugzeuge nach ihren gewohnten Zielen, die auf ihrem Weg Massen von Stanniolstreifen abwarfen, und die Radarschirme der Abwehr reflektierten dann dieselben milchigen Bilder wie von den Viermotorigen. Die Wirklichkeit des Angriffs auf Schweinfurt war um so zweifelhafter, als andere Scheinunternehmen von dem großen Strom nach Süden abzweigten, um die eigentlichen Angriffsabsichten zu verschleiern.
Einen Augenblick fühlte sich die ganze Besatzung beruhigt

durch den Gedanken, daß Köln brannte und die Jäger anziehen würde wie Insekten, die in die Flamme fliegen. Der Weg war frei.

»Ich sehe es«, sagte der Pilot. »Es ist sicher Köln.«

»Sehen Sie es gut, Pilot?« fragte Weser.

»Ja.«

Der Navigateur runzelte die Brauen. Weser war also auch unruhig. Er hatte vielleicht bemerkt, was beim Start vorgegangen war. Aber konnte man aussprechen, was man empfand? Die einzigen Worte, die man unter den Sauerstoffmasken sprechen konnte, betrafen die Situation des Flugzeugs. Das Übrige mußte ungesagt bleiben. Und da man in der Höhe, in der sie flogen, den Sauerstoff nicht abstellen konnte, ohne Gefahr zu laufen, das Bewußtsein zu verlieren, behielt man seine Geheimnisse am besten für sich. Die übrige Besatzung hörte ja alles, was man in das Mikrofon sprach, sogar den Gang des Atems, wenn man abzuschalten vergaß. Der Navigateur mußte also schweigen, denn alle hätten sie gefragt, warum ihm soviel daran lag, Weser zu beruhigen. Doch Weser mußte etwas vermuten, sonst hätte er keinen so großen Wert auf das Feuer von Köln gelegt.

Der Navigateur war nun durch Blicke und Gesten mit dem Piloten verbunden, doch diese Gemeinsamkeit war enger, als wenn sie zusammen gesprochen hätten. Sie wußten genug voneinander. Jetzt ging es darum, Schweinfurt zu überfliegen und die Kugellager nicht zu verfehlen, die zur Herstellung der Jäger, ihrer alten Feinde, dienten.

Die ersten Markierungsbomben auf Schweinfurt fielen genau vor ihnen wie die roten und goldenen Kugeln eines Feuerwerks. So gab es vor jedem Gemetzel ein Fest. Man warf Sterne ab, die in bunte Blumen zersprangen, man entzündete bengalische Lichter, und die Scheinwerfer schleuderten ihre Lichtschwerter in die Nacht, mit denen sie den Himmel durchsuchten. Dann verbreiteten die Brandbomben eine Flut von kurzen, wabernden Flammen. Nur die Tänzer fehlten auf dieser Bühne für das Ballett eines Sonnenkönigs. Doch bald änderte sich das Bild mit dem Abwurf der Sprengbomben. Sie detonierten am Boden, und der Hauch des Feuersturms schüttelte die Flugzeuge in siebentausend Meter Höhe. Dann explodierten Benzin- oder Öllager, und schwere Wolken von rötlichem Rauch blähten sich und wurden vom Wind wieder zu Boden gedrückt. Und plötzlich, wie ein Schwarm von Raubvögeln, die von der Glut vergoldet wurden, tauchten die schweren Bomber aus der Dunkelheit auf.

Langsam kam die Maschine näher, und der Pilot suchte in dem Gewimmel einen Platz, an dem er vor dem Bombenhagel geschützt war, der aus allen Schächten der Gruppe vom Himmel fiel.

»Bombenschütze, ich höre«, sagte der Pilot.

»Weiter so«, sagte der Bombenschütze. »Die Richtung ist gut.«

Tief über seine Geräte gebeugt, hatte der Bombenschütze das Feuer schon im Netz seiner Visiereinrichtung. Wenn der Pilot die Richtung hielt, würde nur eine leichte Korrektur, wahrscheinlich nach links, nötig werden, um senkrecht über das Ziel zu kommen, aber er wartete noch ein wenig, bevor er sie ansagte. Weser hatte seinen Bleistift auf den Tisch gelegt und die Hände in die Taschen gesteckt. Im Augenblick hatte er nichts mehr zu tun. Wenn der Bombenschütze ansagte: »Bomben gefallen«, würde er die Zeit notieren und dreißig Sekunden später den Kurswechsel befehlen.

»Hallo, Pilot«, sagte Weser. »Notieren Sie den nächsten Kurs: zwohundertfünfundachtzig. Zwo, acht, fünf.«
»Verstanden«, erwiderte der Pilot, »zwohundertfünfundachtzig.«
Es geschah in dem Augenblick, in dem der Bombenschütze auf den Auslöseknopf gedrückt hatte und die Bombenlast waagrecht auf die Flammen zustürzen sah, daß die Druckwelle die Maschine traf. Sie war so stark, daß niemand sprach, und gleich darauf stürzte ein heftiger Luftzug in den Rumpf. Die Maschine flog länger auf ihrem bisherigen Kurs, als vorgesehen war, und kehrte wieder in die Dunkelheit zurück. Ein paar Mikrofone waren eingeschaltet worden, aber niemand sagte etwas. Man hörte nur ein heftiges Atmen.
»Bomben gefallen, Pilot, Sie können wenden.«
Der Bombenschütze hatte gesprochen, aber niemand hatte seine Stimme erkannt.
»Gut«, sagte der Pilot. »Ich werde es versuchen.«
Dann, nach einem Augenblick:
»Bordwart, stellen Sie fest, wo wir getroffen sind.«
Der Navigateur sah, daß der Pilot den Steuerknüppel krampfhaft umfaßt hielt, aber der Bordwart konnte nicht so schnell antworten. Aus dem rechten inneren Motor schlugen schon die Flammen.
»Rechter innerer Motor brennt«, sagte der Bordwart pflichtgemäß. »Pilot, rechter innerer Motor Gas herausnehmen und Zündung unterbrechen.« Nach einem Augenblick fuhr er fort: »Feuerlöscher einschalten.«
Der Pilot wandte den Kopf nach links und rechts. Er konnte nicht mehr wenden, und der Brand ließ nicht nach. Im Gegenteil, die Flammen leckten über die Tragfläche, und die Tanks begannen Feuer zu fangen.

»Fertigmachen zum Absprung«, rief der Pilot.
Dieses Mal war es zu Ende. Der Navigateur lehnte sich an den Sitz des Piloten. Er hatte keine Lust, noch einmal abzuspringen, oder auch, noch einmal sein Leben anzufangen. Aber auch wenn er hätte springen wollen, hätte die Zeit dafür gereicht? Er hätte noch den Fallschirmsack suchen und ihn auf der Brust an die Karabiner der Gurte befestigen müssen.
»Abspringen!« befahl der Pilot für die ganze Besatzung. Die Tragflächen dieser Maschinen hielten nicht länger als zwei Minuten, wenn sie in Brand gerieten. Dann brachen sie ab wie Schundmaterial, wie alles, was für den Krieg fabriziert wurde und nur kurze Zeit hielt, da der Endzweck der Produkte die Vernichtung war. Nichts, was aus den Fabriken kam, war dauerhaft. Jedenfalls wußten alle, daß diese Tragflächen dem Feuer zwei Minuten widerstanden, und keine drei.
»Weser!« rief der Navigateur.
Weser antwortete nicht. Vielleicht hatte er sein Bordtelefon schon ausgesteckt und war abgesprungen. Der Navigateur wollte sich davon überzeugen und hob, ohne achtzugeben, den Vorhang vor der Navigationskabine hoch. Jetzt brauchte man wirklich auf nichts mehr Rücksicht zu nehmen. Weser lag halb über seinem Tisch, und das Blut, das aus seinem zerschmetterten Schädel floß, hatte die Karten überschwemmt. Nur der Radiergummi baumelte sauber und unbeschädigt an einem Faden neben seinen Knien. Der Navigateur öffnete die Ausstiegluke und zog den Bombenschützen mit dem kleinen blonden Schnurrbart an seiner Kombination.
»Du bist dran«, sagte er und zeigte auf die Öffnung.
Er trat vor dem Funker zur Seite und stieß ihn auf den

Bombenschützen zu, der sich als erster anschickte, sich in die Finsternis fallen zu lassen. Dann ging er zu den Piloten zurück, die zusammen versuchten, die übermäßigen Bewegungen des Steuerknüppels zu dämpfen, wie man ein rasendes Tier an der Kehle gepackt hält. »Jetzt ist es vorbei«, dachte der Navigateur laut und warf sich auf den Piloten. »Spring ab!« brüllte er.

Die Flammen schienen jetzt die ganze Nacht zu erhellen, die Maschine tanzte wild und zog wie ein Komet einen langen Feuerschweif hinter sich her, während die übrigen Flugzeuge ihr auswichen und nach Norden abschwenkten.

Der Pilot machte eine halbe Bewegung, die er mit einem mutlosen Blick begleitete, als hätte er sagen wollen: »Ich kann nicht mehr. Verzeih mir.« Dann wies er auf seine Fallschirmgurte und zeigte mit einem Finger auf den Navigateur.

»Hau du ab!«

Der Navigateur schüttelte leicht den Kopf. Nein. In ein paar Sekunden würde die Maschine auseinanderbrechen. Es lohnte die Mühe nicht mehr. Nichts und niemand lohnte mehr eine Mühe. Die junge Frau würde eine Zeit auf ihn warten, ein paar Tränen vergießen und sich dann mit dem Intelligence-Officer trösten, der den Nutzen von der Sache hätte. Zusammen mit den Piloten würde der Navigateur sich der langen, kläglichen Prozession der Helden dieses neuen Krieges anschließen, in der schon Weser vor ihnen her ging. Der Pilot sah nun die Lichter. Weser hatte die Maschine richtig über Schweinfurt geführt, die Wacht der Bordschützen war ohne Fehl gewesen, und der Bombenschütze hatte die Bomben auf die Kugellagerfabrik abgeworfen. Sie waren einfach an der Reihe nach so vielen anderen Kameraden, die wie sie geflogen waren, bevor sie ab-

stürzten. Der Admiral würde vielleicht am besten um sie zu trauern wissen.
Doch ganz auf dem Grunde seines Wesens hielt den Navigateur noch eine irre Hoffnung. Es waren auch schon Feuer erloschen, wenn die Tanks in den Tragflächen leer waren. Solange der Pilot kämpfte, brauchten sie die Hoffnung nicht aufzugeben. Jetzt rutschte die Maschine ab, und die Flammen beleckten den Rumpf. Der Navigateur klammerte sich an den Sitz des Piloten, neben ihm der Bordwart, der auch nicht hatte springen wollen und der einen Handfeuerlöscher von der Wand gerissen hatte, aus dem er die Kabine mit einem nutzlosen weißlichen Schaum besprengte. Die Sauerstoffmaske des Piloten hatte sich durch die Anstrengung gelöst und hing neben seinem schönen, entstellten Gesicht, über das der Schweiß in dem wilden Schein der Flammen rann. »Wie dumm von mir«, dachte der Navigateur. »Es sind immer Tänzer bei diesen Balletten. Diesmal sind wir es ...« Tänzer jedoch eines barbarischen Festes, die nicht mehr hinter die Bühne zurückkehrten, wenn sie von den Scheinwerfern erfaßt und von dem langen, königlichen Schwert des Todes durchbohrt worden waren. Auch für den Piloten würden die großen Fragen der Welt und die wichtigste von allen jetzt bald so oder so gelöst sein, doch von dort aus, wo er war, vermochte er nichts mehr für irgend jemand, weder für den Navigateur, noch für die Frau, die er so sehr liebte, daß er sich ein Leben ohne sie nicht vorstellen konnte.
»Du«, rief der Pilot noch, »es ist nicht meine Schuld.«
Der Navigateur neigte den Kopf. Und dann löste sich die Tragfläche, sie flog in die Sterne, und das ohnmächtige Flugzeug trudelte ab.

Hannes Trautloft

Davongekommen

Der russische Winter ist hart und erbarmungslos, die Fronten in Eis und Schnee erstarrt. Mit meinem Jagdgeschwader 54, das als Wahrzeichen meiner thüringischen Heimat ein grünes Herz als Wappen führt, liegen wir auf dem Flugplatz Siwerskaja südlich von Leningrad. An einem Februartag im Jahre 1943 wird von der Front dringend nach Hilfe gerufen. Die deutschen Truppen werden von den Tiefangriffen sowjetischer Schlachtflieger hart bedrängt.
Daher entschließe ich mich, mit meinem Rottenflieger, Feldwebel Forbrig, trotz des miserablen Wetters den Versuch zu unternehmen, die Wetter- und Feindlage über der Front selbst zu erkunden. Erst nach Rückkehr von diesem Flug will ich entscheiden, ob mehrere größere Verbände, jeweils in Schwarm- oder Staffelstärke, eingesetzt werden können.

Über das verschneite, aber festgefrorene Rollfeld holpern wir zum Start. Die Sicht ist nach wie vor sehr schlecht. Flugplatzende und Horizont gehen fast ineinander über. Forbrig hat sich mit seiner Maschine unmittelbar neben mir aufgestellt. 9.40 Uhr gebe ich Vollgas. Zögernd hoppelt mein Flugzeug, eine »Focke-Wulf 190«, an. Bei dem unebenen Schneeboden stöhnt und ächzt sie in allen Fugen. Sie scheint sich beim Start nur ungern und widerwillig in den Winterhimmel zu erheben. Forbrig startet rechts neben mir, winkt mir zu – alles in Ordnung. Der Propellerwind unserer beiden Maschinen wirbelt beim Start hinter uns eine riesige

Schneewolke auf. Nach der langen Startstrecke ziehen wir beide gleichzeitig die Fahrwerke unserer Flugzeuge ein. Wir sind kampfbereit.

Unter den niederen Wolken rasen wir in knapp 100 Meter Flughöhe, nur nach dem Kompaßkurs fliegend, nach Osten. Die etwa 60 Kilometer entfernte Front zwichen Ladogasee und Ljuban erreichen wir in wenigen Minuten. Immer wieder müssen wir im Anflug auf dem Boden aufliegende Wolkenfelder oder Schneeschauer, die wie Kulissen über der Landschaft hängen, umfliegen.

Wir erreichen das Kampfgebiet. Hier ist die Sicht zwar etwas besser, aber immer noch hängen die Wolkenfetzen bis tief auf die Erde. Der Boden ist dunstig-grau, gelegentlich fallen Schneeflocken, von der Sonne keine Spur.

Für die russischen Schlachtflugzeuge, von uns »Zementbomber« genannt, ideales Flugwetter! Unter Ausnutzung der tiefen Wolkenfetzen und unter dem Schutz ihrer Jäger tauchen sie kurz über der Front auf, werfen im Tiefstflug ihre Bomben auf unsere Stellungen, Artillerie, Panzer, Gräben oder Bunker und verschwinden rasch wieder im Schutze der Wolken auf eigenes Gebiet. Es ist für uns schwierig, sie bei dem nur kurzfristigen Aufenthalt über unserer Front abzufangen. Wenn wir sie gestellt haben, entziehen sie sich im Tiefstflug oder durch Eintauchen in die Wolken unseren Bordwaffen.

Mit dem Eintreffen über dem Kampfgebiet kurve ich mit Forbrig in niedriger Höhe zunächst über eigenen Stellungen auf und ab. Unsere Augen richten sich nach Osten in das düstere Grau dieses Wintertages. Sie suchen immer wieder die niederen Bereiche der Wolken ab, schauen gespannt, um vielleicht eines der sich rasch bewegenden Pünktchen gegen die Erde oder Wolken zu erspähen, die dann plötzlich zu

Feindflugzeugen werden. Jede Sekunde müssen wir auf Kampf eingestellt sein.
In den Kurven streift mein Blick die Erde. Unter den Tragflächen blitzt im Schnee, Morast oder Sumpf das Mündungsfeuer unserer Artillerie auf. In den Trichterfeldern liegen zerschossene Fahrzeugwracks. Ich erkenne das erbarmungswürdige Bild von abgeschossenen Flugzeugen. Da sind Knüppeldämme, Bunker, Stützpunkte, Laufgräben, gefüllt mit Schnee, aber auch – trotz der Kälte – aufgefüllt mit trübem Wasser. Die Wälder und Bäume sind im Kampf gebrochen. Vom schmutzigen Grau des Bodens leuchtet ab und zu die helle Silberrinde einer astlosen Birke herauf. Die meisten Baumstämme sind jedoch hingemäht, liegen kreuz und quer auf der blutgetränkten Kampfstätte. Die grimmig trennenden Linien zwischen den Gegnern schieben sich in Stützpunkten ineinander. Sie sind aus der Luft als durchgehende Front kaum zu erkennen, aus der Luft sind sie auch jeder Bedeutung bar.
Zwischen den Schneeschauern kreuzen kurzfristig einige schnelle schwarze Schatten unsere Flugbahn. Ich erkenne zwei »Mig's«. Aber so schnell wie sie aufgetaucht sind, sind sie auch schon wieder in den Wolkenschleiern verschwunden. Es kommt zu keiner Gefechtsberührung. Jetzt wissen wir aber, daß auch die »Zementbomber« unterwegs sind. Jede Sekunde können sie auftauchen. Da höre ich schon im Funkspruch die klare Stimme von Forbrig: »Löwe 1 von Löwe 2. Achtung, in 2 tief vier Indianer!« Für mich heißt das, vor uns tief rechts vier Feindflugzeuge.
Ich erkenne unmittelbar über dem Boden vier Schlachtflugzeuge, die sich anscheinend gerade anschicken, eine unserer Artilleriestellungen zu bombardieren. Im Nu sind wir heran und fahren dazwischen. Feindjäger sehe ich bei den

Schlachtflugzeugen nicht. So nehme ich auf knappe 100 Meter den letzten der »Zementbomber« im Anflug von hinten ins Visier. Meine Bordkanonen und die MG's hämmern los. Plötzlich brennt der Gegner. Wie eine Rakete steigt er senkrecht nach oben, verschwindet kurzfristig in einem Wolkenfetzen, dann fällt er über die linke Tragfläche wieder aus den Wolken heraus und stürzt als brennende Fackel neben der Artilleriestellung mit weithin sichtbarem Aufschlagbrand auf. Forbrig hat indessen, unmittelbar neben mir, das zweite der vier Schlachtflugzeuge abgeschossen und ich sehe, wie dieses in einer Linksrolle in einem Bombentrichter aufschlägt. Die beiden restlichen Feindflugzeuge versuchen nun, unter Ausnutzung der Wolkenfetzen im Tiefflug über die Front auf eigenes Gebiet nach Osten zu entkommen.

Bei ihrer Verfolgung haben wir die Front längst überflogen und befinden uns weit über russischem Gebiet. Plötzlich sind die feindlichen Jäger da! Ein Pulk taucht rechts und links neben uns auf. Es beginnt ein wilder und langanhaltender Kurvenkampf über den kahlen Baumstümpfen und in den Wolkenfetzen. Dabei verliere ich meinen Rottenflieger. Forbrig meldet sich im Funkspruch mit den Worten ab: »Habe Treffer, muß nach Hause«.

Eben habe ich eine »Mig«, die hinter mir zum Angriff auf mich ansetzte, abgeschüttelt, da verspüre ich plötzlich einen Mordsschlag und lauten Krach in meiner Maschine. Ich habe das Gefühl, daß mir ein unsichtbarer Gegner mit Urgewalt einen dicken Knüppel über den Kopf geschlagen hat. Für Sekunden schwankt und taumelt meine Maschine. War das ein Treffer von einem russischen Jäger oder ein Flaktreffer vom Boden? Ich weiß es nicht. Es riecht auf einmal nach irgend etwas Verschmortem, nach Brand. Ist der Motor oder Benzintank getroffen? Explodiert die Maschine im nächsten Augenblick? Geht sie in einer Stichflamme auf? Muß ich abspringen oder notlanden? Ein Schreck fährt mir durch alle Glieder.

Mit der zerschundenen Maschine kann ich den Kampf nicht fortsetzen. Um mit Westkurs über die Front auf eigenes Gebiet und damit in Sicherheit zu kommen, blicke ich auf meinen Kompaß. Da packt mich das Grausen! Der Kompaß dreht sich wie wild im Kreise und zeigt keinen Kurs mehr an. Prüfend schaue ich auf die Geräte und Instrumente auf dem Armaturenbrett. Alle Zeiger stehen auf Null, alle Instrumente sind ausgefallen – tot! Nach dem Beschuß streikt auch das Funkgerät.

Ich bin allein – spüre die Einsamkeit.

Zu allem Überfluß verschlechtert sich das Wetter zusehends. Die Wolken und Schneeschauer senken sich immer mehr und schließen sich endlich zu einem großen Kessel, verbauen mir nach allen Seiten meinen Flugweg. Ich bin plötzlich eingeschlossen und gefangen – wie ein Vogel in einem Käfig. Die Wolken liegen auf dem Boden auf, hängen zwischen den zerschossenen Baumresten.

In dem großen Wolkenkessel von etwa fünf Kilometer Durchmesser gibt es für mich vorerst kein Entkommen, überall stoße ich auf Wolkenfetzen. Die Sowjets, deren Stellungen ich nun notgedrungen immer wieder überfliegen muß, haben natürlich längst mitbekommen, daß ich in der Mausefalle sitze und ihren Waffen nicht ausweichen kann. In 100 Meter Höhe kurve ich über ihren Stellungen wild um mein Leben.

Bei einem kurzen Blick auf die aufgewühlte und zerbeulte dunkle Erde sehe ich, daß überall Flugabwehrwaffen auf mich gerichtet sind. Das Mündungsfeuer der Vierlingsflak, der Maschinengewehre und Gewehre leuchtet hell herauf. Ich überlege einen Augenblick, durch die Wolken nach oben zu ziehen, um dem verteufelten Abwehrfeuer zu entkommen. Das ist aber unmöglich, weil auch alle Blindfluginstrumente ausgefallen sind.

In alter Gewohnheit überprüfe ich immer wieder die Instrumente am Armaturenbrett. Aber alles Überprüfen ist nutzlos. Die Instrumente zeigen nichts mehr an. Aber der Motor läuft noch – gleichmäßig wie ein gesundes Herz in einem schon müden Körper. Welches Glück!

Bei der ständigen Kurverei spüre ich, daß mein Innerstes völlig aufgewühlt ist. Dennoch bleibe ich ruhig, überlege, was ich tun kann. Aber ich bin ausgepumpt, klitschnaß, mein Herz klopft spürbar. Angst verspüre ich eigentlich nur dann, wenn von unten die Leuchtspurgeschosse wie Leichenfinger nach mir greifen. Unwillkürlich presse ich mich dann in meinem Sitz zusammen, um mich vielleicht etwas kleiner zu machen.

Ich weiß nicht, wie lange ich schon in dieser Falle herumkurve. Sind es zwei, fünf oder zehn Minuten? Die Zeit scheint stillzustehen. Der Kampf ums Überleben geht weiter. Es ist eine schmale Gratwanderung zwischen Leben und Tod.

Inzwischen habe ich längst jede Orientierung verloren, weiß nicht mehr, über welchem Kampfabschnitt der tiefen Front zwischen Ladoga- und Ilmensee ich mich befinde. Wenn sich doch wenigstens für einen kurzen Augenblick die Sonne zeigen würde. Ich könnte dann, sobald ich aus dem Wolkenkäfig heraus bin, rasch die Himmelsrichtungen erkennen und die Orientierung für den Heimflug aufnehmen. Aber keinerlei Hoffnung. Alles bleibt grau in Grau. Wie zum Hohn dreht sich der Kompaß eher noch schneller im Kreis. Wo ist Osten, wo Westen? Wo sind die eigenen Linien? Wo die Rettung? Ein Gefühl der Verloren- und Verlassenheit beschleicht mich.

Mein Schicksal sehe ich indessen klar vor mir. Es hängt weiterhin vom Durchhalten des Motors ab. Wird er getroffen? Verliert er Öl? Wird er fressen? Was tun, wenn die Luftschraube stehenbleibt? Notlanden – mit dem Fallschirm abspringen? Beides ist gleichbedeutend mit Gefangenschaft – wenn nicht Tod. Die Erlebnisse und das Schicksal meiner »drüben« notgelandeten Kameraden – all das geht mir durch den Kopf.

Immer noch achte ich auf russische Jäger. Bei dem miserablen Wetter haben sie jedoch die gleichen Sichtschwierigkeiten. Keine »Mig« kreuzt meine Flugbahn. Das Abwehrfeuer vom Boden her hält in unverminderter Heftigkeit an. Ich sehe in der rechten Tragfläche neue Durchschüsse. Aber der Motor läuft und läuft.

In der Kabine nimmt ein unangenehmer Öl- und Brandgeruch zu. Über die Kabinenscheiben läuft Öl. Was ist passiert? Ich muß Geduld haben und warten, bis sich unter oder in den Wolkenvorhängen und Schneekulissen eine Lücke auftut, aus der ich mich aus dem Feuerzauber herausstehlen kann.

Endlich wird es in einer Wolkenwand etwas heller, ich finde einen Durchschlupf und bin plötzlich außerhalb des Wolkenkäfigs. Die Schauer bleiben als finstere Wand hinter mir stehen, ich habe vor mir freie Sicht! Jetzt muß ich handeln, meinen Plan durchführen. Zur Rettung bleibt mir nur noch der Versuch, einige Minuten in einer festen Richtung stur geradeaus zu fliegen in der Hoffnung, dorthin zu kommen, wo ich nicht mehr so stark wie hier über dem Kampfabschnitt beschossen werde. Das ist dann entweder eigenes Gebiet, oder aber das feindliche Hinterland.

Zu meiner freudigen Überraschung läßt der Beschuß nach. Ich sehe weniger Waffen auf mich gerichtet. Nach einigen

Flugminuten in der eingeschlagenen Flugrichtung beobachte ich unter mir in der plötzlich so reinen weißen Schneelandschaft lebhaften Fahrverkehr, Lastkraftwagen, pferdebespannte Schlitten, marschierende Soldaten auf Wegen oder am Lagerfeuer, unzerstörte Bauernhäuser. Aber alles sind sowjetische Soldaten! In ihren typischen Winteruniformen erkenne ich sie sofort. Sie schießen jedoch nicht. Vielmehr sind sie von meiner so tief fliegenden Maschine weit hinter der Front überrascht. Verwundert schauen sie zu mir herauf. Ich weiß jetzt, daß ich mich im feindlichen Hinterland befinde.

Nun weiß ich aber auch, daß genau in entgegengesetzter Richtung Westen und eigenes Gebiet sein muß. Fast erleichtert atme ich ein wenig auf.

Jetzt gibt es für mich nur noch eine Chance. Kehrtkurve und auf Gegenkurs, dorthin, wo das Abwehrfeuer am stärksten war, dorthin, wo mich die tiefen Wolken festgehalten hatten. Dort ist die Front und dahinter die eigenen Linien, eigenes Gebiet – die Rettung.

Ich muß durch! Der Tanz beginnt von vorn. Ich fühle erneut das Unbehagen, in dieses Inferno hineinzufliegen. Ich beiße die Zähne zusammen, setze alles auf eine Karte und fege mit Vollgas unter Beibehaltung der einmal eingeschlagenen Flugrichtung im Tiefstflug über die Köpfe der Sowjets. Diesesmal werden sie mich nicht erwischen! Die aufliegenden Wolken mit dem gehaßten Wolkenkäfig, in dem ich vor kurzem noch gefangen war, lasse ich rechts von mir liegen. Die Sicht nach vorne bleibt erträglich.

Wieder tauchen russische Stützpunkte, Geschütze, Panzer, Maschinengewehrstellungen und Bunker auf. Selbst hier über der Front sind die Sowjets von meiner tieffliegenden Maschine sichtlich überrascht. Bevor sie überhaupt auch

nur eine Waffe auf mich richten können, bin ich längst wieder entschwunden. Dennoch atme ich wieder schwerer. Mein Mund ist trocken, die Kehle wie zugeschnürt. Schweißtropfen fallen erneut von meiner Stirn.
Durch die ölverschmierten Kabinenscheiben starre ich nach vorne. Einmal müssen doch deutsche Stellungen, deutsche Landser auftauchen. Aber immer noch sehe ich Russen unter mir. Sollte ich wieder in eine falsche Richtung fliegen? Was dann?
Da – das sind doch deutsche Landser! Sie hocken in ihren Gräben, sie winken zu mir herauf. Ich bin über eigenem Gebiet. Gerettet! Ein Stein fällt mir vom Herzen. Aber wo habe ich die Front überflogen? Wo liegt unser Flugplatz Siwerskaja? Eine breite Schneefront steht drohend wieder vor mir. Es ist unmöglich, weiter nach Westen vorzudringen. Muß ich ein neues Abenteuer erleben? Schon suche ich nach einer Notlandefläche. Rechts vor mir taucht ein schmales, verschneites Feld auf, es gleicht einem Handtuch. Dort könnte ich landen. Aber – das kann doch nicht möglich sein? Das Handtuch ist unser frontnaher Gefechtslandeplatz Ljuban. Ich stoße einen Freudenschrei aus.
In einer steilen Rechtskurve nehme ich den Gashebel zurück und setze zum Landeanflug an. Aber weder Fahrwerk noch Landeklappen lassen sich ausfahren. Bauchlandung! Mit viel zu viel Fahrt steuere ich den völlig verschneiten Platz an und drücke meine treue »Focke« in den Platz hinein. Krachend setzt sie auf. Eingehüllt in eine riesige Schneewolke rutscht sie auf dem Bauch noch viele Meter und kommt schließlich mit verbogener Luftschraube in einem hohen Schneewall am Ende des Platzes vor zwei weißen Birkenstämmen endgültig zum Stehen.
Um mich herum ist plötzlich eine unheimliche Stille, es ist

wie in einer Kirche! Wo eben noch Flak und Maschinengewehre schossen, der Tod mich zu erschrecken versuchte, ist nun alles so, als wäre nichts gewesen. Benommen, in Schweiß gebadet, bleibe ich in der Maschine sitzen. Ich bin unverletzt, ich lebe. Ich fühle in diesem Augenblick, wie ein ungeheurer Glücksstrom über mich hereinbricht.

Über das verschneite Landefeld eilen einige Infanteristen auf mein Flugzeug zu. Meine brave Maschine ist arg mitgenommen. Um meinen Sitz, aber auch am Rumpf und in den Tragflächen, zählen die Soldaten achtzehn Treffer. Das Leitwerk ist zerfetzt. Der Öltank zerschossen und leer. In wenigen Minuten hätte der Motor gefressen! Der untere Rumpfteil der Maschine ist von dem ausgelaufenen Öl völlig verschmiert. Die elektrischen Leitungen sind durch den Beschuß total demoliert und ausgefallen.

»Da haben Se aber Glück gehabt«, meint ein Landser, der mich aus meinem Sitz hebt. Dabei schüttelt er ungläubig den Kopf. Er hat recht, ich weiß aber auch ohne diese tröstlichen Worte, daß ein guter Engel mit mir geflogen ist.

Es ist schön zu leben.

Gerd Gaiser

Hinab

Grell und verwunderlich langten der Tod und der Täuscher Ruhm in das Leben der Jäger. Es gab keinen Übergang, keinen Wechsel der Szene, keine vorbereitenden Umstände. Ein Mann vernahm den Alarm vielleicht am Schreibtisch oder in einem Sessel, geblümt und so groß wie ein Haus; er schmiß die Karten hin oder legte die Zigarre ab, und vielleicht gloste noch die Zigarre in der Schale, da war er schon selber nichts mehr als eine Erinnerung und stand unter ›Verluste‹ in der Tagesabschlußmeldung. Er kam einfach nicht wieder; obwohl er irgendwo geblieben sein mußte, fand man vielleicht nicht einmal eine Spur von ihm. Vielleicht aber auch kam er zurück ins Gewohnte, kam herab mit einem fremden Geruch von Erleuchtung oder Verwilderung, der erst langsam von ihm verflog. Er war durch den Tod gestoßen oder hatte ihn ausgeteilt; die Schuld, der Schrecken, die tierische Trauer und Entfesselung schufen eine Zone der Scheu um ihn für die Zurückgebliebenen. Aber seine Maschine stand dort wie versehentlich mit aus dem Traum gefallen, mit zerfetzten Blechen und verschleimten Rohren. Leise knackend, mit feinem Stöhnen kühlte das Flugzeug aus neben den Rabatten, auf welchen die Bodenmannschaft Blumen gezüchtet hatte, Kleinbürgerblumen: Kosmäen, Stinkende Hoffart, Studentennelken.

De Bruyn war auf den Beinen geblieben. Er hatte seinen Gefreiten zum Flicken begleitet und mit angesehen, daß es nicht viel auf sich habe mit der Schramme, wenn sie auch unangenehm blutete; die Oberlippe war zackig aufgerissen.

»Schwamm drüber«, sagte der Horstarzt, nachdem er drei Nadeln eingeführt hatte. »Das schwillt jetzt ein bißchen auf und beißt dann, mein Lieber, und mit den feurigen Küssen hat es für einige Zeit sein Bewenden, mit dem guten Armagnac auch, falls ihr noch welchen im Versteck habt. Oder soll ich das Maul gleich ganz vernähen? Das gibt gute Staatsbürger. Also, das wäre es.«

Seine Genossen fingen an, ihn zu hänseln.

»Wie da plötzlich eine Stille war im Funksprech«, sagte Hörath. »Der Winckler! Es fiel geradezu auf. Jetzt kann er Trappist werden, oder wie man die Leute nennt.«

»Laßt mir meinen Winckler«, sagte de Bruyn zufrieden. »Er kann so bleiben. Fracksausen hat er nie gehabt. Was macht eigentlich unser anderer Spitaler; was macht Cornils? Hält der Spieß Verbindung mit Vraadal?«

»Jawohl, Herr Leutnant. Der Hauptfeldwebel hat gestern abend sogar Cornils selber am Apparat gehabt. Cornils fehlt nichts, er hat noch nicht einmal einen Schnupfen. Aber die Schwestern meinen es gut und wollen ihn noch ein bißchen päppeln.«

»Das wird ihm süß eingehen.«

»Nein, er mault und will entlassen werden. Er sagt, er geht zu Fuß zur Staffel zurück.«

»Cornils zu Fuß!«

Mitten darin überfiel es de Bruyn in einem der Liegestühle; er blieb einfach liegen, wie er war, und eine Müdigkeit wie eine Kappe legte sich über ihn; die Sonne war lange herauf, sie begann zu wärmen. De Bruyn schlief schnell und dumpf ein, und augenblicklich begann er zu träumen.

Der Traum war beklemmend. Erst war es nur Himmel, der vor dem Träumenden flimmerte, ein Himmel mit einer hohen Aufzugsbewölkung, die branstig und böse durchstrahlt war. Unter dem hohen Bezug trieben Quellwolken mit flauschigem Rand nach vorn, der Horizont entließ immer neue Wolkenbäusche, die dort wie Sprengpunkte plötzlich austraten und dann, schnell sich vergrößernd, wie große Quallen schaukelnd, in den Farben des Rauchtopas spielend den Raum durchschwebten. Während aber das Treiben anhielt, wuchs gratig vor dem unendlichen Wallen eine Zeichnung. Sie spann sich zusammen wie ein Gespinst aus Glasfäden, und immer noch schossen neue Fäden hinein. Jetzt fing de Bruyn an, das Bild zu erkennen: es war ein Blatt aus der Holzschnitt-Apokalypse, das Blatt mit dem Drachenkampf. De Bruyn kannte in dem Blatt jeden Zug und jeden Winkel; es hatte über dem Arbeitstisch seines Vaters gehangen. Er hatte als Kind einmal nachgefragt, warum denn das Gesicht des Kämpfenden so gepeinigt sei, denn er müsse doch siegen; es gefiel ihm nicht, ein Sieger mußte anders beschaffen sein. Damals hatte sein Vater ihm Auskunft gegeben, daß nicht jeder, der kämpfte, zu siegen bestimmt, und auch, daß ein Sieg, der nicht Qual verursache, kein Verdienst sei. Den Text kannte er damals nicht, der dem Bild zugrunde lag, die Qual und Entscheidungslosigkeit in Gesicht und Händen des Engels, die der Chronist mit den Worten zeichnet: Sie überwanden ihn nicht.

Jetzt zuckte das Liniengerüst, das Gesicht des Engels wendete sich dumpf, er setzte die Lanze gegen das Echsengekröse; das warf sich und wirbelte, im Gewölk verpuffend, und quoll sogleich wieder auf. Dann fielen tief unten am rechten Rand, über See, eines und dann noch ein paar winzige Flugzeuge aus dem Himmel und gingen schwärzlich ins Wasser nieder, das sich glatt und spurlos über ihnen schloß. Und das Bild verwischte sich nicht, es blieb zitternd stehen und warf und verzog sich dann und wann wie in einem

Flußspiegel; es ließ sich nicht vertreiben. Plötzlich erwachte de Bruyn, spürte eine Schwüle stechend auf seinem Gesicht und fühlte sein Halstuch kleben; er griff hinein und starrte schon abwesend auf den Gefreiten Hirschmann, der eben aus der Baracke gelaufen kam. Hirschmann meldete ein Fernschreibgespräch.

Als de Bruyn zurückkam, sah er verändert aus. Sein Tag war schon lang gewesen, aber noch war es erst früher Vormittag.

Er rief: »Alles fertigmachen! Der Hauptfeldwebel soll kommen und der Oberwerkmeister. Verlegung sofort mit allen Maschinen nach Scholm.«

Der Angriff hatte begonnen. Die Schlacht war da, zu welcher der Angriff auf Schaaken bloß ein Vorgeplänkel gewesen, die jahrelange Schlacht, die am Himmel zog und ihr Land pflügte wie eine feurige Egge und ihre Kraft fressen sollte, ihre Maschinen, ihre Plätze und Werkstätten, endlich sie selbst, so viele noch übrig waren. Eine Schlacht ohne Aussicht für sie, sie konnten sie nicht gewinnen; sie war schon verloren, als sie begann. Das wußten wenige, denn sie waren gewöhnt worden zu siegen; sie taten das Ihre und Nächste und sahen nicht alles zugleich.

Es begann an dem Tag und wurde die längste und ausgedehnteste Aktion, in der sich das Geschwader bisher befunden hatte. Die Anflüge kamen in einer breiten Front und waren erkannt, als de Bruyn aus Randvig befohlen wurde. Sie dehnten sich über Stunden und währten noch, als schon die ersten Rückflüge den Bereich schnitten.

Auf den Glaskarten der Gefechtsstände flogen die Punkte an, die Ziele bedeuteten. Sie sammelten sich wie schwarze Schmeißfliegen. Jede Marke war ein Kreuz, das der Fettstift hinschmierte, mit einer Uhrzeit dabei. Bald mangelte es an Platz in den beflogenen Schneisen, die Punkte klumpten sich an wie Bienenschwärme, es kam kaum mehr auf Meldungen an, es würde keine Mühe mehr verursachen, Berührung zu bekommen. Die Punkte sammelten sich zu Bändern, die Bänder streckten sich und bildeten Ströme, die Ströme wälzten sich fort, sandten Arme aus, die sich verloren oder wieder in die allgemeine Flut einmündeten, oder sie schnitten Rinnsale, schlängelten sich daneben wie Alt- oder Gegenwässer. Da und dort tauchten neue Kurse auf, die sich geschwinder fortpflanzten, das waren die Vorausjagden, die seitlichen Abschirmungen.

Es war fast unmöglich, das Bild zu entwirren, die Wellen zu unterscheiden oder die einzelnen Pulks zu verfolgen. Unaufhörlich spien die Leitungen, die von den Meßgeräten herführten, ihre Werte aus, dann kamen Geräuschmeldungen, Sichtmeldungen, Beobachtungen einzelner Flugwachen, Funksprüche von Einheiten auf See. Die Gefechtsstände waren vom Murmeln vieler Stimmen erfüllt, es rauschte und plapperte in den Muscheln der Fernsprecher, Summer tönten und Lichter blinkten und zwinkerten; Zettel raschelten, wurden abgelesen und zu Bündeln gespießt. Die Leiter der Auswertungen führten ihre Nebenkarten, auf denen sie Deutungen der Lagebilder versuchten. Sie arbeiteten wie Entzifferer von Handschriften, deren Schlüssel verschollen ist, und lieferten die Unterlagen für die Befehle an die eigene Jagd.

Erst nach Mittag zeichneten sich die Linien deutlicher ab. Der Gegner griff tief im Heimatbereich Werkstätten an. Die Angriffe rollten, sie holten weit über See aus, um die Flakzonen zu vermeiden, aber die Rückflüge berührten den Geschwaderbereich. Jägerpulks lösten sich ab, um die Heimkehrenden aufzufangen.

Die Schlacht, sie war da, die Schlacht über Ilion, die Schlacht im Skamander. Sie hätten mehr Staffeln besitzen müssen, um sie an den Himmel zu hängen, als sie Maschinen aufbieten konnten. Das Signal zum Start stieg, die Arme wurden lang an den Gashebeln, die Staffeln rollten an, sammelten und zogen über die Plätze in hohen klirrenden Rudeln, bis sie verschwunden waren. Man schickte ihnen ihre Befehle in die Luft. Die Bodenstellen horchten; es war über den Horsten jetzt still geworden, nur in den Funkräumen und Gefechtswagen röchelten und schnarchten die Membranen, das schemenhafte Gefließ entstellter Laute schuf Ahnungen über das, was sich droben vollzog. Rufe suchten und überkreuzten sich, die geduldigen und gedehnten Anweisungen der Bodenstellen, wiederholt und noch einmal durchgesprochen: »Ende. Ende, bitte kommen.« Das gespannte Warten, das überdehnte Gehör, das formlose Ergießen aus den Hörmuscheln, dann die Bestätigungen, die *Verstanden* bedeuteten: »Viktor Viktor.« Laut Vorschrift hatten solche Rufe nur Decknamen und Schlüsselworte zu enthalten; sie hießen vielleicht: »Steckrübe an Warzenschwein. Machen Sie Stacheldraht in Hanni sechzig über Paula Dora.« Aber es kamen auch jähe Anrufe dazwischen: »Hinein!« oder: »Paß auf, Indianer links oben.« Oder: »Roß an Elch. Rechts voraus Dicker Hund.« Oder selbst einmal ein hingerotztes: »Hast Pech, der nimmt dich.«
Dann kamen die ersten zurückgelandet, sie kamen in Schwärmen, in Rotten oder einzeln wieder herein. Sie drückten das Feld an und wackelten, wenn sie abgeschossen hatten, und wenn sie dann ausrollten, rannten die Warte zu den Maschinen, hoben die Schützen heraus und trugen sie auf den Schultern. Sie kamen wie Helden, mit Ruhm bedeckt, und wenn sie sich unter den Türen der Gefechtsba-

racken duckten, wurden sie wieder Dienstgrade, nahmen Haltung an und meldeten. Was sie droben gesehen hatten, ihre Schrecken und Überwindungen, ihre Einsamkeit in der brüllenden Zelle, in den Räumen, wo die Luft tödlich war, das verwandelte sich in Ziffern, die ein Plus oder Minus trugen. Und sogleich, sobald aufgetankt und munitioniert war, meldeten sie sich wieder ab. Jetzt warfen sie nicht mehr die Beine wie zum Alarmstart, sie stapften langsamer zu ihren Maschinen, sie gingen jetzt eher wie der Schütze, der sich zum zweiten und dritten Angriff erhebt. Die Warte keuchten, ein Dunst von Abgasen, von Schweiß und Öl, von erhitzten Blechen und verschleimten Waffen, von Treibstoff stand um die Maschinenrümpfe, die sich knakkend streckten. Es kam jetzt nicht mehr auf Zugehörigkeit an. Wer als Fremder einfiel, rollte zu einem der Liegeplätze und wurde dort gewartet, und sobald vier oder sechs oder mehr Flugzeuge wieder klar waren, nahm einer die Führung, und sie starteten. Zuletzt flogen sie noch in Rotten.

Staffeln waren zersprengt worden, und neue Verbände formierten sich kurzlebig, in denen wenige schon zusammen geflogen waren. Man hörte Namen von Vermißten, erkundigte sich nach Schützen, von denen man gewohnt war, daß sie Erfolge heimbrachten. Neue Namen wurden gehört, die bisher kaum genannt worden waren. Der Nachwuchs zeichnete sich aus. Junge Leute kamen zurück und hatten abgeschossen, starteten hinaus und wurden nie mehr gesehen. Ihre Namen wanderten, sie gingen von Mund zu Mund durch die Liegeplätze. Und neue Landungen anderer Flugzeugführer, alte sichere Leute von Nachbargruppen, die auch Abschüsse brachten, gut beobachtete und von Zeugenschaften gestützte. Man zählte;

das Personal am Boden versuchte, Rechnungen aufzustellen. Aber noch hatte es selbst nichts von den Gefechten gesehen.
Da näherte sich die Schlacht für eine Weile, sie floß minutenlang in zwei Strömen zwischen Scholm und Niebüll hinweg. Straßen am Himmel, gleißende Straßen, Straßen von Metall, von Kondens und Geräuschen, das Röhren der Bomberströme, das helle, gereizte, hornissenhafte Geheul der Abschwünge, anschwellend und verflatternd. Das Donnern der schweren Verbände wie Gestänge von Schall. Man sah wenig; nur gute Augen erkannten die schwarzen ziehenden Keile und Rhomben von flüggen Tupfen, und nur die besten unterschieden die Jagd. Manchmal glänzte ein Punkt auf wie Staub, der im Licht funkelt.
Plötzlich stand im Norden eine Lichterscheinung, die den Tag überstrahlte und sogleich wieder erlosch. Dann hob sich von der Stelle eine Rauchsäule, schoß aufwärts, als ob sie von einer trunkenen Kraft gespeist würde, wuchs immer noch und trieb einen Kopf aus, der quoll und dann auseinanderschlug wie ein Schirm. Gleich strudelte, fast daneben, aber dünner, ein Rauchpilz auf. Er floß in die Luft skurril aus wie Tusche, die im klaren Wasser Figuren bildet. Dann stand zwei Daumensprünge weiter ein drittes Fanal, die drei Säulen wölkten, sie drehten sich träg um sich selbst und verharrten. Sie hielten lotrecht wie Pfeiler einer Brücke, die über die Halbinsel geschlagen war. Über die Brücke rollte die Schlacht. Als sie weitergerollt war, sanken die Pfeiler langsam in sich zusammen. Die Stümpfe erhellte von innen ein trübes Rot.
Die Handlungen zogen sich auseinander. Jäger sahen einen schweren Verband ankommen, kurvten ein und gingen auf Position. Aber da hingen schon andere Jäger über ihnen,

unerreichbar für sie, die Jagd des Gegners, deren Reichweite der ihrigen weit überlegen war. Ihre Besatzungen standen nicht unter dem Druck einer knappen Flugzeit. Sie drückten an, wenn sie selbst zum Angriff ansetzten. Das Kurbeln begann, und der schwere Verband setzte seinen Marsch fort. Jetzt hatte jeder schnell mit sich allein zu tun. Die Jäger trugen ihre Sache aus, sie verfolgten sich, kurvten einander aus, überstiegen einander und ließen sich fallen. Himmel oben und unten, das Meer zog über ihren Köpfen vorbei und vollendete seine Schwenkung. Dann wieder Himmel, ein Himmel, aus dessen Leere jetzt Wolkenfetzen aufkochten, das Meer, in dem Schaumsträuße blühten. Eine schwarze Schleppe mit feurigem Kopf raste schlenkernd zu diesem Meer hinauf wie eine Rakete. Sie schwänzelte und kletterte noch immer hinauf ins Meer. Lichtschnüre platzten. Schwapp! Ein Fallschirm, unschuldig, überirdisch erblüht. Noch ein Fallschirm. Die Kopfmuscheln rauschten. Eine krächzende Stimme: »Paß auf!« Eine ruhige und fast überdehnte Stimme: »Dranbleiben.« Wer Beschuß hatte, drehte ab nach der Küste zu.

Die See lag blau, hauchig, fein gerieft; da und dort sproßten Schaumpfeile schwimmender Einheiten. Gegen die Sonne hin fing die Fläche zu flimmern an, sie blendete und löste sich allmählich in Glanz auf. Inseln schwammen schwarz in dem Glanz wie Brocken im kochenden Blei. Das alles zog unter den Flächen der hochflossigen Vögel hinweg, der fliegenden Festungen, der Ketten von Festungen, die im Raum hingen. Sie standen, und Erde und Meer spulten sich unter ihnen gemächlich ab. Die Zeit fraß den Raum unter ihnen. Sie standen aufgerückt zu Geschwadern und deckten einander, einer über dem andern, unter dem andern, neben dem andern.

Der kleine Brede hatte seinen Schwarm noch beisammen und sah vor sich die letzte Kette eines Pulks, die etwas rückwärts abhing. Er stürzte darauf, sie stürzten einer hinter dem andern. Das waren Teile von Augenblicken. Brede sah den Schatten in sein Visier tauchen und schweben und verlor ihn wieder, dann schob sich eine Fläche vergrößert herein, die Verdickungen der Motorgondeln wie Knäufe, eine Fischflanke, die Abwehr aus allen Luken flackernd – »Aus allen Knopflöchern«, sagte Brede mit den Zähnen aufeinander. Er dachte nichts, dann dachte er: jetzt, und drückte auf seine Knöpfe, und dann sah er nichts und dann einen dunklen Fetzen, einen spritzenden Span, im Fahrtwind davongetragen; dann schwang er ab, und erst nach Augenblicken suchten seine Gedanken. Wo bin ich gewesen, und woher komme ich? Er war nicht getroffen, er konnte nichts merken, daß er getroffen wäre. Eine Wärme fuhr in ihm auf, sein Kopf sauste, eine Wärme, die in der Kehle kitzelte. Dann drehte er den Kopf und sah seinen Rottenflieger hinter sich.

Da war kein Suchen mehr nach flüchtigen einzelnen Zielen. Der Himmel war voll von ihnen. Die Oberfähnriche Heinold und Neunhöfer flogen als Rotte. Sie hatten einen Pulk Jäger abgeschüttelt, nachdem ihre Staffel gesprengt worden war. Da sahen sie zwei der Viermotorigen von ihrem Verband abgefallen. Eine flog etwas seitlich und über der ersten, die angeschlagen schien, und die Geschwindigkeit beider war vermindert. Heinold setzte an, er kam von hinten gegen die höher fliegende Maschine und hatte sie messerschmal vor sich, die hohe Flosse, den Rumpf, die vier Gehäuse, er schaukelte, er tanzte in den Böen, sah einmal Bauch, einmal Flanke und Flosse weiß gebändert, das Geschlacker aus Kanzeln und Topf des gewaltigen Flügelfischs,

dann eigene Treffer, eine Flamme wie aus dem Kopf eines Streichholzes zischend, eine Stichflamme; dann scherte er aus. Als er kurvte, sah er die beiden Flugzeuge noch beisammen. Das seine, das er beschossen hatte, brannte stark aus dem linken Tragwerk; er unterschied nicht, ob einer oder ob die beiden Motoren qualmten, aber es hatte Höhe eingebüßt und hing jetzt unter dem anderen Flugzeug. Dann sah er erst, daß dieser zweite auch eine Fahne schleppte. Das war Neunhöfer, dachte er, Neunhöfer hat ihn beschossen. Aber von Neunhöfer selber sah er gar nichts mehr. Der Zwischenraum zwischen den beiden kranken Maschinen wurde größer. Sie verloren weiter an Höhe und wechselten ihren Kurs, sie wollten vielleicht die Küste erreichen. Aber aus der einen schoß jetzt ein Lichtbündel, das den Rumpf zu zerschlitzen schien; eine Flamme wütete, aber sie hielt sich noch Augenblicke; endlich ein einzelner Fallschirm, dann nichts und noch drei Fallschirme schnell hintereinander, und noch einer, sie pendelten da und bildeten eine Figur wie ein großes W. Das fliegende Schiff zerbrach, es stürzte, man sah auf dem Meer Qualm und Schäumen, das Meer brannte. Brennende Flecken auf dem Meer, die auseinanderliefen, und schwarze Ballen darüber.
Darüber hatte der andere wieder den Kurs gewechselt, er schien erholt, Heinold sah keine Flammen mehr. Will er heim? sagte er. Er flog eine weite Kurve und noch einmal von vorn dort hinein gegen die dröhnende Zitadelle; er stürzte auf ihn und durch sein Feuer hindurch und spürte, jetzt war er selbst auch getroffen. Er soll nicht heimkommen, dachte er, während seine Waffen hämmerten. Hinab, dachte er, und dann quoll ihm selber in seine Kabine der Rauch.

Elly Beinhorn

Alleinflug ins Herz von Afrika

In den letzten Wochen vor dem Start habe ich weniger von Afrika als von unbezahlten Rechnungen geträumt.
Vom Sommer mit den vielen gutbezahlten Flugtagen und von meiner Reklamefliegerei hatte ich zwar allerhand Geld gespart, aber das zerrann mir bei den riesigen Vorkosten dieses Expeditionsfluges unter den Fingern. Nur von der »B.Z. am Mittag« bekam ich einen Betrag im voraus. Mit dem immer wieder auftauchenden Gedanken, was sein würde, wenn ich auf einer der ersten Etappen Bruch machte, setzte ich mich nicht auseinander. Wozu? Dann war doch alles vorbei, wenigstens, was meine Fliegerei anging.
Der glücklichste Moment dieser dreimonatigen Vorbereitung war der Augenblick, als ich am Sonntag, dem 4. Januar 1931, um 9.40 Uhr auf dem Staakener Flugplatz den Hebel auf Vollgas nach vorn schob und die vollbepackte Maschine sich nach kurzem Anlauf vom Boden abhob.
Das Wetter war durchaus so, wie ich es mir für einen Afrikaflug vorgestellt hatte: furchtbar viel Wind, natürlich Gegenwind, niedrige Wolken, naßkalt und zwischendurch Regenschauer. Über dem Kamm des Thüringer Waldes hing ich, über den Wolken, bei dickem Sturm beinahe auf der Stelle fest; ab und zu war da ein kleines Wolkenloch. Sollte zufällig jemand der Dorfbewohner die unglückliche kleine Maschine von unten beobachtet haben, würde er sich bestimmt gesagt haben, daß man mit einem Fahrrad oder sogar zu Fuß auch nicht schlecht von der Stelle kommt.

Ich kam tatsächlich nach sieben Stunden, bei einer Durchschnittsgeschwindigkeit von 60 Stundenkilometer, in Böblingen bei Stuttgart an.
Und jetzt folgt etwas, das man, wenn man tolerant ist, eben noch mit jugendlichem Schneid entschuldigen kann. Tatsächlich war es eine große Eselei von mir. Der Betriebsleiter bei Klemm hatte mir den Vorschlag gemacht, am nächsten Vormittag eine halbe Stunde später zu starten und mir vorher den Öldruck genau einzuregulieren. Aber ich hatte es furchtbar eilig und glaubte ja auch selber so viel vom Motor zu wissen, daß ich das für durchaus überflüssig hielt, um ja nicht viel Zeit zu verlieren und womöglich eine halbe Stunde später auf dem für den heutigen Tag geplanten Etappenziel Lyon anzukommen. Dafür saß ich dann auch schon kurze Zeit danach mit sehr langem Gesicht auf einem eingeschneiten Acker oben im Schwarzwald!
In Stuttgart war noch ganz gutes Wetter gewesen: ein bißchen kalt, Sonnenschein und blauer Himmel. Die Wettermeldungen waren auch nicht gerade schlecht; es hieß nur: »Auf dem Kamm des Schwarzwaldes haben Sie Nebel«, worauf ich mir sagte: »Das kann man irgendwie umfliegen.«
Mit dem Nebel hatte das gestimmt, wie überhaupt die schlechten Meldungen der Flugwetterwarten meist stimmen. Der Schwarzwald war nämlich völlig »zu«. Die Nebelwolken hingen bis tief in die Täler. Dazu kam ich in dichtes Schneetreiben. Unter mir war alles gleichmäßig weiß, und ich überlegte mir gerade, welche Route ich wohl am besten zum Umfliegen wählen sollte. Der Weg am Osthang des Schwarzwaldes bis ins Rheintal und von dort irgendwie nach Basel schien mir am geeignetsten zu sein, und eben dachte ich mir: Jetzt müßte noch zu allem Überfluß

der Motor wegbleiben – was er dann auch im gleichen Moment prompt tat. Wegen des immer schlechter werdenden Wetters hatte ich den Motor etwas drosseln müssen, dadurch waren die Zündkerzen verölt – und mir blieb nichts anderes übrig, als mich schleunigst und vertrauensvoll auf die Schneedecke zu setzen, in der Hoffnung, daß unter dem Schnee nicht gerade an meiner Landestelle ein Graben war. Ich hatte Glück.
Also saß ich nun – ganze 650 km von Berlin entfernt – mit meiner Maschine mitten im Gelände und hatte doch eigentlich die Absicht gehabt, nach Afrika zu fliegen. Wenn es so weiterging, konnte das ja ein recht aufregendes Abenteuer werden.
Nach einiger Zeit, als ich schon längst meinen Motor genau durchgesehen hatte, kam ein uralter Ford die Landstraße entlanggerollt, der mich erst einmal mit nach dem nächsten Ort, mit Namen Winzeln, nahm. Von dort aus telefonierte ich mit den Klemmwerken in Böblingen, um für alle Fälle, wenn ich nicht selbst fertig werden sollte, Hilfe zu erbitten, und Klemm versprach, sofort eine Maschine zu schicken.
Einige Winzelnianer kamen mit heraus, um sich das Malheur anzusehen und mir etwas Hilfe zu leisten. Der Öldruck war schnell umreguliert, die Kerzen saubergemacht, und schon zeigte sich im Dunst die von Vater Klemm prompt entsandte Hilfsmaschine. Leider sah diese mich aber nicht; denn meine Maschine hob sich kaum vom Schnee ab, da sie zum Schutz gegen die Sonnenstrahlen der Tropen silbern gespritzt war. Also machte ich inzwischen den Versuch zu starten, was mit einigen Schwierigkeiten gelang. Allerdings: Mein Fluglehrer hätte sich die Haare gerauft, wenn er das angesehen hätte, wie ich da aus dem Platz herauskam. Überall gab es Hindernisse, denen man nur durch scharfe

Kurven direkt nach dem Start ausweichen konnte. Es blieb mir nichts anderes übrig, und letzten Endes ging auch alles gut ab.

Der Schwarzwald war nach wie vor zu, und so flog ich am Osthang entlang bis nach Basel hinunter. Dort war wieder gutes Wetter. Durch die Notlandung war es aber zu spät geworden für Lyon, und ich blieb in Basel. Erst am folgenden Tag konnte ich fort, und nachdem sich der dicke Rheintal-Winternebel verzogen hatte, ging es bei schönstem Wetter über den Schweizer Jura und den Genfer und Neuchâteler See hinüber ins Rhonetal nach Lyon.

Am nächsten Morgen weiter! Jetzt kam Neuland für mich. Spanien! Die Pyrenäen konnte ich direkt in der Luftlinie überfliegen, weil ich zufällig einen Tag erwischte, an dem keine Wolken die Gipfel verhüllten. Wunderhübsch sieht dieses natürliche Grenzband zwischen Frankreich und Spanien aus der Luft aus. Ich schwebte jetzt stolz über Spanien, und bald tauchte auch schon Barcelona auf. Der Flugplatz war nicht ganz so, wie ich ihn mir für eine Weltstadt vorgestellt hatte, nachher erfuhr ich, daß er neu und alles noch im Werden sei. Jedenfalls war das Schönste, daß hier eine Temperatur von plus 12 Grad herrschte. Begrüßt wurde ich auf dem Flugplatz mit den echt berlinerischen Worten: »Ham Se ooch nen juten Fluch jehabt?« – das war ein Monteur der Deutschen Lufthansa.

Nach zwei Tagen ging es weiter nach Madrid – ich mußte meine eigentlich in Aussicht genommene Ostküstenroute so abändern, weil ich bei der deutschen Botschaft in Madrid noch erforderliche Papiere zu besorgen hatte. Von Barcelona nach Madrid war eine der scheußlichsten Etappen des ganzen Fluges.

Wegen meiner fehlenden spanischen Sprachkenntnisse

konnte ich mich nicht mit den Verkehrspiloten über die jetzt folgende Strecke unterhalten, sonst hätte ich sicher nicht die genaue Luftlinie von Barcelona nach Madrid als Flugweg gewählt. Am Startmorgen hatten wir die für Spanien außerordentlich niedrige Temperatur von minus 2 Grad am Boden. In 2000 Meter Höhe zeigte mein Bordthermometer bereits minus 15 Grad.

Nach einer Stunde war mir in meiner offenen Maschine so schrecklich kalt, daß ich zum ersten Male zu meiner Reserveflasche mit Kognak griff, die eigentlich nur für die Kälte in Deutschland bestimmt gewesen war. Ich hatte starken Nordwind, der mich langsam nach Süden abtrieb, so daß ich über die hohen und fast gänzlich unbesiedelten Berge der Quenka kam. Meine Hände und Füße waren bald ganz steif, und ich habe mit dem Gedanken gespielt, irgendwo notzulanden, um wieder etwas Gefühl in die Knochen zu kriegen. Doch bei der Vorstellung, dann noch einmal wieder in diese Kältehölle hinein zu müssen, bin ich weitergeflogen. In der Quenka hat dann der Wind mit meiner 40-PS-Maschine gemacht, was er nur wollte. Alle Steuerausschläge waren vollkommen nutzlos. Durch die Wirbelwinde wurde ich immer tiefer zwischen die Felsen gedrückt und fürchtete jeden Moment irgendwo aufzuschlagen.

Ich habe in diesen Minuten einen Schwur getan, diese einsame Strecke nicht wieder mit einer so leichten Maschine zu fliegen. Auf meinem ganzen weiteren Flug habe ich – mit Ausnahme meines Wüstenaufenthaltes vielleicht – nicht wieder ein so schrecklich hilfloses Gefühl gehabt.

Aber auch dies ging vorüber, als dann die Felsen niedriger wurden, die Sonne schien und ich mich Madrid näherte. Als ich nach der Landung auf dem Militärplatz Getafe nach zehn Minuten Freiübungen, um etwas Wärme in die Knochen zu bekommen, herzlichst empfangen wurde und wie ein wunderbares Fliegergeschöpf angestaunt wurde – da war dann sehr schnell alles wieder vergessen. Madrid bedeutete eigentlich schon den Abschied von Europa, denn von der nächsten Etappe und von Sevilla selbst habe ich, außer der sprichwörtlichen Gastfreundschaft der Spanier, nicht viel Eindrücke sammeln können, weil ich nun doch etwas mehr Tempo vorlegte, um auch wirklich pünktlich in Bissao einzutreffen. Außerdem lockte Afrika!

Eine zweite Notlandung hatte ich inzwischen – wieder wegen der verölten Kerzen – erfolgreich erledigt.

Nach nur einer Nacht Aufenthalt in Sevilla kam der Sprung hinüber! Von einer Staffel von sechs Flugzeugen begleitet, ging es erst bis Gibraltar, da aber nur selten ein Glück auf Erden vollkommen zu sein pflegt, bekam ich wieder etwas Herzklopfen, als mein Öldruckmanometer plötzlich nichts mehr anzeigte. Sollte ich weiterfliegen, solange der Motor lief, oder sollte ich lieber umkehren, notlanden und nachsehen, was eigentlich los war? Ich befand mich immerhin über der 40 km breiten Wasserstraße, und zwar näher an Europa als an Afrika. Aber ich sagte mir: Es muß einfach gut gehen – und wenn Bruch, dann in Afrika, denn zu Hause sprach man inzwischen nur von der »Afrikafliegerin Elly Beinhorn« – die überhaupt noch nicht existierte. Die Götter hatten ein Einsehen, und ich kam wirklich bis nach Rabat, wo ich zum ersten Mal afrikanischen Boden betrat.

Nach zwei Tagen Aufenthalt in Rabat, wo ich erst einmal wieder behördliche Schwierigkeiten regeln mußte, ging die Reise weiter. Kurze Zwischenlandung in Casablanca, um dort Post zu holen, und dann flog ich gleich weiter nach Agadir. Hier kam etwas Abwechslung in die eintönige Gegend. Es ging immer an der Küste entlang, ich hatte also nicht auf die Orientierung zu achten, sondern konnte mich umsehen und meinen kleinen, wirklich tadellos arbeitenden Kompaß kontrollieren. – Die schneebedeckten Berge des Atlas bildeten eine erfreuliche Abwechslung in dem flachen, einförmigen Gelände. Direkt am Südhang des Atlas liegt Agadir, ein Hafenplatz, dem ich für die Zukunft große Entwicklungsmöglichkeiten gab. Inzwischen ist dort – nach dem großen Erdbeben – ein beliebtes Touristenzentrum, auch für Clubs junger Leute, entstanden.

Hier wurde Afrika schon etwas wilder – jedenfalls kam mir das so vor, nach meinem »Hotel« zu urteilen, das viel Ähnlichkeit mit einem deutschen Zellengefängnis hatte. Immerhin sollte es aber noch anders kommen. Schon die nächste Etappe bot mir da einen kleinen Vorgeschmack. Geschildert wurde sie mir von dem Flugplatzleiter vor dem Abflug folgendermaßen:

»Sie fliegen an der Küste entlang, über die Ausläufer des Antiatlas. Dann treffen Sie nach ungefähr 1½ Flugstunden ein im Sand verlassenes Flugzeug. Nach einer weiteren Stunde noch zwei Maschinen, von deren einer Besatzung man nie wieder etwas gehört hat – und das erste Gebäude, das Sie dann nach ungefähr fünf Stunden sehen, das ist Cap Juby!«

Man mußte sich etwas an diesen Zustand gewöhnen, aber man tat das zwangsweise sehr schnell. Außerdem war das erst der Anfang. Nach ungefähr 500 km, die ich dank eines guten Rückenwindes in verhältnismäßig kurzer Zeit hinter mich brachte, hatte ich programmgemäß die drei verlassenen Flugzeuge passiert und kam in Cap Juby an.

Das war der erste echte Wüstenflugplatz. Man hatte einfach auf einem Quadratkilometer den Sand planiert und eine Flugzeughalle danebengestellt. Am Rand des Platzes gab es ein paar kleine, primitive Maurenzelte und viele Kamele. Außerdem ein Fort, in dem die spanische Schutztruppe von Rio de Oro lag.

Das ganze Fort wurde von Las Palmas aus mit Lebensmitteln und sogar mit Wasser versorgt, da hier kein Grashalm wächst. – Hier traf ich übrigens auch den Schweizer Flieger Mittelholzer, der auf dem Rückflug vom Tschadsee einigen Aufenthalt hatte, weil er auf Ersatzmotorenteile warten mußte. Er konnte mir aus seinen reichen Erfahrungen viele wertvolle Ratschläge erteilen. Er gab mir auch den Tip, den Rückweg über die Zentralsahara zu nehmen. Außerdem schenkte er mir ein neues Öldruckmanometer, so daß dieser alte Kummer endlich mal ein Ende hatte. Vorerst jedenfalls!

Hier in Cap Juby machte man mich dann noch einmal darauf aufmerksam, was ich eigentlich gewagt hätte mit diesem Flug. Man erzählte mir von notgelandeten Flugzeugen der französischen Aeropostale, deren Besatzungen von den Mauren bis zur Zahlung eines hohen Lösegeldes gefangengehalten worden waren – wenn ihnen nicht noch ein weit schlimmeres Los zuteil geworden war. Man machte mir dann den Vorschlag, einen Tag zu warten, bis man nach Madrid telegrafiert und die Erlaubnis für eine Begleitmaschine erhalten hätte, die mich bis zur nächsten Station, dem 700 km entfernten Villa Cisneros begleiten sollte.

Da die Wetteraussichten für den nächsten Tag sowieso nicht besonders günstig waren, sagte ich gern zu. Doch die Erlaubnis war am nächsten Tag noch nicht da. Allein fliegen lassen wollte man mich unter keinen Umständen, obwohl ich immer wieder erklärte, daß ich von Anfang an meine Reise als Alleinflug disponiert hätte und daher auch die Verantwortung für alles tragen würde. Die Vorstellungen waren so dringend, daß ich mich letzten Endes entschloß, wenigstens noch einen Tag zu warten. Als dann aber immer noch nichts aus Madrid zu hören war, bereitete ich alles für den Start am folgenden Morgen vor.

Auf das Geräusch meines laufenden Motors kamen alle Offiziere des Forts auf den Platz hinaus, um mir mit schrecklich traurigen Mienen »Auf Wiedersehen« zu sagen. Das Ganze machte sehr den Eindruck einer Beerdigung, und mir war dabei nicht gerade sehr wohl zu Mute. Doch ich konnte nicht noch länger hier warten. Wir vereinbarten, daß, wenn nach fünf Stunden keine Nachricht über meine in Villa Cisneros erfolgte Landung eingelaufen sein sollte, man eine Maschine an der Küste entlang zum Suchen schicken würde. Es ist merkwürdig, was es heißt: Zum ersten Mal ganz allein 700 km über eine Wüste zu fliegen, wo es nichts gibt als Sand, und wenn es gut geht, mal etwas braunes Gras. Nach einiger Zeit neigt man zu Halluzinationen; man hört vom Motor irgendeinen unregelmäßigen Ton heraus, der tatsächlich gar nicht da ist. Dabei habe ich öfter an die Ozeanflieger denken müssen, die einen Tag und eine Nacht ganz allein über dem Meer geflogen sind, nichts als Wasser unter sich. Ich konnte sie ein wenig verstehen.

An der Küste sah man zuweilen einen »fliegenden Holländer« liegen – ein großes verlassenes Schiff, das inzwischen gänzlich verrottet war. Nach Stunden tauchte endlich die parallel zur Küste verlaufende Halbinsel Villa Cisneros auf, an deren Südspitze das Fort und der Flugplatz liegen, die mit den gleichen Einrichtungen wie Cap Juby gesegnet sind. Allerdings erwarteten mich hier zwei Überraschungen: erstens der Wind, der am Boden dauernd eine Stärke von mindestens 60 km hatte, und zweitens die »Alice«, ein Begleitschiff der Balbo-Südamerika-Expedition, das, nachdem einige italienische Flugzeuge glücklich über den Ozean ge-

kommen waren, hier vor Anker gegangen war. Die »Alice« brachte einen kleinen Hauch aus der großen Welt mit, weil man sich mit der Nagelbürste wieder einmal kräftig die Finger bearbeiten und zum Fünf-Uhr-Tee an Bord einladen lassen konnte.
Am folgenden Morgen wollte ich schon wieder starten, wurde aber durch eine kleine Reparatur etwas aufgehalten und beglückwünschte mich eine halbe Stunde später, weil sich der schönste Sandsturm entwickelte. Erst begriff ich gar nicht, was diese schwefelgelbe, langsam immer undurchsichtiger werdende Atmosphäre bedeuten sollte, bis man mich aufklärte, und sich freute, daß ich noch nicht unterwegs war.
Was sollte ich machen? Die Koffer wurden wieder ausgepackt, und ich blieb. Erst am nächsten Morgen flog ich weiter nach Port Etienne, das zu Cap Juby und Cisneros nur den einen Unterschied hatte, daß es ein französisches Fort war.
Danach wurde es wieder menschlicher: es gab Vegetation, kleine Ortschaften und Städte, einen kleinen Wasserarm, aus dem Riesenschwärme von Flamingos aufflogen, und dann niedrige Wälder und Grasland. In St. Louis nahm ich nur eine kleine Zwischenlandung vor, um zu essen, zu tanken und weiter nach Dakar zu fliegen. Diese afrikanischen Städte mit den Negerhütten sahen aus der Luft viel schöner aus als von der Erde. Da waren sie recht schmutzig und baufällig. Von den Eingeborenen hatte ich erwartet, daß sie ziemlich nackt umherliefen – diese Ansicht mußte ich korrigieren: sie waren alle hier in der Stadt mehr angezogen – es war das Jahr 1931 – als die Europäer.
Die Strecke von St. Louis nach Dakar war eine Erholung nach den 2000 km Wüstenküste. Kurz vor Sonnenunter-

gang landete ich in Dakar, wo ich einige Tage Station zu machen gedachte, um die Maschine gründlich in allen Einzelheiten zu kontrollieren und etwas zu überholen. Es war nicht viel daran zu tun, so daß ich Zeit genug hatte, mir die Stadt gründlich anzusehen und – den schlechtesten Eindruck zu bekommen.

Das Klima schien mir feucht und ungesund. Überhaupt fand ich, daß es hier fast alle Nachteile Europas und kaum die Vorzüge der Tropen gab.

Auf dem portugiesischen Konsulat versuchte ich dann, etwas über einen angeblichen Flugplatz in Bissao festzustellen. Doch man wußte auch hier nichts Genaues, sondern nur, daß in Bolama ein provisorischer Platz eingerichtet war, auf dem einige Begleitmaschinen der Balbo-Expedition gelandet waren. Jedenfalls gab der portugiesische Konsul am Tage vor meinem Weiterflug ein Telegramm nach Bolama auf, man möge den Platz etwas für meine Ankunft vorbereiten und säubern, denn ein Flugplatz in Afrika wächst mit märchenhafter Schnelligkeit wieder zu.

Außerdem machte man mich darauf aufmerksam, daß ich sicherlich einige Orientierungsschwierigkeiten haben würde. Von diesem Gebiet existierten damals nur Karten im Maßstab 1 : 2 000 000, und die ganze Küste ist ein großes Inselgewirr, so daß es einem nur schwer klarwerden konnte: was ist nun eigentlich noch Festland und was ist schon Inselgruppe. Ich überflog das Deltagebiet südlich des Senegals und die kleine britische Kolonie Gambia und gondelte dann stolz über Portugiesisch-Guinea auf Bolama zu. Mit einem Schlage war es hier so heiß geworden, daß ich in meinen verschiedenen Lederumhüllungen kaum Luft bekam, außerdem schien meinem Motor die Hitze auch nicht gut zu gefallen. Er ließ erheblich an Touren nach, und die

Maschine fiel immer mehr durch, so daß ich sie zuletzt nur noch mit Vollgas auf der Höhe von 200 Metern halten konnte.

Meiner Schätzung nach mußte ich unmittelbar vor Bissao sein, das ich erst einmal überfliegen wollte, um zu sehen, ob wenigstens eine Landemöglichkeit bestand, damit hier überhaupt die Expeditionsbasis stationiert werden konnte. Ich kam dann auch nach ganz kurzer Zeit an eine Ansiedlung, die mir aber so lächerlich klein vorkam, daß ich sie absolut nicht für die größte Stadt von ganz Portugiesisch-Guinea halten wollte. Aber die Lage stimmte, und es war auch ein kleiner Flugplatz mit einem schön gekalkten weißen Fleck in der Mitte da, wo man sofort auf das Propellergeräusch meiner Maschine hin sämtliche umstehenden Bäume in Brand steckte, um mir durch die Rauchfahne die Windrichtung zu zeigen. Es war also doch Bissao.

Als ich später wußte, daß ganz Portugiesisch-Guinea damals überhaupt nur von 300 Europäern bewohnt wird, habe ich begriffen, daß Bissao nicht größer sein konnte. So drehte ich einige Begrüßungsrunden und flog gleich weiter nach Bolama, wo ich angemeldet war. Nach 7000 km Flug war ich glücklich am Ziel angelangt, und meine Freude war unbeschreiblich.

In Bolama war alles, was nur Beine hatte, Weiße wie Schwarze, zu meinem Empfang versammelt. Der Gouverneur lud mich in seine Residenz ein, die daraufhin für die nächsten Tage von den begeisterten Eingeborenen belagert war.

Als Hallenersatz für meine Maschine sollte ein großer Baum am Rande des Flugplatzes dienen; aber unter diesem schattigen Platz war der Boden noch nicht geebnet. So wurden denn auf meine Bitte hin 80 Schwarze beordert, die das in wenigen Stunden besorgten. Das waren noch selige Zeiten für einen Sportflieger.

Man überreichte mir gleich eine eben im niedrigen Gebüsch gefundene Kobra mit den Worten, daß sie sehr giftig sei, und daß es davon hier sehr viele gäbe; und daß ich mir immer erst gründlich meine Maschine ansehen sollte, ehe ich darin Platz nehmen würde.

Inzwischen hatte man schon versucht, die Expedition Bernatzik, die sich irgendwo im Innern aufhielt, über meine Ankunft zu verständigen. Ich mußte daher schnell nach Bissao, meinem eigentlichen Ziel.

Ich hatte mich für Sonntag, den 1. Februar, zwischen 9 und 10 Uhr in Bissao angesagt. Um 8.45 Uhr landete ich auf dem schon beim ersten Anflug beschriebenen Platz, wodurch ich wahrscheinlich alle Europäer Bissaos beim ersten Frühstück störte. Ich war doch recht stolz, daß ich unsere Verabredung, vor Monaten in Berlin getroffen, so genau eingehalten hatte.

Im Moment des Aufsetzens auf dem Boden war meine Maschine sofort von einigen tausend Menschen umringt, so daß ich im stillen nur gezittert habe und mir dachte: nun habe ich sie bis hierher glücklich gebracht, und nun wird sie mir vor lauter Begeisterung zerdrückt. Nach allen Seiten hatte ich als erster Flieger, der in Bissao landete, sämtliche Hände der Europäer zu schütteln, während die Schwarzen aus dem Begeisterungsgeschrei nicht herauskamen. Es blieb mir nichts anderes mehr übrig, als meine Maschine stehenzulassen, wo sie stand, sie der Obhut der schwarzen Soldaten, der »Guardias«, zu empfehlen, die durch reichlichen Gebrauch des Gummiknüppels die begeisterten Eingeborenen etwas zurückhielten.

Wir fuhren in die ungefähr drei Kilometer entfernte Stadt,

und ich wurde in ein Haus geführt, wo wir nur unter Deutschen das Frühstück einnahmen. Hier merkte ich zum ersten Male, was es bedeutete, zu diesen Landsleuten als lebenden Gruß aus der Heimat zu kommen. Während des ganzen Aufenthaltes in der Guinée war ich dann Gast des Hauses Hentges und Nicolai, meiner beiden »Vatis«, die dort ein großes Handelshaus und gleichzeitig die Vertretung der Woermann-Linie leiteten.

Zwei heftige Tage mit vielen und großen Feiern zu meinen Ehren gingen dank der freundlichen Einstellung der Portugiesen, die meine Müdigkeit respektierten, gut vorüber, und dann konnte ich mich endlich meiner Maschine widmen, um die ich schon sehr in Angst war.

Zuerst wurde einmal mit dem Bau einer richtigen Flugzeughalle begonnen, denn bei der Temperatur mußte sie ja auseinanderplatzen, wenn sie nicht bald vor der Sonne geschützt wurde. Aus Baumstämmen und Palmblättern stellten wir dann so etwas Hangarähnliches her. Die Regierung überließ mir für die Dauer meiner Anwesenheit Wächter, welche die kleine Klemm dann auch bis zum Schluß treu behütet haben. Ich hatte mir noch eine Benzinpumpe heranschaffen lassen, außerdem ein Ölfaß. Nun sah es schon richtig aus wie ein Flugplatz. Von mir aus konnte die Expedition beginnen. Eines Morgens ruft Herr Hentges zu mir herauf: »Bernatzik ist da!« Ich stürze hinunter. Vor der Tür steht ein mit allen möglichen, übelriechenden Scharteken bis obenhin beladenes Ford-Camion, dem Bernatzik entstieg.

Er hatte zwei seiner Boys mitgebracht und wollte nun erst einmal mit mir alles Nähere besprechen, während seine Frau und Professor Struck im Busch geblieben waren. Bernatzik erzählte mir nun, daß er etwas enttäuscht gewesen

sei von der Guinée, da sie von einigen Autostraßen durchzogen sei. Er hatte sich alles wilder und unzivilisierter gedacht und fürchtete nun, nicht auf die von ihm erwartete Ausbeute zu kommen. Er hatte aber gerade noch Glück gehabt, denn diese Straßen waren ganz neu angelegt und hatten der Ursprünglichkeit der Eingeborenen noch kaum geschadet.
Wir verabredeten nun, daß er in den nächsten Tagen mit den anderen Expeditionsteilnehmern zurückkommen und wir sofort von hier aus mit den Flügen beginnen würden.
Eine große Enttäuschung war für mich, daß ich die Schwimmer nicht verwenden konnte, weil ich keinerlei Hilfe zur Montage hatte und auch die Möglichkeit, die Maschine gefahrlos ohne geschultes Personal zu Wasser zu bringen, sehr schlecht war. Eine Motorpanne auf offenem Meer wäre auch sehr gefährlich geworden, weil wir mit schneller Hilfe nicht rechnen konnten. Wir mußten daher unser Programm umstellen und uns in der Hauptsache mit der Erforschung des Inneren der Kolonie beschäftigen.
Eines Tages war es dann auch so weit, und wir konnten zum ersten Expeditionsflug starten. Merkwürdigerweise fiel das auf den 10. Februar, den Tag, den wir schon in Berlin für den Beginn angesetzt hatten. Unser erster Flug sollte ein Probe-, Foto- und Erkundungsflug werden, bei dem wir dem Gouverneur in Bolama einen offiziellen Besuch abstatten wollten.
War das eine Schaukelei, als sich der fotohungrige Bernatzik gleich nach dem Start hoch aus der Maschine reckte!
Nach der Landung in Bolama war der zur Feier des Tages von Bernatzik angelegte blütenweiße Anzug durch das herausspritzende Öl leicht schattiert. Der Gouverneur war rührend besorgt um uns, und mir schien, daß er uns am liebsten alle Flüge zu den Bissagos-Inseln verboten hätte, damit wir

ja ohne Krokodil- oder Haifischabenteuer wieder nach Hause kämen.
Nun begann eine Zeit harter Arbeit. Weniger für mich, als für den armen Bernatzik und den kleinen 40-PS-Motor, der bei dieser wirklich üblen Hitze allerhand zu tun hatte, um die schwere Last in die Luft zu bringen. Die Flüge verliefen verhältnismäßig normal, allerdings gab es auch Situationen, die für die Fliegerei in Deutschland recht außergewöhnlich wären.
Da waren einmal die Heuschrecken. Während der ersten Flüge hatten wir nichts von ihnen gesehen, dann aber hat es uns doch erwischt! Wir kamen von einem Fotoflug aus dem Inneren zurück, und über dem Flugplatz lag eine dichte Wolke, die sich als unabsehbarer Heuschreckenschwarm entpuppte. Außer dem Platz gab es keine andere Landemöglichkeit, und in den Schwarm, der vielleicht bis zu einer Höhe von 50 Metern herauf über dem ganzen Gebiet dahinzog, hinein zu landen, hieß auf alle Fälle den Propeller und wahrscheinlich auch die Holzverkleidung der Flächen riskieren. Wir mußten also über der Wolke bleiben und kreisen und abwarten, bis es den Heuschrecken gefiel, das Feld zu räumen. Wenn dann nur das Benzin noch langt ...! So sind wir eine halbe Stunde über dem Platz herumgekurvt, bis es – glücklicherweise gerade noch rechtzeitig – heller wurde, der Schwarm langsam abzog, und ich buchstäblich mit dem letzten Tropfen Benzin landen konnte.
Etwas Schauerliches passierte bei einer anderen Gelegenheit. Ich flog allein hinüber nach Bolama, um dort einige Passagierflüge zu machen. Drüben war nun leider auch keine Halle. Um die Maschine nicht in der glühenden Sonne zu lassen, deckte ich sie mit Palmzweigen zu. Nach einigen Tagen flog ich zurück nach Bissao, und wie ich über dem

Wasser bin, fängt es an, mich von den Beinen herauf fürchterlich zu zwicken. Wanderameisen in der Maschine!
Wer Afrika kennt, weiß, was das bedeutet. Diese Tiere sind imstande, über Nacht einen ganzen Eingeborenenstamm zu vertreiben. Wehe dem Tier, was da zurückbleibt – bestenfalls einige Knochen werden später von ihm aufgefunden. Und diese liebenswürdigen Geschöpfe hatte ich in der Maschine! Wäre die Flugstrecke etwas länger gewesen, so hätte ich irgendwo notlanden müssen, selbst auf die fast sichere Aussicht eines Bruches hin, weil es einfach nicht zum Aushalten war.
Die Rosine unserer ganzen Tätigkeit war natürlich die Erkundung der der Küste vorgelagerten Bissagos-Inseln. Immerhin mußten wir mehr als 100 km über Wasser, den Ozean, fliegen. Die Aussicht, bei einer Notlandung von Krokodilen oder Haifischen gefressen zu werden, war recht groß.
Bei diesen Flügen sind wir dann auf sehr schöne Ergebnisse gekommen. Von den Inseln ist nur eine von Europäern besiedelt, und zwar fast ausschließlich von Deutschen. Eine deutsche Gesellschaft hatte die Verarbeitung der Ölpalmprodukte übernommen. Zufällig lag an unserem Besuchstage vor Bubac – das ist der Name dieser Insel – ein deutscher Hapagdampfer, und wir erlebten eine Insel im Atlantik, von Deutschen verwaltet, im Hafen ein deutscher Dampfer und darüber ein deutsches Flugzeug kreisend. Auf den Häusern wehten uns zu Ehren die deutsche Flagge – es war herrlich!
So verging eine wunderschöne Zeit mit Arbeit und viel Spaß. Einmal ließ ich meine Maschine zurück in den Händen der »Bakaris«, um mit der Expedition zu Fuß und Auto ins Innere zu gehen. Dann wieder zogen wir aus zur Fluß-

pferdjagd – über allem aber durften die Vorbereitungen für den Rückflug nicht vergessen werden. Es war schon beinahe Mitte März. Ich mußte aus Wettergründen unbedingt bald weg, um vor der Regenzeit aus Afrika heraus zu sein; sonst konnte die Reise wochenlang dauern.

Zuerst stellte ich fest, was ich da alles an unnötigen Ersatzteilen herumschleppte. Mein erster Mantelpropeller war noch so, wie beim Abflug in Berlin – also den alten drauf behalten und den Ersatzpropeller zurück mit dem Schiff schicken. Die Contibereifung hatte überhaupt nicht gelitten – etwas, was mich sehr erstaunte, denn die Plätze, die sie aushalten mußte, waren manchmal nicht gerade samtweich. Der Motor, alle Leitungen, Tanks usw. wurden genau geprüft und kontrolliert – und dann war es wieder soweit. Zum Schluß wurde meine kleine Klemm, die für Europa gebaut war und die doch alle diese unerhörten Beanspruchungen tadellos überstanden hat, mit warmem Seifenwasser abgewaschen und auf neu gebohnert.

Recht schwer war das Abschiednehmen von den vielen Freunden, den Deutschen und Portugiesen. Der Gouverneur schickte mir ein reizendes Abschiedsgeschenk und bat um Nachricht, wenn ich wieder in Deutschland eingetroffen wäre. Besonders schwer fiel der Abschied von den beiden »Vatis«, die mich in ihrem Hause so verwöhnt hatten. Von einem deutschen Dampfer bekam ich noch eine harte Mettwurst und eine Thermosflasche mit ungesüßtem Tee, einige Tafeln Schokolade und etwas Weißbrot.

Damals haben wir alle nicht geahnt, unter welchen Bedingungen ich einige Tage später diese Herrlichkeiten auspakken würde.

Am Sonntag, dem 15. März, war es soweit. Fast alle Europäer waren trotz der frühen Zeit herausgekommen, um mir »Auf Wiedersehen« zu sagen. Bis um 6 Uhr war ich mit dem Einpacken und dem vielen Händeschütteln fertig, versprach brav Nachricht zu geben, wenn ich gut durch die Sahara durchgekommen wäre, gab Gas, und nach einer letzten Ehrenrunde nahm ich Kurs nach Ostnordost – wenn auch auf einem kleinen Umweg – aber doch der Heimat entgegen.

Die erste Etappe war das ungefähr 600 km Luftlinie entfernte Kayes im Osten von Französisch-Senegal. Während der ersten Stunde dachte ich immer: Wenn jetzt der Motor aussetzt, kann ich bei einer Notlandung bis zum Abend wieder in Bissao sein. Dann hörten die Straßen ganz auf, und dann war ich mit einem Mal aus dem gastfreundlichen Portugiesisch-Guinea heraus.

Schon in der Nähe von Tambaccounda begann das Gelände bergig zu werden, und als ich an Kayes herankam, konnte ich mir erklären, warum es dort so heiß sein sollte. Es liegt weit entfernt von der Küste und in einem Kessel von Bergen. Die ganze Hitze lastet also in einem Tal über der Station. Nun war ich wieder auf französischem Boden, und einen richtigen Flugplatz gab es da, der zur Zeit allerdings nicht besetzt war. Schon am nächsten Morgen um 6 Uhr startete ich weiter nach Bamako. Kurz vor dem Abschied erzählte mir noch irgendwer, daß das ganze Felsengebiet, über das ich jetzt flog, etwas mit dem sagenhaften Goldland Ophir zu tun hätte. Ich kann mir das gut vorstellen, denn morgens, als ich wegflog, schien die Sonne auf diese schön geformten Felsen, und die glatten Wände sahen wirklich wie reines Gold aus.

Bamako, die Hauptstadt des französischen Sudan, war nach langer Zeit einmal wieder eine eindrucksvolle Ansiedlung. In dieser Stadt lebten 1931 über 800 Europäer und einige

Tausend Eingeborene. Der Flugplatz hatte richtige Hallen und einen Kreis in der Mitte, indem »Bamako« zu lesen war. Monteure stürzten mir entgegen, die meine Maschine zur Halle dirigierten, also – es war fast so wie in Tempelhof. Ich konnte mein Flugzeug seit Monaten zum ersten Mal wieder beruhigt den Händen von erstklassigen Fachleuten überlassen.

Im Laufe des Tages stellte sich eine sehr dumme Sache heraus. Am 3. März, also in der Zeit, in der ich in der Guinée war, hatte der Generalgouverneur der Westafrikanischen Kolonien eine neue Verordnung herausgegeben, welche die Überquerung der Sahara von einzelnen Sportflugzeugen wegen der großen Gefahren untersagte. Das war für mich ein unerwarteter Schlag.

Ich machte sofort einen Besuch bei dem hier ansässigen Gouverneur, dem ich auseinandersetzte, daß es für mich keine andere Rückkehrmöglichkeit gab; denn wenn ich wieder wie auf dem Hinflug die Küste hinauffliegen würde, gäbe das durch den ewigen Nordwind und die großen Etappen ernste Schwierigkeiten, da mein Aktionsradius mit dieser kleinen Maschine dafür doch recht gering sei. Außerdem hatte die Maschine bis hierher einen hohen Grad an Sicherheit und Zuverlässigkeit bewiesen, und zu guter Letzt wurden alle Gefahren in der Sahara durch das Vorhandensein der Piste wesentlich herabgemindert.

Der Gouverneur sagte mir seine Unterstützung zu, machte mich aber darauf aufmerksam, daß eine Antwort vom Generalgouverneur nicht vor zwei bis drei Tagen da sein könnte. Als nach zwei Tagen Aufenthalt die Erlaubnis noch nicht da war, erbat ich vom Gouverneur erst einmal die Genehmigung zum vorläufigen Flug bis Gao, der letzten Station vor der Zentralsahara. Er hatte volles Verständnis für meine Bitte und erlaubte diese Etappe ohne weiteres. Also wurde der Start für den folgenden Morgen ganz früh festgesetzt. Schon vor 6 Uhr stand die Maschine fix und fertig beladen draußen vor der Halle für den Start nach Timbuktu. Ich flog über Segou und Mopti, beides noch größere französische Stationen, bis wohin auch Autostraßen gingen. In der Hauptsache hatte ich immer den Niger als Orientierungsmöglichkeit.

Aber schon von Mopti begann ich etwas abzuschneiden, um möglichst genau Kurs zu fliegen und dadurch Zeit zu sparen, um nicht mehr in die größte Hitze des Mittags hineinzukommen. Hier begann das große Überschwemmungsgebiet des Niger, das sich nach Nordosten zu immer mehr verbreiterte. Es waren kaum Negeransiedlungen zu sehen, und zum Schluß bestand das Gelände unter mir nur noch aus Sandstrecken, die von mehr oder weniger großen Seen und Sumpfgebieten unterbrochen wurden. Ich war wieder ungefähr 1500 Meter hoch – wie gewöhnlich in diesen heißen Ländern. In dieser Gegend hat man bei klarem Wetter eine beinahe unbegrenzte Sicht, und ich mußte mich jetzt, wenn die Karte stimmte, schon wieder dem Niger nähern, der hier eine mehr ostnordöstliche Richtung nahm.

Da – auf einmal fängt mein Motor an, laut zu rumoren und an Touren nachzulassen!

Was ist das? Dem Geräusch nach zu urteilen, bekommt er kein Öl mehr. Was ist los? Hat der Öltank ein Leck bekommen und ist leergelaufen? Oder ist die Leitung defekt oder nur verstopft?

Aber das ist ja alles völlig egal – ich sitze hier auf meinem Führersitz festgenagelt und kann nichts machen und weiß nur, daß es jetzt mit Sicherheit eine Notlandung geben würde. In der Ferne, vielleicht 80 km in nordöstlicher Richtung, glaubte ich den Niger und eine Station liegen zu sehen, die meiner Berechnung nach Timbuktu sein müßte.

Das Gelände unter mir sieht nicht sehr ansprechend aus. Ich bin über einem breiten Wüstengürtel mit vielen Sanddünen, auf der ganz dicht kahle Bäume stehen. Ich sehe keine Stelle, die annähernd groß genug wäre, um die Maschine unbeschädigt hineinzusetzen. Außerdem würde eine Notlandung für mich selbst da zwischen den Bäumen auch nicht ganz gefahrlos sein.

Der Motor läßt dauernd an Touren nach, und mir blutet das Herz, daß ich ihn nicht durch Abstellen von dieser Quälerei erlösen kann. Doch ich kann darauf keine Rücksicht nehmen – ich muß aus dieser gefährlichen Zone hinaus und dazu noch jede Umdrehung des Motors ausnützen.

In weiter Ferne sehe ich Sandgebiet wieder an die Überschwemmungszone angrenzen und versuche, im Heruntergleiten mich gleichzeitig den kleinen Seen zu nähern.

Jetzt bin ich nur noch 400 Meter hoch, der Propeller ist stehengeblieben, der Motor ist rettungslos kaputt – aber auch das ist im Moment noch nicht wichtig. Aus den letzten 200 Metern wird ein regelrechter Segelflug. Mit der rechten Fläche streife ich einen Baum, werde dadurch, weil ich gar keine Geschwindigkeit mehr habe, um 180 Grad herumgerissen und sitze, bis auf einen kleinen Riß im Sperrholz und mit durch die schnelle Drehung auf dem Boden gebrochenem Sporn, unbeschädigt auf einem Platz von vielleicht 20 Metern Länge zwischen dem letzten Baum und dem ersten kleinen See.

Im Heruntergleiten während der letzten Sekunden erlebte ich eine Überraschung: ich sah einen Schwarzen mit erhobenen Händen entsetzt davonlaufen. Das Flugzeug stand erst einmal und würde voraussichtlich auch noch etwas stehenbleiben. Jetzt mußte ich meinen kleinen Schwarzen suchen, um zu sehen, was nun zu unternehmen sei. Aber der hatte sich verkrochen. Nach einigem Suchen entdeckte ich ihn hinter einem dürren Baum, wo er sich mit den Zeichen höchster Angst versteckt hielt. Ich winkte und lachte ihm zu, damit er seine Furcht vor dem lautlosen großen Vogel verlöre, und bekam ihn schließlich dazu, daß er sich langsam näherte. Ich klopfte ihm auf die nackte braune Schulter und hielt ihm eine kleine Ansprache in wohlgesetzten französischen Worten.

Doch damit wußte er nichts anzufangen.

Versuchen wir es also mit einer Zigarette! Ich hielt ihm mein Etui hin, das er mir, es erstaunt ansehend, aus der Hand nahm. Ich zeigte ihm, daß man als wohlerzogener Schwarzer nur eine Zigarette nimmt. Er dreht sie verständnislos hin und her, riecht daran und – jetzt erschrecke ich doch: der Schwarze hat noch nie mit Europäern zu tun gehabt; denn das Rauchen ist immer eins der ersten Dinge, die ein Schwarzer vom Europäer übernimmt.

Damit war es also nichts. Nun nahm ich meine Karte, Maßstab 1 : 1 000 000, heraus und zeigte in die Richtung, in der meiner Ansicht nach die Station liegt und fragte: »Timbuktu?«

Man sah ihm an, daß er nichts verstand. Ich zeigte auf den Boden, auf dem wir standen und machte eine fragende Bewegung, um vielleicht aus ihm einen Ortsnamen herauszubekommen.

Nichts.

Ich deutete ihm auf der Karte den Lauf des Niger an. Wieder nichts. Inzwischen waren andere Eingeborene hinzugekommen; wilde Kriegergestalten, jeder mit mehreren Speeren in der Hand. Sie waren nur sehr notdürftig bekleidet, und ich versuchte, bei ihnen etwas zu entdecken, was von den Europäern stammt und sei es nur eine Nähmaschinennaht. Aber ich finde nichts.

Sie stellten sich etwas abseits und hielten wahrscheinlich einen kleinen Kriegsrat. Inzwischen sah ich mir meinen Motor an und fand heraus, daß die Ölleitung gebrochen war. Danach nahm ich die Verhandlungen wieder auf. Die Männer waren inzwischen nähergekommen und begrüßten mich durch Aufheben der Hand. Ich nehme wieder mein Verhör auf, aber auf »Timbuktu« bekomme ich nach wie vor kein Zeichen des Verständnisses. Nach einiger Zeit sagt einer der Schwarzen: »Goundham« und zeigt nach Westsüdwest. Ich sehe auf meiner Karte nach, und tatsächlich finde ich Goundham, das allerdings nicht auf meiner Luftlinie liegt und meiner Schätzung nach viel weiter entfernt von diesem Platz ist als Timbuktu. Jetzt ist die große Frage: Habe ich mich getäuscht oder stimmt die Karte nicht. – (Später stellt sich dann heraus, daß beides stimmte, die Karte und meine Schätzung. Mein Notlandeplatz lag wirklich wesentlich näher zu Timbuktu als zu Goundham, aber merkwürdigerweise gehörte dieser Streifen aus verwaltungstechnischen Gründen zum Bezirk von Goundham. Dadurch ergaben sich dann eine Reihe von Schwierigkeiten.) Jetzt versuchte ich den guten Leuten durch vielerlei Gesten mit Händen und Füßen klarzumachen, daß ich nach Timbuktu marschieren wolle, vielleicht auch nach Goundham, jedenfalls nach der nächsten europäischen Station.

Da sagt auf einmal einer von ihnen auf kreoli: »Viel Wasser, keine Pirogge.«

Der Mann hatte recht mit dem Wasser – aber das konnte doch schließlich nur der Niger sein, und wenn wir wirklich bis zum Niger marschierten, würden wir am Ufer sicherlich irgendein Boot zum Übersetzen auftreiben. Die kleinen Seen des Überschwemmungsgebietes schienen mir flach genug, um sie einfach zu durchschreiten. Außerdem konnte ich ja schwimmen.

Ich merkte bald, daß die Schwarzen absolut nicht die Absicht hatten, mit mir aufzubrechen, und nach all dem, was sich später dann ereignete, muß ich mich immer wieder wundern, mit welch außerordentlicher Vorsicht und Überlegung sie bei meinem ganzen Abenteuer gehandelt haben.

Allein konnte ich nicht ins Blaue hineinmarschieren und sagte mir: Also schön, bleiben wir erst einmal hier. Lebensgefährlich sah die Geschichte ja nicht mehr aus, nachdem ich gut gelandet war und Menschen gefunden hatte, die offensichtlich nicht feindlich eingestellt waren.

Nun erklärte ich ihnen durch Zeichensprache, sie möchten mich zu ihren Hütten führen. Es dauerte einige Zeit, bis sie mich verstanden hatten. Die Koffer und Sitzkissen nahm ich aus der Maschine heraus, und jetzt gingen wir ungefähr einen Kilometer in das Sandgebiet hinein. Schließlich kamen wir bei den Hütten an.

Ich konnte jetzt allerdings begreifen, daß aus der Luft davon nichts zu entdecken war; denn die vier Hütten waren zu klein und primitiv, als daß man sie als solche hätte erkennen können. Zwischen den Behausungen war ein kleiner Kral, in den ihre Ziegen hineingetrieben wurden, und das Ganze war von einer Hecke aus dichtem Dorngestrüpp umgeben, die nur einen kleinen Zugang hatte. Später erfuhr ich, daß meine Schwarzen hier dem Stamme der Songhai angehörten, die Sklaven eines anderen Eingeborenenstammes, der Tuareg, waren; völlig recht- und besitzlose Nomaden, die auf diesem schmalen Sumpfstreifen die Herden der Tuareg zu weiden hatten und mit ihnen immer hin und her zogen.

Ich wählte mir die beste der vier Hütten aus, die quadratisch, allerdings etwas kurz, ungefähr 130 cm, aus Matten gebaut war. Da brachte ich meine Koffer und die Kissen aus der Maschine unter, und wie mir bei der Gelegenheit meine Schreibmappe in die Hand fiel, kam mir ein Gedanke: ich machte den Schwarzen wieder durch Zeichen klar – und dieses Unternehmen war wirklich sehr kompliziert –, daß ich eine Nachricht an die weißen Menschen schreiben würde, und ob nicht ein Bote diesen Brief zur nächsten europäischen Station bringen könnte. Und tatsächlich, es gelang nach unendlichen Mühen. Auf diese Leistung bin ich heute noch stolz. Ich schrieb in diesem Brief alles, was sich ereignet hatte, und gab, so gut ich konnte, meinen ungefähren Aufenthaltsort an. Außerdem war ja dann auch ein Schwarzer als Begleitung zu dem Brief da, von dem man Näheres erfahren konnte.

Nachdem dieser Bote, der den Weg zu kennen schien, sich für die Reise durch eine große Schale Hirse gestärkt hatte, entfernte er sich mit dem Brief, aber nach der entgegengesetzten Richtung, in der meiner Schätzung nach Timbuktu liegen mußte.

Meine Lebensmittelbestände waren schnell zu übersehen, nur war leider die Thermosflasche mit Tee während der Reise von Bissao bis hierher wahrscheinlich durch die unsandte Landung entzweigegangen. Der Tee war ausgelaufen, und ich hatte nichts mehr zu trinken, aber einen schrecklichen Durst. Seit morgens um 6 Uhr hatte ich nichts mehr zu mir genommen, und die Hitze war sehr groß! Wir mußten eine Temperatur von ungefähr 45 Grad im Schatten haben.

Nun gab es allerdings Wasser in unserer unmittelbaren Nähe, aber ich wußte nur zu gut, daß dieses Wasser mit großer Wahrscheinlichkeit verseucht war.

Bis zum Abend habe ich dieses Nichttrinken durchgehalten, aber dann ging es nicht mehr. Ich konnte kaum noch schlucken, so ausgedörrt war mir schon der Hals. Mir blieb also nichts anderes übrig, als das Sumpfwasser zu trinken. Ich habe es dann durch ein doppeltes Taschentuch filtriert und aus dem heilgebliebenen Becher der Thermosflasche getrunken. Dazu schnitt ich meine Dauerwurst an und nahm so mit etwas Wasser das kombinierte Mittags- und Abendmahl ein. Nachher trat ich einen Inspektionsgang an und entdeckte einen hübschen kleinen See, der noch im Sandgebiet lag und wie zum Baden eingerichtet zu sein schien.
Inzwischen war die Sonne untergegangen. Im Lager wurden Feuer angemacht, und darauf brodelte ein großer Topf mit Hirse. Ich war jetzt wirklich müde und richtete mich für die Nacht ein. Meine Hütte hatte ich, so gut es ging, mit meinen Kissen ausgelegt, um nicht direkt auf den Matten der Eingeborenen zu liegen. Zudecken konnte ich mich mit meinem Ledermantel. Sowie es dunkel wurde, erwachten die Moskitos, Tausende und Abertausende, die hier im Sumpfgebiet zu Hause waren, und alle stürzten sich wie ausgehungert auf mich. So war an Schlaf nicht zu denken. Ich versuchte es mit der Frisierhaube vor dem Gesicht, aber da stachen sie hindurch. Dies ist solch eine Situation, die man, glaube ich, nicht ganz mit all ihren Scheußlichkeiten schildern kann. Wer es erlebt hat, dieses ganz nervös machende Summen der Tiere, ihr Stechen, das man erst merkt, wenn es schon zu spät ist, wird sich in meine Lage hineinversetzen können. Es verging eine Stunde nach der anderen, immer noch saßen die Schwarzen um ihr Feuer herum und unterhielten sich leise, um mich nicht zu stören. In der Nähe hörte ich einen Löwen brüllen.

Gegen Morgen wurde es empfindlich kühl und feucht, und als der erste Lichtstrahl wieder erschien, stand ich ganz durchfroren auf, ohne geschlafen zu haben.
Der zweite Tag sah noch weniger angenehm aus.
Ich mußte mich beschäftigen, denn es war ja sehr gut möglich, daß heute Flugzeuge kamen, um mich zu suchen. Inzwischen war es sicherlich durch die Telegrafie auf allen Stationen bekanntgeworden, daß ich nicht in Timbuktu angekommen war.
Also arrangierte ich Haufen aus trockenen Zweigen in einiger Entfernung rings um das Flugzeug, stellte in kleinen Kalebassen Benzin dazu, um sie sofort entzünden zu können, und wartete ab. Gegen Mittag kam ein offenbar nach mir suchendes Flugzeug. Doch es sah weder mich noch meine Rauchzeichen.
Dann habe ich Strümpfe gewaschen, geschrieben – alles solche Beschäftigungen, die nicht unbedingt nötig waren, die aber gut über die Länge der Zeit hinweghalfen.
Später nahm mich der Häuptling bei der Hand und führte mich auf eine Sanddüne. Dann zeigte er mit dem Finger lange in eine bestimmte Richtung, und nachdem meine Augen sich an die Entfernung gewöhnt hatten, sah ich ganz weit weg wie Stecknadeln sechs Funkmasten. Ich sah ihn an und fragte: »Timbuktu?« – denn die Richtung stimmte ja genau mit meinem bei der Notlandung genommenen Kompaßkurs überein. Er zuckte die Achseln – er wußte es nicht. Nun war die Entfernung bis zur Station sicherlich recht groß. Aber man hatte doch ein sichtbares Ziel vor Augen. Jetzt wurde ich wieder munter. Mit Zeichensprache hielt ich ihm einen langen, sehr ernsten Vortrag: »Morgen früh, wenn die Sonne, nachdem sie schlafen gegangen ist, wieder aufstehen will, gehst du mit mir und drei anderen, die meine

Koffer auf dem Kopfe tragen, zu dieser Station. Dort wirst du für dich und dein Dorf viele schöne Geschenke bekommen.«

Er nickte zum Zeichen, daß er begriffen hatte und einverstanden war, und ich sah jetzt mit viel größerer Ruhe dem weiteren Verlauf der Dinge entgegen.

Nachts konnte ich wieder wegen der Moskitos nicht schlafen, und auch die Schwarzen sind nicht zur Ruhe gekommen. Am nächsten Morgen war ich ganz früh auf, denn die Hoffnung, nun wegzukommen, hatte mich trotz aller Müdigkeit schnell auf die Beine gebracht. Ich krabbelte aus meiner Behausung heraus, die Frauen waren schon am Arbeiten, doch weder der Häuptling noch irgendein anderer Mann waren im Lager zu sehen.

Was ist denn das nur wieder? Auf meine Frage wurde mir angedeutet, daß die Männer zum Arbeiten weggegangen seien.

Sollte das offener Widerstand gegen meine Wünsche sein? Jedenfalls entmutigte diese neue Überraschung mich doch etwas. Ich konnte allein nichts unternehmen. Ich wußte nicht, in welcher Richtung ein Durchkommen nach der europäischen Station möglich war; denn schon, daß der Schwarze mit dem Brief einen so großen Umweg eingeschlagen hat, war der Beweis, daß der direkte Weg nicht passierbar ist. Ist der Brief überhaupt angekommen? Wird man mir Hilfe schicken?

Flugzeuge sind nicht mehr gekommen. Es ist ja auch sehr schwer, auf einer über 750 km langen Strecke eine kleine Klemm zu finden. Aber ich kann doch nicht ewig hierbleiben, und ich muß auch wieder einmal etwas Richtiges zu essen bekommen, und wenn ich noch länger nicht schlafen kann, dann bin ich in kurzer Zeit ganz entkräftet.

Ich legte mich in den Schatten einer Hecke und fing einfach an zu weinen. Was wird nun weiter? Nachdem bis zum dritten Tag nichts geschehen war, wird der Brief vielleicht nicht angekommen sein, und man hat mich womöglich schon aufgegeben, weil kein Lebenszeichen von mir eingetroffen ist.
Neben mir lag die Frau des Häuptlings unter einem Tuch und stöhnte. Das war ja auch wieder ganz etwas Neues. Eine schwarze Frau, die am Tage dalag, nicht arbeitete und sogar noch Schmerzenslaute von sich gab. Ich zog ihr das Tuch weg und sah ihre Hand, die sie bis dahin immer unter ihrem Gewand verborgen gehalten hatte, die am Gelenk ganz von schrecklichen großen Wunden zerfressen war.
Das mußte die Lepra sein! Ich hatte schon mehr aussätzige Schwarze gesehen, und die Wunden sahen genau so aus. Sie rief ihren kleinen Sohn, der mit einem kleinen Gefäß mit Wasser kam und nun mit seinen Fingern die kranke Stelle kühlte. In der Hütte dieser Frau habe ich zwei Nächte lang gelegen!
Auf einmal höre ich Männerstimmen. Kommen die Männer zurück? Herrgott, ich werde abgeholt!

Meine Karawane bestand aus sieben Schwarzen, die sich vor dem Aufbruch mit einer geschlachteten Ziege noch einmal tüchtig gestärkt hatten. Wir marschierten in genau derselben Richtung wie der Junge mit meinem Brief.
Endlich kamen wir an den Niger, wo uns eine Pirogge erwartete.
Nachts wurden wir von einem großen, uns entgegenkommenden Boot angerufen, in dem ein richtiger weißer Mann mit einem gewaltigen Vollbart saß – wie mir schien, nach unzähligen Tagen.

Gegen Morgen legten wir bei Kabara, der am Wasser gelegenen Vorstadt von Timbuktu an. Am nächsten Morgen ging es dann noch einmal fünf Stunden mit unserer Pirogge weiter, und dann hielt ich als erste Deutsche meinen Einzug in Timbuktu, der geheimnisvollen Stadt. Ich hatte ihn mir etwas anders vorgestellt!

Ich meldete mich sofort beim Kommandanten, der erfreut war, mich lebend und in Sicherheit zu wissen. Selbstverständlich hatte er durch Flugzeuge nach mir suchen lassen – aber diese hatten mich nicht gefunden, da sie mich am Ufer des Niger vermuteten und nicht 50 km weiter ab in der Wüste.

Nun hieß es für den Abtransport der Maschine sorgen. Ein junger Franzose, Monsieur Lhote, Beauftragter des Pariser Völkerkunde-Museums, wurde mir beigegeben. Lhote war selber Flieger gewesen, und nachdem durch einen Absturz sein Gehör stark gelitten hatte, war er nun Forscher geworden.

Beim Kommandanten besprachen wir dann gleich, daß ich am übernächsten Tage, nachdem ich erst einmal richtig ausgeschlafen hatte, mit Lhote, Alassha und einigen Soldaten auf dem kürzesten Wege zu meiner Maschine zurückkehren würde, um einen Weg zu Wasser oder zu Lande ausfindig zu machen, um das Flugzeug nach Timbuktu zu schaffen.

Wir brachen morgens um fünf Uhr auf, und nach einem tagelangen Marsch zu Pferd, Zebra und Kamel gelangten wir ohne weitere größere Abenteuer zu meiner Maschine. Lhote war zuerst sprachlos, daß die kleine Klemm tatsächlich völlig unversehrt dastand. Er erzählte mir nachher, er habe es nicht geglaubt, daß man in dieser Gegend ein Flugzeug glatt zu Boden bringen könne. Aber was nützte die unversehrte Maschine – auf dem Wege hierher hatten wir

feststellen müssen, daß es unmöglich war, die Maschine nach Timbuktu zu schaffen. Mit Booten konnte man nicht herankommen, und die Maschine abmontieren und durch Träger zum Fluß schaffen, ging auch nicht, da die Seen und die Sümpfe, die unbedingt dabei passiert werden mußten, teilweise doch zu tief waren. Außerdem hatte die Maschine, die acht Tage in der glühenden Sonne stand, schon stark gelitten. Man hätte eventuell hier einen Startplatz bauen können, aber dazu hätte ich erst aus Europa Ersatzteile für den Motor haben müssen – und bis dahin wäre die Maschine völlig verrottet gewesen. Zudem stand die Zeit der Tornados unmittelbar bevor, und dann wäre es mit einem Weiterflug sowieso aus gewesen.
Es blieb also nichts anderes übrig, als den Motor und die Instrumente auszubauen und mit deren Transport zum Niger so lange zu warten, bis das Überschwemmungsgebiet seine größte Trockenheit erreicht haben würde. Die Maschine mußte zurückgelassen werden.
In einem Augenblick, wo niemand zuschaute, nahm ich Abschied von meiner lieben D-1713, die mir in den drei Monaten wie ein guter Kamerad ans Herz gewachsen war.

Hans Bertram

Südseenacht und Tropensonne

Es ist Abend geworden. Nur eine kurze Dämmerung, dann erscheinen die ersten Sterne. Ich liege noch immer auf der Tragfläche und starre in die Nacht.

»Wir sind tatsächlich noch nicht durch eine Südseenacht geflogen!« Das ist es, stets kommt dieser Gedanke zurück und bohrt.

»Muß ja wirklich schön sein«, meint Klausmann. Er liegt neben mir, unsere Gedanken waren mit dem Gleichen beschäftigt.

»Unsinn! Erstens ist heute der Dreizehnte – es wird also nicht geflogen, und dann haben wir keinen Wetterbericht.«

»Es braucht ja nicht heute zu sein. Morgen fliegen wir eine Tagesetappe, lassen uns einen Wetterbericht beschaffen und können die nächste Nacht fliegen.«

Das würde allerdings gut ins Flugprogramm passen. Morgen geht es weiter durch den Archipel nach Kupang, Insel Timor. Dann liegt vor uns die Timorsee, achthundertvierzig Kilometer Seestrecke. Wenn wir in der Nacht fliegen, könnten wir beim Morgengrauen die australische Küste erreichen. Es wäre fein, bei Sonnenaufgang im fünften Erdteil zu landen. Es ist ein Sonntag.

Der Entschluß wird gefaßt. Morgen Nachtflug – und wir können nicht wissen, daß dieser Entschluß der Auftakt zu einer Tragödie ist. Wir selbst stoßen mit diesem Nachtflug an das Rad des Schicksals, das jetzt seinen Weg rollt.

Die See ist unruhig. Wir müssen vorsichtig tanken. Das schwere Tankboot schlägt gegen die Schwimmer. Die Benzinfässer sind nicht zu öffnen, die Füllstutzen festgerostet. Dazu arbeiten die Eingeborenen zu langsam und umständlich. Ein Saustall ist dieser ganze Betrieb hier, wie überhaupt dieser vierzehnte Mai ein Pechtag zu sein scheint. Schon am Morgen hat's angefangen. In Bima drei erfolglose Startversuche. Zum Schluß stellt sich heraus, daß ein Schwimmer leckt. Auspumpen, abdichten, gegen Mittag endlich geht's los, Richtung Timor. Kostbare Zeit ist verloren, es dunkelt bereits, als die Insel vor uns liegt.

Im ungeschützten Hafen von Kupang steht schwere Dünung. Auch das noch! Ich muß weiter südlich in einer geschützten Bucht landen, zehn Meilen vom Hafen entfernt. Es dauert Stunden, bis das Boot mit dem Betriebsstoff herankommt, wird bereits Nacht. Und in dieser Nacht wollen wir doch fliegen. An Schlaf ist nicht mehr zu denken. Punkt zwölf Uhr, Mitternacht, soll's losgehen.

»Weshalb wollen Sie sich so sehr beeilen, weshalb wollen Sie nicht ein paar Tage hierbleiben, die schöne Insel Timor ansehen?« – fragte ein Reporter, der mit dem Boot an Bord gekommen ist.

Eigentlich hat er recht. Man fliegt im wahrsten Sinne des Wortes an den Schönheiten der Welt vorüber, sieht für Minuten aus der Vogelschau ein neues Land, und schon ist man viele Meilen weiter. »Wenn wir zurückkommen. In drei Wochen wollen wir rund um Australien, dann den gleichen Weg zurück durch die Südsee nach China. Heute nacht wollen wir über die Timorsee.«

Der Pressemann ist begeistert. Der Nachtflug bedeutet für ihn eine interessante Schlagzeile. Reporter sind überall gleich, ob in Berlin, New York oder in der Südsee.

10 Uhr 30 haben wir getankt. Die Benzinmenge reicht für siebeneinhalb Flugstunden. Port Darwin – das Ziel an der australischen Küste – können wir in fünfeinhalb Stunden erreichen, wir haben also zwei Stunden Reserve. Ich hatte beabsichtigt, unseren Proviant in Kupang zu ergänzen. Da die Arbeit des Tankens so spät nachts beendet ist, kann ich nicht mehr zum Einkauf in die Stadt fahren. Wir müssen uns mit ein paar Bananen begnügen, die uns der Pressevertreter schenkt. Für die Nacht reichen die Bananen aus, und am nächsten Morgen werden wir ja ein gutes Frühstück in Port Darwin haben – so denken wir.
»Hals- und Beinbruch!« Man wünscht uns das Beste, dann verschwindet das Boot in der Dunkelheit.
Ich kann heute nicht mehr mit Bestimmtheit sagen, welche Gedanken wir in der letzten Stunde vor dem Nachtstart hatten, ich weiß nur, daß die Spannung auf etwas Ungewöhnliches in uns war. In Decken gehüllt, liegen wir auf den Tragflächen, über uns leuchtet der Sternenhimmel der südlichen Erdhalbkugel – eine wundervolle Nacht – der Zauber der Südsee.
11 Uhr 30 beginnt die Arbeit, 11 Uhr 45 ist der Anker eingeholt, 11 Uhr 50 läuft der Motor. Punkt 12 Uhr gebe ich Vollgas zum Start. Der Motor dröhnt mit einem Mißton in die Ruhe der Südseenacht. Ein paar leichte Sprünge über das Wasser, schnell und schneller jagt die Maschine in die Dunkelheit – dann fliegen wir. Unter uns die vom Mondlicht silberne See, die dunklen Wälder der Insel Timor, über uns funkelnde Sterne – die Unendlichkeit.
Kurs 105 Grad, Richtung Port Darwin, Flughöhe 300 Meter. Timor liegt hinter uns, vor uns die 840 Kilometer lange Seestrecke. Im Süden hängen einzelne Wolkenfetzen – schon nach wenigen Minuten größere Wolkenballen. Schlechtwet-

ter kann's nicht geben, da die letzten Wetterberichte vom Abend gut waren. Es kommt anders.

12 Uhr 45 liegt vor uns in Flugrichtung eine geschlossene Wolkenbank. Ein Umfliegen ist unmöglich, es würden vielleicht Stunden dazu nötig sein. Wir müssen über die Wolken, um Mondlicht oder den Sternenhimmel zu haben. Die Maschine steigt gut – 1500, 2000 Meter. Es ist bitter kalt im offenen Führerraum. Wir tragen den Fluganzug für Tropenflüge: Lederweste, kurze Hose, Strümpfe und Schuhe. Wer hätte gedacht, daß wir in den Tropen frieren würden, nachdem beim Flug rund um Asien die Sonne unserer Körper fast ausgedörrt hatte? Klausmann geht zurück in die Kabine, zieht einen Bademantel an. Ich habe keine Zeit dazu. Es ist böig geworden. Ich kann das Steuer nicht loslassen.

2500 Meter. Die Wolkenbank – jetzt dicht vor uns – ist noch höher. Vor der Wolkenbank drehe ich bei, fliege eine größere Kurve, um Höhe zu gewinnen; aber kostbare Zeit geht verloren, und es hilft nichts. Ich muß durch die Wolken – also Blindflug!

Ein letztes Überprüfen der Instrumente. Sie arbeiten alle gut. Im nächsten Augenblick ist es dunkel um uns – wir sind in der »Waschküche«. Ein Blindflug ist immer unangenehm. Das fliegerische Gefühl lehnt sich dagegen auf, den Instrumenten zu gehorchen, da man aber beim Fliegen keinen Gleichgewichtssinn hat, wenn man den Horizont nicht sieht, muß man handeln, wie es der künstliche Horizont, das Kreiselinstrument, vorschreibt.

Ich steige weiter, versuche nach oben durchzustoßen.

1 Uhr 30. 3000 Meter – 3100 – 3200 Meter Höhe. Der oberste Wolkenrand ist noch nicht erreicht. Wir können kaum länger in dieser Höhe bleiben. Ich habe nicht die Zeit,

den Bademantel anzuziehen. Aber auch Klausmann ist vollkommen starr, der dünne Mantel kann die Kälte in dieser Höhe nicht abhalten. Pelzsachen bedeuten beim Tropenflug unnützen Ballast, sind also nicht an Bord.

Kurz vor zwei Uhr sind wir auf 3400 Meter Höhe, immer noch blindfliegend, aber nun am Ende unseres Widerstands gegen die Kälte. Wir müssen hinunter, müssen Körperwärme haben, um durch die Nacht zu kommen.

Ich gehe vorsichtig tiefer, will nach unten durchstoßen. Hoffentlich ist der untere Wolkenrand nicht zu dicht über der See, denn unterhalb der Wolken wird es tiefdunkel sein. Das Flugzeug wird umhergeworfen. Ein starker Wind bläst aus unbekannter Richtung. Ohne die Sterne oder die Wasserfläche zu sehen, können wir die Abtrift der Maschine nicht feststellen, die Windrichtung nicht wissen. Aber das soll im Augenblick noch nicht meine Sorge sein, da ich mich jetzt darauf konzentrieren muß, das Flugzeug zu halten und den Blindfluginstrumenten zu gehorchen.

1000 Meter, 500–400 –300 Meter. Die Wolken gehen bis aufs Meer hinunter. Tiefer können wir nicht, da ich nicht weiß, ob unser Höhenmesser noch stimmt. Der Luftdruck kann im Augenblick anders sein als bei der Einstellung des Höhenmessers am Abend vorher. Vielleicht fliegen wir in Wirklichkeit nur wenige Meter über der pechschwarzen See. Die Uhr geht unendlich langsam. Erst gegen 5 Uhr 20 wird die Dämmerung einsetzen. Wir teilen uns die Arbeit des Fluges. Klausmann hält Kompaßkurs. Ich fliege weiter nach Instrumenten.

Eine gefährliche Situation gegen drei Uhr. Wir sind übermüdet. Der eintönige Lauf des Motors ist wie ein Schlaflied. Beide sind wir einen Augenblick nahezu eingenickt – es gibt ein jähes Erwachen, als sich das Flugzeug aufbäumt. Ein

Abrutschen der Maschine über den Flügel würde in dieser Höhe das unbedingte Ende bedeuten, wir würden in wenigen Sekunden auf dem Meeresspiegel zerschellt sein, bevor wir abfangen könnten.

Der Kampf gegen den Schlaf ist fast schwerer als der gegen Dunkelheit und Sturm. Die Lippen sind wund von den tiefeingegrabenen Zähnen. Man stößt und kneift sich dauernd – und die Uhr geht nur im Schneckentempo unendlich langsam weiter. Es ist gefährlich, Gedanken zu folgen, sie führen aus der Wirklichkeit heraus und versetzen mich in eine Art Traumzustand – beim Blindflug so gefährlich wie ein hypnotischer Schlaf.

Gegen fünf Uhr scheint die Dunkelheit im Osten weniger tief als im Westen. Es ist nur Einbildung, aber die Einbildung weckt mich. Jetzt sind es noch Minuten, bis die Dämmerung kommt und die Sonne aus dem Meer auftauchen wird. Ich glaube, daß wir beide die Sonne nicht oft so dankbar begrüßt haben wie an diesem Morgen. 5 Uhr 20 ist Licht genug, um zu erkennen, daß wir in Wirklichkeit kaum fünfzig Meter über einer wilden See geflogen sind, auf der die Maschine bei der leichtesten Berührung zerschlagen worden wäre. Die Nacht ist zu Ende. Es ist wie eine Neugeburt. Ich habe Zeit, in die Kabine zu gehen, Klausmann das Steuer zu überlassen. Das Wichtigste ist jetzt, unseren Standort festzustellen, die Windrichtung beim ersten Tagesschimmer aus den Schaumköpfen der Wellen zu erkennen: starker Südost. Während des Nachtflugs konnte ich die Windrichtung nicht wissen, doch vermute ich, daß es der gleiche Wind auch während der Nacht war, wir also nördlich unserer Kurslinie sein müssen.

Um den starken Südost auszugleichen, halte ich 20 Grad südlicher. Jetzt müssen wir in jedem Augenblick Land se-

hen. Wolkenbänke in der Ferne täuschen uns die ersehnte Küste vor. Die Zeit vergeht. 6 Uhr – 6 Uhr 30 – immer noch kein Land. Unser Benzin wird um 7 Uhr 20 zu Ende sein. Eine Landung auf der wilden See würde das Ende der Maschine bedeuten.
Nur nicht nervös werden – nur Ruhe! Unser gutes Prismenglas geht von Hand zu Hand, abwechselnd suchen wir den Horizont vor uns nach einem Schimmer der Küste ab.
6 Uhr 35 – 6 Uhr 40 – noch nichts! Wenn in den nächsten Minuten kein Land auftaucht, wird es nicht ausreichen, nach Australien zu kommen.
6 Uhr 42 der langersehnte, befreiende Ruf: »Land im Süden!« Klausmann hat es gesehen. Nur einen schwachen gelben Schimmer – aber es genügt. Scharf wendet die Maschine gegen Süden. Mit Vollgas nähern wir uns der rettenden Küste. Ich habe keine Zeit zu überlegen, wo wir sein könnten. In der ersten geschützten Bucht muß ich landen, da der letzte Tropfen Benzin in jedem Augenblick verbraucht sein kann.
7 Uhr 15 liegt die *Atlantis* verankert vor einer Sanddüne. Das ging um Haaresbreite. Der einzige Wunsch ist jetzt Schlaf. Es dauert nicht lange, bis wir die Hängematten ausgespannt haben. Da gibt es keinen Gedanken, wo wir gelandet sind. Es ist nur wichtig, an Land zu sein und die Maschine gut verankert in der geschützten Bucht zu wissen. Bald schlafen wir.

Ein Schrei weckt uns. Was ist los? Wir wissen nicht, wie spät es ist, wie lange wir geschlafen haben. Der Schrei hat uns in die Wirklichkeit zurückgerufen. Raus aus der Hängematte, aus der Kabine. Die Sonne steht schon hoch, wieder an einem wolkenlosen Himmel. Der Sturm scheint ein Nachtspuk gewesen zu sein.
Wieder ertönt der Schrei. Am Ufer, in zwanzig Meter Entfer-

nung, steht ein schlanker, gutgebauter Australneger. Er ist nicht sehr sorgfältig bekleidet, trägt nur ein Lendentuch von Handgröße.

Wir müssen uns diesen Besuch einmal näher ansehen, ein paar gute Aufnahmen machen. Die Unterhaltung wird wohl etwas schwierig sein, aber wozu hat man Hände? Der Schwarze versteht meine einladende Handbewegung, näher zu kommen, klammert sich an einen Baumstamm, watet durchs Wasser und steht jetzt auf einem Schwimmer. Ein interessanter Mensch! Sein langgezogener Schädel ist mit dichtem Kraushaar bedeckt, über Brust, Rücken, Armen und Beinen hat er dicke Narben.

Vergebens versuche ich, ihn auszufragen, wo wir sind, wo es hier Weiße gibt, die nächste Stadt, oder irgendwo Autos, das heißt Benzin. Doch er grinst nur verständnislos und kratzt seinen Schädel. Er kann keine Auskunft geben, und ich bin froh, ihn bald loszuwerden, da er uns ein recht unangenehmes Geschenk brachte: die Plage Nordwestaustraliens – Fliegen!

Hier schon möchte ich über die Qualen sprechen, die sie uns während der Zeit unseres Robinsondaseins bereitet haben. Wenn man mich heute fragt: »Welches ist das gefährlichste Raubtier?« so werde ich ohne zu zögern antworten, daß kaum ein Raubtier so gefährlich sein kann wie die Fliegen oder Moskitos an der Nordwestküste Australiens. Zu Hunderten, Tausenden schwirren sie umher. Spricht man ein paar Worte, ohne die Hand vor den Mund zu halten, so hat man sie im Mund. Sie setzen sich in die Nase, in die Ohren, mit Vorliebe in Augenwinkel. Selbst wenn man mit der Hand schlägt, fliegen sie nicht weg. Man muß sie einzeln aus Augen- und Mundwinkeln, Nase und Ohren herausholen. Unsere Fliegerhauben waren kostbare Hilfsmittel, um die Ohren zu bedecken, unsere Fliegerbrillen schützten die Augen. Klausmann zerschlug später ein Glas der Brille; das Loch wurde mit Leukoplast bedeckt, Klausmann wollte lieber auf einem Auge blind sein, als es den Fliegen und Moskitos preisgeben. Hat man auch nur einen Teil des Körpers unbedeckt, so sitzen sie auf der nackten Körperstelle, eine Martermühle für die Nerven! Die Eingeborenen nehmen keine Notiz von ihnen; ihre dicke Haut scheint immun zu sein.

Als unser Besucher das Flugzeug verlassen hat, summt und surrt es in der Kabine wie an einem Fliegenfänger. An Schlaf ist nicht mehr zu denken. Wir wollen den ungastlichen Platz möglichst rasch verlassen. Allmählich haben wir Hunger und Durst. Man muß sich nach einem guten Frühstück umsehen. An Bord ist nichts, also wollen wir so schnell wie möglich eine Stadt oder wenigstens eine Siedlung zu finden versuchen. Mit dem letzten Benzin müssen wir entlang der Küste fliegen.

Kurz vor der Landung hatte ich die Küstenform skizziert, nach dem Kompaß die Richtung festgestellt. Ein Vergleich mit meiner Seekarte, die leider äußerst ungenau ist, brachte mich zu der Überzeugung, daß wir an der Nordküste der Australien vorgelagerten Insel Melville sein mußten. (Die Nordküste Australiens ist nur sehr unvollkommen vermessen, die Seekarten nur im großen Maßstab.) Die Insel Melville liegt nördlich von Port Darwin und hat einen Durchmesser von nur sechzig Kilometern.

An der Küste der Insel muß es Fischerdörfer geben. Etwas Benzin wird noch in den Tanks sein. Vielleicht können wir noch fünfzehn bis zwanzig Minuten fliegen, Richtung West, da haben wir den starken Ostwind als Rückenwind hinter uns. Vielleicht schaffen wir fünfzig Kilometer – und bei

einem Flug von fünfzig Kilometern entlang einer Küste findet man mit Sicherheit irgend etwas – ein Dorf, eine Hütte oder auch nur ein paar Fischerboote.
Der Anker ist schnell gehoben, jetzt läuft der Motor, im nächsten Augenblick schon ist die jetzt leichte Maschine in der Luft, aus der geschützten Bucht hinaus, entlang der Küste gegen Westen.
Wir haben die Benzinhähne auf Falltank gestellt. Der letzte Betriebsstoff wird aus allen Tanks zu einem Sammeltank gepumpt; man kann somit den letzten Tropfen verfliegen. Der Falltank enthält fünfzehn Liter, gibt uns eine Flugzeit von zehn Minuten. Beim Start ist der Falltank gefüllt, zehn Minuten sind also sicher. Vielleicht sind weitere dreißig bis vierzig Liter in den einzelnen Tanks.
Es ist eine kleine Nervenanspannung, wenn man Benzinmangel befürchtet und den kleinen Kork, der in einem Schauglas am Falltank den Benzinstand anzeigt, beobachtet. Während zwei, drei Minuten nach dem Start bleibt der Kork oben. Dann aber fällt der Benzinspiegel im Schauglas, die großen Tanks sind restlos leergepumpt. Wir haben jetzt weniger als zehn Minuten. Das ist schlecht – aber vielleicht reicht es noch, da uns der Rückenwind eine Geschwindigkeit von 190 Kilometern gibt.
Etwas unruhig suchen die Augen die Küste nach Siedlungen ab – nichts, kein Fischerdorf, keine Hütte – nichts! Der Benzinspiegel fällt weiter – jetzt nur noch vier, noch drei Minuten. Weit voraus ist nur ungeschützte Küste mit schwerer Brandung, höchste Zeit, nach einer guten Bucht Umschau zu halten und zu landen, um die Maschine nicht mit stehendem Motor in die wildbewegte See zu setzen. Da liegt unter uns eine kleine, weit ins Land gehende Bucht, mit einem winzigen Sandstrand im Hintergrund, ein idealer

Wasserflughafen. Ohne lange zu überlegen, nehme ich Gas weg. Schon dreht die Maschine in den Wind, sitzt auf dem Wasser, rollt auf den Sandstrand, widerwillig macht der Propeller noch ein paar Umdrehungen, als ob er müde sei, dann steht der Motor – der letzte Tropfen Benzin ist verflogen. Zum zweitenmal sind wir auf australischem Boden gut gelandet. In der geschützten Bucht kann der Maschine nichts passieren, darüber sind wir froh – wir wären es nicht gewesen, hätten wir gewußt, wo wir sind...

Ich glaube nicht, daß wir uns nach der Landung im geringsten darüber klar waren, was das nun zu bedeuten hatte, an einer unbewohnten Küste zu sein. Wohl machen sich Durst und Hunger etwas bemerkbar, sicherlich gab es auch ein Gefühl der Unsicherheit, was nun kommen wird. Die Nerven sind vom Nachtflug und von den Flugstunden über der offenen, rauhen See, ohne Land zu sehen, noch angespannt – nur daraus erkläre ich mir heute die übereilten Entschlüsse in den ersten Stunden.

»Wir wollen einen Kanister mit Wasser holen«, meint Klausmann, »in die Bucht fließt sicher ein Bach.«

Davon sind wir überzeugt und glauben, nur wenige Minuten suchen zu müssen, um frisches Wasser zu finden – es hat zwanzig Tage gedauert, bis wir es fanden.

Ich glaube, daß uns unsere Situation etwas klarer wurde, nachdem wir zwei Stunden vergeblich gesucht hatten. Hier ist alles tot, ausgedörrt und abgestorben, Gräser und Busch verbrannt. Beim Herumstreifen sehen wir das erste Känguruh. Mit weiten Sprüngen hüpft es davon. Ich erinnere mich mit einem ungewissen Gefühl an die letzten Wünsche unserer Freunde vor dem Abflug aus Java: »Viel Vergnügen im Land der Känguruhs!«

Diese Tiere müssen doch irgendwo Wasser haben, also wird es bestimmt zwischen schattigen Felsen zu finden sein, wo die Sonne nicht alles verdunsten kann. Wir sind aber keine Naturmenschen und haben nicht die Fähigkeit, in der Wildnis zu leben – wir haben nicht den geringsten Spürsinn.

Wenn man erfolglos nach Wasser sucht, wird der Durst immer stärker; das Hungergefühl verliert sich, man will nur etwas Feuchtes für die Lippen. Es ist brennend heiß. Dazu die salzige Seeluft. Wir müssen etwas zu trinken haben!

»Versuchen wir unser Kühlwasser!«

Zurück zum Flugzeug. Ein Becher wird mit dem öligen, verdreckten Wasser aus dem Kühler gefüllt. Nach dem ersten Schluck spucken wir die Brühe aus. Wir sind eben noch nicht durstig genug und noch zu empfindlich gegen Schmutz.

»Wir müssen uns beeilen, Menschen zu finden, die uns Wasser und Nahrung geben. Wir müssen entlang der Küste laufen, solange wir Kraft haben.«

In den ersten Stunden nach der Notlandung dachten wir, daß der menschliche Körper nur wenige Tage ohne Nahrung sein kann, also mußten wir diese Tage voll ausnutzen. Ohne weitere Überlegung – die Nerven waren eben durch die letzten vierundzwanzig Stunden zu sehr überspannt – packen wir einen Sack mit dem nötigsten Gepäck, verankern in großer Eile die Maschine, ölen den Motor, bedecken den Führersitz und verlassen unsere gute *Atlantis* nahezu im Laufschritt. Wir haben die überspannte Vorstellung, noch in dieser Nacht und am nächsten Tag entlang der Küste nach Osten zu dem Eingeborenen zu müssen, den wir bei unserer ersten Landung auf australischem Boden getroffen haben. Alles dreht sich um den einen Gedanken, daß der Wasser haben muß – Wasser ist das einzige, was wir haben wollen – und Benzin.

Weit sind wir an diesem Abend nicht gekommen. Nach etwa

zweihundert Metern stehen wir vor einer ins Land gehenden, nur schmalen Bucht. Ein Umgehen würde Stunden dauern. Das Wasser ist nicht tief, also werden wir hindurchwaten. Das Gepäck habe ich im Augenblick auf der Schulter. Klausmann wird den ersten Versuch machen, auf die andere Seite zu kommen. Schon ist er im Wasser. Mit einem Schreckensschrei springt er zurück. Alles ist Morast, Sumpf, unmöglich hindurchzukommen. Der Schlamm würde uns festhalten.
Es ist eine seltsame Tatsache, über die ich mir bald klar geworden bin: je größer die Schwierigkeiten werden, desto ruhiger werden die Nerven, desto planmäßiger suchen wir den Weg zurück zur Zivilisation.
So ist es an diesem Abend, als wir uns nun sagen müssen, daß jeder übereilte Schritt gefährlich ist. Wir wollen erst einmal gut ausschlafen und uns von den Anstrengungen des Nachtfluges erholen. Dann können wir mit klarem Kopf die Möglichkeiten überlegen, wie wir weiterkommen. Also zurück zur Maschine, die Hängematten werden ausgespannt, und bald schlafen wir die erste Nacht auf australischem Boden.

Es weckt uns das erste Tageslicht. Noch halb schlafend torkeln wir aus der Kabine, um unsere übliche Morgenarbeit zu beginnen. Ich versuche, mich daran zu erinnern, was die nächste Flugetappe sein wird – und es ist wie ein kalter Wasserstrahl: Heute werden wir kein Frühstück haben, heute können wir den Motor nicht startfertig machen, heute werden wir nicht fliegen!
Wenn man überlegt, ist es lächerlich, daß alles nur von ein paar Litern Betriebsstoff abhängt. Nur ein wenig Benzin, von dem es unendliche Mengen auf der Welt gibt, brauchen wir, dann wäre die Notlandung ein Traum gewesen.
»Vielleicht ist doch noch ein Rest in den einzelnen Tanks

verteilt, vielleicht hat die Benzinpumpe nicht alles in den Falltank geschafft.«

Gleich machen wir den Versuch: Der Ablaßhahn unter dem Rumpf wird geöffnet, eine leere Filmbüchse erwartungsvoll unter den Hahn gehalten, und – unsere Theorie scheint richtig zu sein: in dickem Strahl fließt Benzin in die Büchse. Nur eine halbe Minute braucht es so weiter zu gehen, dann werden wir genug haben, um nochmals fünfzig Kilometer zu fliegen.

Aber es ist so, als ob uns das Schicksal verhöhnen will. Schon nach zwei, drei Sekunden ist die Herrlichkeit zu Ende. Es gab nur noch etwa zwei Liter. Vergebens drehen wir die Hähne an den verschiedenen Tanks in alle Richtungen, kein Tropfen ist übriggeblieben. Das bedeutet nun endgültig, daß wir nicht weiterfliegen können, daß wir versuchen müssen, auf einem anderen Weg zur Zivilisation, zum Leben zurückzukommen. Der Kampf beginnt!

Es ist nicht möglich, von jeder Einzelheit während der dreiundfünfzig Tage zu berichten. Jede Minute dieser unendlich langen Zeit war Kampf. Ich werde versuchen, in größeren Abschnitten zu erzählen. Unser erster Wunsch also ist, Wasser zu finden. Wir wissen, daß der Eingeborene, den wir bei der ersten Landung gesehen haben, Wasser haben muß. Wir wollen also zu diesem Schwarzen, vor dem wir gestern geflüchtet sind, den wir weggeschickt haben. Ihn wollen wir jetzt möglichst rasch finden, von ihm erhoffen wir die erste Hilfe – Wasser! Von der Bucht, wo wir ihn gesehen haben, sind wir zwölf Minuten nach Westen geflogen, also nur etwa vierzig Kilometer werden wir entlang der Küste zurückgehen müssen.

Heute bereiten wir den Marsch besser vor. Überladen dürfen wir uns nicht. Nur das Notwendigste wird zusammengepackt: Pistole, Wassersack, Karten, Zigaretten, Streichhölzer. Die Maschine wird nochmals sorgfältig verankert. Meine *Atlantis*, die uns durch alle Gefahren gebracht hat, die uns so treu diente, kann uns jetzt nicht helfen. Wir wollen ihr jetzt helfen, mit Benzin für ihre leeren Tanks – so denken wir. Es sollte anders kommen. Wir brechen auf.

Den Sumpf, der für unseren übereilten Abmarsch am Abend vorher ein unüberbrückbares Hindernis war, können wir umgehen.

Dann geht's in den Busch – dazu vorweg eine Beschreibung der Nordwestküste Australiens:

Dieses Land ist furchtbar. Ich habe auf meinen Reisen nichts Ähnliches gesehen. Schroffe Felsen, scharfkantig, glatt, gewaltige Felsblöcke, wie von Gigantenhand umhergeworfen, sind zu überklettern. Dann Sumpf, zähes, messerscharfes, ausgedörrtes, mannshohes Gras. Jeder Meter ist zu erkämpfen, drei Schritte vor, zwei Schritte zurück. Dazu die sengende Glut der Tropensonne. Sehr langsam nur kommen wir voran, überklettern die Felsen, umgehen die Abgründe, durch den Busch bahnt man sich den Weg Hand über Hand.

Gegen Mittag. Zur Ausrüstung des Flugzeuges gehört ein Wassersack von neun Liter Inhalt. Es ist ein poröser Leinensack; langsam sickern Tropfen durch das Leinengewebe, die vorbeistreichende Luft verdunstet die Tropfen, wodurch das Wasser im Sack gekühlt wird. Beim Überfliegen der Syrischen Wüste, in den Tropen beim Flug rund um Asien, in der Südsee, stets hat uns der Wassersack frisches, kühles Wasser gegeben. Vor dem Aufbruch heute hatten wir ihn mit Kühlwasser gefüllt und Mundwasser hinzugeschüttet, um den Geschmack des Öles zu mildern. Und dieser Wassersack, der uns zweieinhalb Monate gedient hat – wird leck. Er zerreißt an einem scharfen Stein – das Kühlwasser versickert im Sand. Es ist nicht möglich, Sandkörner in den Mund zu nehmen, um etwas Feuchtigkeit zu retten. Gestern noch waren wir vor dem öligen Kühlwasser zurückgeschreckt, jetzt möchte man einen Tropfen für die zerrissenen Lippen haben.

»Sollen wir zurück zum Flugzeug? Da sind noch ein paar Liter im Kühler.«

»Unmöglich – nur weiter – nur nicht zurück!«

Und wir gehen weiter, bis in die Nacht, dann machen wir ein paar Stunden Pause auf den glatten Felsen. An Schlaf ist kaum zu denken. Schon vor Tagesanbruch geht es weiter.

Bereits zwei Tage jetzt. Zwei unendlich lange Tage. In jeder Minute will man Wasser finden, von Sonnenaufgang bis zur Dunkelheit, vorwärtsstrauchelnd, selbst während der Mittagsglut!

Zwei Tage sind wir nun schon ohne Wasser. Der Körper ist ausgetrocknet von Sonne und Seeluft, die Zunge geschwollen, weißer Schaum auf den Lippen. Man geht am Strand einer unendlichen See, unabsehbare Wassermengen vor Augen – aber man kann Salzwasser nicht trinken.

Hunger haben wir nicht, könnten nicht essen, ohne Lippen und Gaumen angefeuchtet zu haben. Wir müssen voran, so schnell wie möglich voran, bevor wir liegenbleiben. Hinter jedem Felsvorsprung erwarten wir die Rettung: Rauch – ein Fischerboot – eine Hütte, irgend etwas muß es hier doch geben! Aber nichts – immer wieder nichts. Also weiter! Man schafft nicht mehr als fünf, sechs, sieben Kilometer täglich – und das in achtzehn Stunden.

Nun schon der dritte Tag. Seit Tagesanbruch sind wir wieder unterwegs, stumpfsinnig vorantorkelnd. Sprechen ist eine Qual. Wir müssen größere Strecken schaffen. Vielleicht geht's im seichten Wasser am Strand rascher als über Land. Immer wieder rutschen wir auf den schlammigen Steinen aus. Dann liegt vor uns eine tief ins Land gehende Bucht. Sie zu umgehen, würde einen Verlust von Stunden bedeuten. Wir werden schwimmen müssen – eine gewaltige Kraftanstrengung in unserem Zustand. Aber es muß gehen. Kleider und Schuhe werden mit dem Gepäck zu einem Bündel zusammen auf den Rücken gebunden, die Pistole unter den Tropenhelm gesteckt, dann geht's mit langsamen Stößen über die Bucht. Gleich am Anfang habe ich das Gefühl, daß hier irgend etwas nicht stimmt. Habe ich Angst? Zwischen den einzelnen Schwimmstößen suche ich die Wasserfläche ab, ob irgendwo Bewegung ist, vielleicht gibt es Haie. Aber nichts ist zu sehen. Schon haben wir mehr als die Hälfte der Bucht durchschwommen. Klausmann ist ein paar Meter vor mir, er schwimmt besser als ich. Da ist es, als ob mich eine eiskalte Hand im Genick packt. Eine Gefahr ist hinter uns. Ich sehe zurück. Da drüben, in ungefähr vierzig Meter Entfernung, ist die Wasserfläche an verschiedenen Stellen bewegt. Erst erkenne ich nichts, dann glaube ich, daß dort Baumstämme treiben, und dann sehe ich es – Krokodile – zwei – drei – noch mehr! Sie schwimmen auf uns zu, sie kommen näher! Einen Augenblick bin ich wie gelähmt. Dann beginnt ein Kampf ums Leben. Ein Warnruf zum Kameraden. Der Gepäcksack ist im Nu von der Schulter gelöst. Kleider und Schuhe versinken, sind verloren. Aber keinen Gedanken habe ich für diesen Verlust. In Todesangst schwimmen wir mit aller Kraft zu dem noch dreißig bis vierzig Meter entfernten Land.

Es ist unmöglich, die Angst dieser Sekunden zu beschreiben. Der sichere Tod ist hinter uns, das rettende Land vor uns noch weit entfernt. Jeden Augenblick möchte man zurücksehen, aber das würde Zeitverlust bedeuten. Wir haben noch die Nerven, nur voranzuschwimmen, durch das Wasser zu jagen. Klausmann erreicht das Ufer vor mir. Der Kamerad rennt nicht weiter. Er wartet auf mich. Dann habe auch ich Boden unter mir. Klausmann hilft mir. Ein paar Meter waten, kriechen, springen wir weiter. Dann liegen wir erschöpft im glühenden Sand – gerettet –, aber unser gesamtes Gepäck ist verloren! Wir sind jetzt nackt und barfuß – barfuß auf dem glühenden Sand, nackt unter der glühenden Tropensonne.

Hanna Reitsch

Segelflug über die Alpen

Der Wettbewerb begann bei bestem Flugwetter. Der Himmel leuchtete tiefblau, die Sonne strahlte schon am frühen Morgen und erwärmte die steilen Hänge und Felswände der Vorberge. Langsam begannen sich über den höchsten Gipfeln und Graten aus zarten Schleiern kleine, weiße, runde Wolken zu bilden, die uns den Aufwind sichtbar machten. Es war ganz windstill, also ideal, um den ersten Versuch zu machen, sich in die Bergwelt vorzutasten. Fünfhundert Meter über dem Flugplatz Salzburg mußte sich jeder Teilnehmer vom Schleppseil der Motormaschine lösen. Gegen zehn Uhr vormittags war ich zum Start an der Reihe. Sobald ich mich vom Schleppseil gelöst hatte, flog ich die Ostseite des Untersberges an, die die meiste Sonnenwärme aufgespeichert haben mußte. Zunächst war weit und breit nur Abwind. Ich ließ den Flugplatz seitlich hinter mir nicht aus dem Auge und flog so, daß ich ihn im Gleitflug jederzeit erreichen konnte, falls sich kein Aufwind finden ließ.

Als ich am Untersberg im Begriff war umzukehren, fing der »Sperber« leise an zu zittern. Das Variometer stieg ein wenig – kaum über Null – und blieb bei zehn bis zwanzig Zentimeter Steigen pro Sekunde stehen. Vorsichtig kreiste ich, um dieses schwache Aufwindfeld nicht zu verlieren. Ich hatte Glück, das Steigen wurde immer stärker, zuerst ein halber Meter pro Sekunde, dann ein Meter, dann eineinhalb Meter. Es bildete sich über mir ganz rasch und sichtbar wachsend eine Wolke, die mich zu sich emporzuziehen

schien. Ich kreiste unentwegt und stieg und stieg, bis ich in fast zweitausend Meter Höhe den unteren Teil der Wolke erreicht hatte. Nun lag der Untersberg schon unter mir. Ich flog dem Grat entlang, weil sich an seinem westlichen Ende eine Wolke zu bilden begann. Ich war allein mit meinem »Sperber« in der Höhe. Die anderen Kameraden, die vor mir gestartet waren, waren zum Flugplatz zurückgekehrt und wieder gelandet. Es war noch reichlich früh am Tag, der Aufwind war schwach und nur vereinzelt. Ich kreiste wartend unter kleinen Wolkenfetzen, die sich meist über den höchsten Erhebungen bildeten. Für den heutigen Tag hatte ich kein anderes Ziel, als mit den Bergen Fühlung zu nehmen und Umschau zu halten, denn das Gesicht der Berge war mir von oben gesehen neu. Es ist ein völlig anderes, als es der Bergsteiger erlebt. Für ihn bleibt Gipfel an Gipfel als ein festgefügtes Panorama. Für das Fliegerauge sind die Berge in ständiger Bewegung, sie scheinen sich zu öffnen und zu schließen, zu grüßen und zu drohen. Sie wechseln für den Fliegenden, mal in Licht, mal in Schatten getaucht, ihren Standort untereinander.
Nun sehe ich aus meiner Höhe schon weit in die Bergwelt hinein. In der Ferne schwimmern im ewigen Schnee der Großglockner und Großvenediger. Unter mir dampfen die Täler. Die Nebel klettern die bewaldeten Hügel hinauf. Vor mir im Süden glitzert in erhabener Schönheit schneebedeckt der Watzmann, und östlich von ihm leuchtet aus sich teilenden Nebelschleiern smaragdgrün der Königssee. Ich beobachte, wie sich über dem Watzmann eine große, verlokkende Wolke bildet. Ob ich in den Bereich des Aufwindes unter ihr gelangen kann? Ich fliege dem Lattengebirge entlang mit Kurs dahin; doch kaum verlasse ich den Bergrükken, gerate ich in Abwind. Mit vier Meter, mit fünf Meter,

mit sechs Meter pro Sekunde zieht es mich hinunter. Ich spüre, wie mich Unruhe erfaßt und in die Versuchung treiben will, einmal nach links, einmal nach rechts tastend zu fliegen, um aus dem Abwindgebiet herauszukommen. Jetzt aber gilt nur eines: im direkten Kurs den nächsten Berg zu erreichen.

Meine stolze Höhe habe ich schnell eingebüßt. Schon bin ich unter tausend Meter. Die Wälder, die Dörfer, der Königssee wachsen zu mir herauf. Wo werde ich meinen »Junior« landen können, wenn der Abwind mich nicht mehr freigibt? Jetzt darf ich nicht die Nerven verlieren. Schon bin ich am Fuß des Watzmanns in Höhe der Waldgrenze angelangt. Die Baumkronen sind schon dicht unter mir. Soll ich den Flug abbrechen und versuchen, den »Sperber-Junior« auf eine Wiese zu setzen? Sekunden der Entscheidung! Da plötzlich lupft es mich. Erst sanft, dann immer stärker, immer schneller – das Variometer steigt einen Meter, dann zwei, dann drei Meter je Sekunde. Ich kreise still und eng, ganz dicht am Hang, gerade so, als müßte meine Flügelspitze die Bäume berühren. Wir sind gerettet. Mein Vogel und ich scheinen dies gleichartig jubelnd und dankbar zu empfinden. Ich kreise noch immer im gleichen Aufwindkanal, der mit wachsender Höhe an Durchmesser gewinnt, so daß ich in flachen größeren Kreisen fliegen kann. Ganz dicht am Watzmannhaus vorbei zieht mein »Sperber-Junior« seine Bahn. Touristen stehen vor dem Haus und winken dem lautlosen Vogel zu, der, von unsichtbarer Kraft getragen, über sie hinwegsteigt. Muß es sie nicht wundersam berühren, wie er, kleiner und kleiner werdend, in Höhe und Einsamkeit entschwindet? . . .

Nun habe ich die Höhe des Watzmanngipfels erreicht. Ich kreise weiter. Die Wolkenbasis dehnt sich entlang seines

Grates aus. Zweitausendsiebenhundertundfünfzig Meter, zweitausendachthundert Meter, zweitausendneunhundert Meter, dreitausend Meter. Jetzt umspielen mich die ersten Wolkenschleier. Der Aufwind aber nimmt ab. Die Wolke zieht mich nicht in sich hinein. Ich habe Zeit, mich umzuschauen. Unter mir leuchtet und glitzert der schneebedeckte Watzmann. Mit Leichtigkeit könnte ich im Gleitflug gen Norden den Flugplatz Salzburg erreichen. Zu erkennen ist er für mich nicht mehr. Doch will ich jetzt an Rückkehr gar nicht denken. Mich lockt und ruft die Gletscherwelt. Ob ich versuche, bis zu ihnen vorzustoßen? Dazwischen liegt noch eine Klippe: die schroffe Kette des Steinernen Meeres. Schon habe ich Kurs dorthin genommen. Doch kaum habe ich den Watzmann verlassen, geht es mit großer Sinkgeschwindigkeit mit vier bis fünf Meter je Sekunde nach unten. Der Abwind läßt nicht nach. Jede Sekunde wird spannender. Das eben noch so stolze Glück der selbsterrungenen Höhe ist wie weggefegt. Längst ist der Grat des Steinernen Meeres höher, als ich mich mit meinem Vogel befinde, und jeden Augenblick wächst er vor mir drohend steiler in die Höhe, da ich unaufhaltsam sinke. Jetzt bin ich von Bergen ganz umschlossen, und spüre, wie die Angst nach mir greift. Wenn dies das Ende meines Fluges bedeuten sollte ... Die Rumpfschnauze meines Vogels bleibt auf das Steinerne Meer gerichtet. Ich sinke weiterhin. Immer deutlicher vor mir erkenne ich das verwitterte, verwaschene Gestein seiner steilen Wände und Zacken. Doch über seinem Kamm bilden sich kleine Wolkenschleier, ein leiser Hoffnungsstrahl für mich. Werde ich sie aber je erreichen, bevor mein »Sperber« an den steinigen Hängen zerschellt?

Ein unheimliches Gefühl, die Bergwände immer höher anwachsen zu sehen! Unter mir keine Möglichkeit, den Vogel heil zu landen! Der blasse Schatten meines »Sperber-Juniors« zieht schon ganz nahe unter mir über den steinigen Boden. Die Angst würgt und schnürt meine Kehle. Da entdecke ich plötzlich, kaum dreißig Meter von mir entfernt, zwei Bergdohlen, die dicht an den Bergwänden kreisen. Ich fliege ganz nahe an sie heran, so nahe, daß ich fürchte, mit den Flächen die Felsen zu streifen. Und nun lupft es auch mich. Ganz vorsichtig beginne ich zu kreisen, in jedem Augenblick wie ein Vogel darauf gefaßt, falls mich ein Windstoß zu nahe an die Felswand treibt, im »Turn« den »Sperber« abzukippen. Die Bergdohlen behalte ich ständig im Auge. Sie steigen schneller, sind schon über mir, sie können es besser. Wie einem Lotsen fliege ich ihnen nach. Dort, wo die Spalten des Gesteines vertikal gerichtet sind, scheinen sie am schnellsten Höhe zu gewinnen. Ich folge ihnen kreisend. Nach einer mühsamen halben Stunde überfliege ich in zweitausendsechshundertundsiebzig Meter Höhe den schneeblinkenden Grat des Steinernen Meeres. Meine zwei Freunde habe ich aus dem Auge verloren, aber kaum Faßliches zeigt sich jetzt meinem Blick. Gipfel an Gipfel in Eis und Schnee gehüllt, die Hohen Tauern, die Zillertaler, die Ötztaler Alpen. Groß und gewaltig stehen die schweigenden Gebilde von Fels und Firn. Südlich unter mir breitet sich das Salzachtal aus. Greifbar nahe leuchtet stolz und majestätisch der Großglockner.

Über dem Steinernen Meer fliege ich von Wolke zu Wolke, um die letzte Höhe, in die der Aufwind reicht, auszunutzen. Über dem Hochkönig trägt mich eine Wolke bis auf dreitausendfünfhundert Meter Höhe hinauf. Das, was ich kaum erträumte, wurde Wirklichkeit. Ich flog jetzt auf die Hohen Tauern zu. Der Zeller See lag winzig klein tief unter mir. Im Gleitflug überflog ich den Pinzgau. Ein kleiner Wolkenturm half mir, die verlorene Höhe des Gleitfluges wieder zu gewinnen. In fast viertausend Meter Höhe verließ ich ihn. Und was ich jetzt erblickte, können Worte kaum beschreiben:

Die ganze Bergwelt lag jetzt unter mir und schien wie für einen ewigen Feiertag in Licht und Glanz gehüllt. Einsam flog ich über die glitzernde, schweigende, schneebedeckte Pracht. Grünbläulich schillerten die Gletscher zu mir herauf. Ganz feierlich umflog ich den Großglockner, der mir wie ein mahnender Finger Gottes schien. »Du kleiner Mensch – ist es nicht vermessen, was du hier tust? . . .« Ich schauderte vor Ehrfurcht. Es schien das Irdische mit aller Angst und Kleinheit von mir abzufallen. Zeit und Ewigkeit schienen sich zu berühren. Ich spürte nur, wie sich die Hände um den Steuerknüppel falteten und dicke Tränen mir die Wangen hinunterliefen. – – – – – –

Ich hatte Wettbewerb und Ziel vergessen – auch hatte ich vor Ergriffenheit nicht bemerkt, daß ich in meiner weißen, langen Leinenhose, ohne Handschuhe in dieser eisigen Kälte mächtig fror. Als ich wie aus einem Traum erwachte, spürte ich, wie vor Kälte die Zähne aufeinanderschlugen und Hände und Füße so schmerzten, daß ich nur schwer Steuerknüppel und Pedale bedienen konnte. Mit dieser lauernden, neuen Gefahr hatte ich nicht gerechnet. Doch jetzt war das Schwierigste geschafft, jetzt durfte ich der Kälte wegen nicht aufgeben. Ich mußte an das Ziel des Wettbewerbs denken und lenkte meinen Vogel weiterhin nach Süden, wo wildzackig die Spitzen und Grate der Dolomiten zu mir herauf ragten. Vor Kälte waren meine Hände völlig starr. Nur mit den Handballen konnte ich den Steuerknüppel führen. Der Schmerz der absterbenden Glieder schien unerträglich. Ich mußte aber durchhalten. Meine Flugkarte konnte ich nicht mehr mit den klammen Händen greifen. Sie hätte mir auch nichts genutzt. Sie reichte nur im südlichsten Teil bis zum Großglockner. Ich hatte nicht geahnt, daß es mir beim ersten Versuch gelingen würde, so weit vorzudringen. Die Dolomiten wirken erschreckend aus meiner Höhe; geradeso als wollten sie mich aufspießen. Auch der Aufwind über ihnen ist schwierig auszunutzen, da er im Durchmesser ganz eng begrenzt ist. Südwestlich von mir leuchten um die Marmolata blaugrüne Gletscher. Vor lauter Kälte bin ich kaum mehr fähig, die Schönheiten in mich aufzunehmen. Links von mir, aus dem Südosten kommend, breitet sich eine schnellziehende Wolkendecke aus, die mich von der Erde abzuschneiden droht. Vor mir öffnet sich das Piavetal. Ich fliege nun im Gleitflug das versandete, steinige Flußbett der Piave entlang. Rechts und links liegen ungezählte Felder, die von Olivenbäumen gesäumt sind. Es muß nicht schön sein, hier landen zu müssen. Ich verliere jetzt schnell an Höhe. Die Wolkendecke hat sich als Regenwand mit großer Geschwindigkeit ausgebreitet. Sie schneidet mir den Weg nach Süden ab. Wo ich genau bin, das ahne ich nicht. Regentropfen hämmern bereits auf meine Flächen. Das Tal wird immer enger. Im Flußbett zu landen, verlockt mich nicht. Ich kehre um und versuche, die zuletzt überflogene Ortschaft zu erreichen. Es ist Pieve di Cadore. Ich wußte es damals nicht. Ich sah zu meinem Entsetzen, daß eine Wiese zum Landen nicht vorhanden war. Im Ort erkannte ich eine Kaserne, deren Hof von drei Seiten durch Gebäude eingeschlossen war und deren offene Seite in einen Fußballplatz verlief. Das müßte zum Landen ausreichen! Doch eine Pappelreihe, die den Platz abschloß, sollte mir fast zum Verhängnis werden. Ich mußte sie landend überfliegen. Eben als ich kurz davor war, wurde ich von einer

Fallböe erfaßt und hinuntergedrückt. Schon war ich tiefer als die Baumkronen. Der Vogel schien verloren. Jetzt mußte ich an meine eigene Rettung denken. Ich drückte in hoher Fahrt dicht an den Boden heran, um in der Mitte zwischen zwei Bäumen durchzurasen. Ich hoffte, daß die Flächen abreißen und der Rumpf mit mir am Boden entlang rutschen würde. Doch dicht vor den Bäumen spürte ich, wie ich in eine Aufwärtsböe gelangte, nutzte gleichzeitig den Fahrtüberschuß aus und zog meinen Vogel blitzschnell fast senkrecht in die Höhe. Er streifte leicht die Wipfel, sackte dahinter etwas durch und setzte etwas unsanft, aber heil am Boden auf. Ich glaube, ich blieb lange – nur in der Stille dankend – in meinem Vogel sitzen, bis mich ein Stimmengewirr heranlaufender italienischer Soldaten wie aus einem Traum weckte. Ich war vor Kälte weder fähig, ein Wort zu sprechen, noch selbständig auszusteigen. Die Italiener hoben mich heraus. Meinen Vogel aber trugen sie in jubelndem Triumph auf ihren Schultern bis vor die Kaserne.

Peter Supf

Eroberung der Berge

Es ist ein Irrtum zu glauben, daß mit der Entdeckung des Luftreichs zugleich und ohne weiteres auch alle Hindernisse überwunden waren, die den Menschen auf der Erde entgegenstanden. Jahrzehnte vergingen, bis alle Steppen, Wüsten, Urwälder, Sümpfe, Meere und Gebirge überflogen wurden. Die Namen vieler berühmter Flieger sind mit diesen waghalsigen Flügen verknüpft.

Kein Hindernis aber reckte sich dem Flieger so drohend, so gefährlich, so unheimlich entgegen wie die Berge. Bei allen Notlandungen auf der Erde gab es doch wenigstens noch eine Möglichkeit, gerettet zu werden und mit dem Leben davonzukommen, auch wenn das Flugzeug dabei zertrümmerte. Von Sandstürmen verfolgt, von Trugbildern genarrt, vor brennendem Durst schon dem Wahnsinn nahe, haben Flieger den Weg aus der Wüste zurückgefunden. Fieberverzehrt, pfeilverwundet, sich gegenseitig stützend und am Ende ihrer Kräfte, sind sie aus dem Urwald heimgekehrt. Selbst aus dem Meere, selbst aus den Gefilden des ewigen Eises konnten viele der Abgestürzten geborgen werden. Schiffe eilten auf ihren Notruf herbei. Andere Flieger starteten zu ihrer Rettung.

Wehe aber den Fliegern, die von falschem Kurs verführt oder von unerwarteten Fallböen herabgedrückt, durch Wolke und Nebel der Sicht beraubt, den Bergen zu nahe kommen! Bei der großen Geschwindigkeit des Flugzeugs zerschmettern sie an den Bergwänden, stürzen sie in Schluchten und Abgründe. Wer kann wissen, ob nicht oft nur ein trügerisches Phantom, ein winziger Augenblick der Verblendung Ursache einer solchen Katastrophe gewesen ist. Da ist nicht einmal mehr Zeit zu einem noch so kurzen Funkspruch, einem einzigen Notsignal. Darum blieben so viele, die den Bergen zum Opfer fielen, für immer verschollen, vergraben in Gletscherspalten, gebettet in unzugängliche Schlünde. Nur in seltenen Fällen konnten Flieger gerettet werden, deren Flugzeuge mit dem harten Gestein in Berührung gekommen waren.

So ist es nur sehr verständlich, daß zumal in den Anfangsjahren der Luftfahrt die Flieger ängstlich die Berge mieden, sie als ihre ärgsten Feinde betrachteten. – Stieg man zu Höhenrekorden auf, so tat man das über dem flachen Gelände der Flugfelder, auf denen für den Fall eines Sturzes Sanitätswagen und Feuerwehr bereitstanden und für ärztliche Hilfe gesorgt war. In der Nähe der wenigen europäischen Flugplätze in der fliegerischen Werdezeit gab es überhaupt keine Erderhebungen, die man als Berge hätte bezeichnen können.

Sieben Jahre dauerte es, vom ersten Zwölf-Sekunden-Flug der Brüder Wright am 17. Dezember 1903 an gerechnet, der in der Verborgenheit der nordkarolinischen Sanddünen, dicht über dem Erdboden hinweg, nur dreiundfünfzig Meter weit führte, bis zu der ersten Überfliegung eines Alpenpasses, und es verstrichen weitere dreiundzwanzig Jahre, bis der höchste Berg der Erde, der Mount Everest, überflogen werden konnte.

In der an Triumphen und Todesopfern so reichen Geschichte der Lufteroberung ist das Kapitel der fliegerischen Eroberung der Berge eines der abenteuerlichsten und erregendsten. Noch niemals ist es bisher im Zusammenhang dargestellt worden.

Auch der erste Alpenflug hätte wahrscheinlich noch viele Jahre auf sich warten lassen, wenn nicht ein ganz besonderes Ereignis die Veranlassung dazu gegeben hätte.
Auf der Großen Reimser Flugwoche des Jahres 1910 tauchte zum erstenmal der Gedanke auf, die Alpen im Flugzeug zu überqueren. Ihn hatte zuerst der italienische Journalist Luigi Barzini gefaßt. Italienische Sportsmänner bemächtigten sich seiner mit der ihnen eigenen temperamentvollen Begeisterung. Sie machten ihn zum Gegenstand eines der ungeheuerlichsten sportlichen Wettbewerbe der Welt. Einer Mailänder Herbstflugwoche sollte als großartiges Vorspiel ein »Alpenflug per Aeroplan« vorausgehen. Das war in der Tat eine kühne, eine wahrhaft sensationelle Idee. Der außerordentlichen Leistung entsprach der dafür ausgesetzte ungewöhnlich hohe Preis von hunderttausend Lire. Davon waren siebzigtausend dem ersten, zwanzigtausend dem zweiten und zehntausend dem dritten Überwinder des Bergpasses zugedacht. Sieger sollte sein, wer innerhalb von vierundzwanzig Stunden nach dem Start über die Alpen hinweg als Erster in Mailand einträfe.
Allmählich begeisterten sich auch Schweizer Sportkreise für den Gedanken des Alpenflugs. Sie beschlossen, in Brig, der am Fuße der Simplonstraße gelegenen, gern von Fremden besuchten kleinen Gebirgsstadt im Schweizerischen Kanton Wallis, während der Tage des Wettbewerbs vom 18. bis 28. September 1910 eine Flugwoche zu veranstalten. Bis zum 1. September meldeten sich zur Teilnahme an ihr acht mehr oder weniger ernst zu nehmende Bewerber: die vier Franzosen Latham, Aubrun, Lesseps, Paillette, der Italiener Cattaneo, der Deutsche Wiencziers, der Deutschamerikaner Weymann und der in Paris geborene und erzogene Peruaner Geo Chavez.

Die größten Aussichten von ihnen allen schien Hubert Latham zu haben, der berühmte französische Rekordheld englischer Herkunft, ein hagerer junger Mann von stoischer Ruhe, der stets die kurze englische Pfeife im Mund trug. Auf dem Flugfeld von Châlons hatte er am 7. Januar 1910 als erster Flieger der Welt eine Höhe von tausend Metern erreicht. Dann war er freilich im Juli des gleichen Jahres an dem Versuch, als erster den Ärmelkanal zu überfliegen, gescheitert und hatte den Weltruhm dieses Fluges Louis Blériot überlassen müssen. Am 7. Juli 1910 war ihm gelegentlich der Reimser Flugwoche ein neuer Höhenrekord von 1483 Metern geglückt.
Aber der Simplon, den es von Brig aus auf dem Wege über die Alpen nach Mailand zu überfliegen galt, hatte eine Höhe von zweitausendundzehn Metern! Ein Flieger, der sich mit Aussicht auf Erfolg an diesem erregenden Wettbewerb beteiligen wollte, mußte also imstande sein, eine Höhe von mehr als zweitausend Metern zu erreichen. Das war die unerbittliche Voraussetzung für ein Gelingen dieses gefährlichen Fluges!
Chavez, der diese Notwendigkeit mit aller Klarheit erkannt hatte, brachte darum die Zeit, die ihm noch bis zum Beginn der Briger Flugwoche blieb, damit zu, sich auf Höhenflüge zu spezialisieren. Er war am 13. Juni 1887 geboren, damals also erst dreiundzwanzig Jahre alt, ein junger Mann von hohem Wuchs und athletischem Körperbau. Sein Vater, ein peruanischer Finanzmann, hatte seinen Kindern ein großes Vermögen vererbt. Der älteste Bruder hatte mit diesem Geld ein Bankhaus in Lima und ein Zweiggeschäft in Paris eröffnet, an dem der jüngere beteiligt war. Geo hätte als reicher junger Mann in der schönen Seinestadt ein leichtes, amüsantes Leben führen können. Er aber haßte Ruhe und Be-

quemlichkeit und zog es vor, das harte und anstrengende Leben eines Sportsmannes zu führen, der den Kampf um des Kampfes, die Gefahr um der Gefahr willen liebte. Als Rennfahrer war er ein gefürchteter Rivale bei allen Autorennen, verwegen und hartnäckig; gleichzeitig ein ausgezeichneter Läufer, Springer, Turner und Fußballspieler. Kaum hatte er von den ersten erfolgreichen Flügen von Santos-Dumont, Henri Farman und Delagrange gehört, war er Flieger geworden. Das war für ihn nahezu eine Selbstverständlichkeit, er wollte nicht hinter der Zeit zurückbleiben. Das litt sein sportlicher Ehrgeiz nicht.

In Mourmelon Le Grand, zwischen Reims und Châlons, dort wo die Schulen von Antoinette, Voisin, Farman, Blériot und Santos-Dumont ihre Schuppen hatten, ließ er sich von dem Rekordflieger Louis Paulhan auf einem Farman-Doppeldecker ausbilden. Schon als Schüler machte er durch unverschämte, doch großartige Flüge seinen Lehrer wütend und stolz zugleich. Am 15. Februar 1910 erwarb er das Brevet Nr. 23 und beteiligte sich von nun an mit gutem Erfolg an fast allen Flugwochen. Zweimal stürzte er, ohne sich zu verletzen. Als er sich dann, auf der Reimser Flugwoche dazu angeregt, für die Teilnahme am Alpenflugwettbewerb entschieden hatte, suchte er nach einem Flugzeug, das besser für Höhenflüge geeignet war als der langsam und schwerfällig steigende Doppeldecker. Er fand es in dem wendigeren und sehr viel schnelleren Eindecker Blériots. Ohne umzuschulen, vertraute er sich unbedenklich der neuen Maschine an. Ihre wunderbare Steigfähigkeit entzückte ihn so, daß er sie sofort kaufte. Am 8. September, nur zehn Tage vor dem Beginn der Briger Flugwoche, errang er auf seinem blitzblanken neuen Blériot über dem Flugfelde von Issy les Moulineaux einen Höhenrekord von 2652 Me-

tern. Damit glaubte er, dem Alpenflug, diesem abenteuerlichsten Unternehmen seiner Zeit, gewachsen zu sein.
Als die Flugwoche anbrach, stellten sich von den gemeldeten Fliegern nur Weymann und Chavez in Brig ein. Sie montierten ihre Apparate in den für den Wettbewerb erbauten Schuppen auf dem Startplatz von Brig, einer nahe am Fuße der Berge gelegenen Anhöhe: Chavez seinen Blériot-Eindekker, Weymann seinen Farman-Doppeldecker. Der große Flieger und Konstrukteur, der schwarzbärtige Henri Farman, überwachte selbst die Montage der von ihm erbauten Maschine.
Diese drei Männer standen nun tagelang im Mittelpunkt des leidenschaftlichen Interesses der vielen ausländischen Festgäste, die in dem schönen, von schneeblitzenden Bergen umschlossenen Städtchen an der prickelnden Sensation dieses größten sportlichen Ereignisses ihrer Zeit teilhaben wollten.
Chavez und Weymann waren in Erscheinung und Charakter zwei sehr ungleiche Rivalen. Chavez, ein junger Herkules, prachtvoll trainiert, gewann alle, die mit ihm zu tun hatten, durch sein offenes, ganz uneitles und warmherziges Wesen; Weymann, smart und elegant, war von verschlossener, undurchsichtiger Gemütsart. Darin aber glichen sich beide, daß sie noch sehr jung und Sportsmänner mit Leib und Seele waren. Beide lockte der Ruhm, nicht der Gewinn.
Latham, von dem man sich so viel versprochen hatte, kam aus unbekannten Gründen nicht nach Brig. Verspätet trafen Cattaneo, Wiencziers und Paillette ein, doch verließen ihre Maschinen während der ganzen Flugwoche nicht ein einziges Mal den Erdboden.
Chavez war mit dem Gelände des Wettbewerbs nicht unvertraut, er hatte sich gründlich vorbereitet. Mit seiner Braut,

einer jungen Pariserin, den Freunden Christaens und Duray war er schon einmal im August dieses Jahres nach Brig gefahren, um sich über die Windverhältnisse in den Bergen zu unterrichten.

Zu jener Zeit hätte kein Flieger gewagt, bei stürmischen Winden zu fliegen, ja auch nur zu starten, wenn überhaupt Wind wehte. Wer aber wußte damals etwas von den Winden, die um die eisigen Berghäupter bliesen, von den reißenden Fallwinden über den Schluchten und Gletschern, den Wirbelwinden, die über den Kreuzungen der Täler ihre rasenden Strudel bildeten? Wie, wenn die Wolken sich plötzlich niedersenkten und die Bergspitzen verhüllten? Wenn der Nebel unvermutet aus den Tälern aufdampfte und die Bergwände verdeckte? Wenn in größeren Höhen plötzlich der Schneefall einsetzte, den Flieger in sein weißes Netz verspann und ihn blendete? Zu alledem kam die furchtbare, bis ins innerste Mark schneidende Kälte hinzu, die lauernd über den Schneegipfeln und Gletscherschlünden lag. Würden die klammen Finger noch das Steuer bedienen können? Würden die Lungen dem eisigen Odem des Windes standhalten? Wer die trotzigen Gipfel bezwingen wollte, der mußte zudem allein sein. Die geringe Steigfähigkeit der Flugzeuge verbot von selbst die Mitnahme eines anderen.

Aber nicht die Gefahren allein, die von Winden, Wolken und einsamer Höhe drohten, waren es, welche die Flieger jener Zeit von dem Wagnis eines Alpenfluges hätten abschrecken können. Gewiß, Chavez liebte die Gefahr und suchte sie, aber es gab da noch Fragen ganz nüchterner technischer Art, die dieses Wagnis zu einer schwierigen und zweifelhaften Unternehmung machten.

Man muß sich nur einmal an die schwanken Gerüste erinnern, mit denen man damals flog, an jene phantastischen

Gestelle aus dünnem Rohr, getragen von zwei armseligen, hölzernen, stoffbespannten Flügeln. Das alles ruhte auf zwei kleinen Rädern mit Fahrradspeichen. Der Führer des Flugzeugs saß in freier Luft zwischen Stangen und Drähten. Würde ein solches, überaus zerbrechliches Ding den harten Stößen der Bergwinde gewachsen sein? Würden diese schwachen Flügel widerstandsfähig genug sein, um, von wechselnden Winden bedrängt, die Bergwelt zu überwinden?

Seine Braut und seine Freunde ließ Chavez im Simplonhotel zurück. Allein ging er auf dem Paßweg durch grüne Alpenweiden, vorbei an Blöcken eines gewaltigen Gletschersturzes, dem weiter unten gelegenen Hospiz zu. Als er in die tiefen Abgründe zur rechten des Weges herabsah, tauchte drohend ein neuer Zweifel in seiner Seele auf. Das war der Zweifel, der als unheimlicher Gast jeden Flieger jener Zeit auf jedem seiner Flüge begleitete: Würde der Motor durchhalten? Er war das schlagende Herz der Maschine. Wenn dieses Herz versagte, wenn sein Pulsschlag stockte –?

Erschauernd blickte Chavez zu den steilen Felswänden auf. Landen, wo hier landen? Selbst wenn er das Tal erreichte, so mußte das Flugzeug an den Felsblöcken zerschmettern, die es in wildem Durcheinander bedeckten.

Sogleich nach seiner zweiten Ankunft in Brig am 11. September fuhr er mit Christaens und Duray – die Braut war in Paris zurückgeblieben – die Strecke über den Simplon-Kulm nach Domodossola, wo eine Zwischenlandung geplant war, mehrmals im Wagen ab, um sich jede Einzelheit des Weges einzuprägen.

Zwei Möglichkeiten gab es. Sie wurden in einem kleinen Heft erörtert, welches das Mailänder Sportkomitee für die Teilnehmer des Alpenflugs unter dem Titel »La Traversata delle Alpi in Aeroplane« herausgegeben hatte – dem ersten Vorläufer eines Luft-Baedekers.

Bis Simplon-Kulm war der Weg vorgezeichnet. Hier hatte man eine Kontrollstation errichtet, bei der sich das Sanitäts- und Rettungspersonal aufhielt. Hier oben hatte auch Doktor Maurer, der vielbestürmte und vielgeschmähte Meteorologe dieses Alpenfluges, seinen undankbaren Posten bezogen. Als Richtungssignale hatte man Rauchfeuer entzündet. Bis hierher also konnten die Flieger den Weg nicht verfehlen. Dann aber konnten sie entweder den geraden Weg über den Munchera-Paß wählen oder »um die Ecke biegen« und über die tiefe, wildzerklüftete Gondo-Schlucht auf Domodossola zufliegen.

Noch nie hatte Brig, das stille Alpenstädtchen im Rhônetal, ein solch großstädtisches Treiben, eine solche Fülle von eleganten Wagen, ein solches Gemenge von landsmännischen und ausländischen Gestalten, ein solches Gewirr von einheimischen und fremden Sprachlauten erlebt, wie in den Tagen vom 18. bis 28. September 1910 bei der Briger Flugwoche. Die Schweizer hatten alle Vorkehrungen getroffen. Sie hatten Geld gestiftet, die kostspieligen Hangars für die Aeroplane, die Flugzeugschuppen, auf dem Startplatz errichtet, eine besondere Telefonleitung von Brig nach Gondo gelegt und den Signal-, Sicherheits- und Sanitäts-Dienst auf der ganzen Strecke hervorragend organisiert.

Die stärkste treibende Kraft war der für alle Neuerungen entflammte Briger Arzt Dr. Guglielminetti; er war Militärarzt bei der Holländisch-Indischen Armee in Sumatra und Java gewesen und hatte schon 1891 als Arzt an einer topographischen Expedition auf den Mont Blanc teilgenommen. Den Vorwurf *einer* Ungeschicklichkeit aber konnte man dem Schweizer Komitee allerdings nicht ersparen. Es hatte unglücklicherweise den Beginn der Flugwoche auf Sonntag, den 18. September, gelegt und damit auf den allgemeinen Schweizerischen Buß- und Bettag, der in allen Kantonen streng eingehalten wurde.

Von Mailand aus hagelte es Protesttelegramme. In Domodossola riß man die Schweizer Fahne vom Konsulat und verprügelte einige an der ganzen Sache völlig unbeteiligte Eidgenossen. Doch die Schweizer Behörden blieben unerbittlich. So begann der erste Flugtag in Brig an einem schönen nebelfreien Morgen – mit einem Flugverbot. Trotzdem hatte sich eine große Anzahl von Schaulustigen, eine lärmende Menge, auf dem Startplatz eingefunden, die schließlich schimpfend und drohend gegen die Flugzeugschuppen vordrang, so daß sich das Komitee genötigt sah, Polizeiposten vor den Toren der Schuppen aufzustellen.

Die Meteorologische Station meldete von Simplon-Kulm herunter seit der Morgenfrühe starke Windstöße von Süden, aber da im Tal die Luft ruhig war und die Sonne schien, wurde am Nachmittag überraschend das Flugverbot aufgehoben. Doch erklärten die verärgerten Flieger, die wegen des schönen Wetters gerade den Vormittag für besonders günstig für den Start gehalten hatten, sie wollten nun auch am Nachmittag nicht mehr fliegen. So wartete wieder eine tausendköpfige Menge vergeblich darauf, daß die Tore der Schuppen geöffnet wurden.

Am nächsten Morgen strömten in aller Frühe die Zuschauer hinaus auf den Flugplatz, wo die Maschinen bereits im Freien standen. Über dem Rhônetal lag ein leichter Nebel. Ein paar Föhnwölkchen, die über die wilde Saltinen-Schlucht zogen, hatten sich bald zerteilt. Vom Simplon-Kulm meldete Doktor Maurer eine Windstärke von nur drei bis vier m/sec. Das waren günstige Aussichten.

Und wahrhaftig! Um sechs Uhr ertönt der Startschuß. Als Chavez sich auf den luftigen Sitz seines Blériot schwingt, wirkt die herkulische Gestalt im ausgepolsterten Lederanzug fast zu gewaltig für den leichten, mit seinem dünnen Gestänge sehr zerbrechlich anmutenden Eindecker.
Der Propeller wird angeworfen. Ein paar vergebliche Versuche, dann zerreißt ein helles Knattern die kühle Morgenluft. Der Motor läuft, der Start beginnt. Die losbrausende Maschine macht zwei kurze Sprünge, berührt noch einmal mit den zierlichen Rädern flüchtig den Boden, dann hebt sie sich, von begeisterten Zurufen gefolgt, nach kurzem Anlauf von der Erde ...
Zwischen Faulhorn und Glisshorn seine Kreise ziehend, schraubt Chavez sich höher und höher. Weithin ist am klaren Morgenhimmel die Maschine sichtbar. Atemlos verfolgen die Zuschauer jede kleinste Drehung und Schwenkung des Flugzeugs.
In etwa tausend Meter Höhe wendet der Apparat nach links und verschwindet über dem Roßwald. In erregt die Chancen des Alpenfluges abwägenden Gesprächen stehen die Zuschauer umher. Wird der Mann dort oben in den Lüften mit den Elementen fertig werden? Wird sein Motor ihn sicher über die Berge und Täler, steilen Felsen und gähnenden Abgründe tragen? Wird der große Flug noch heute glücken? Schon machen sich die Reporter bereit, dem Flieger im Wagen über die Alpen zu folgen. Da tönen enttäuschte Rufe: »Er kommt zurück!« Ein kleiner Punkt taucht über dem Roßwald auf, wächst schnell. Kein Zweifel mehr! Es ist der Blériot Chavez'.
Fast unbemerkt von der Menge, die fassungslos dem Zurückkehrenden entgegenstarrt, ist unterdessen Weymann mit seinem Doppeldecker gestartet.

Da geht eine Bewegung durch die Zuschauer. Wieder deuten die Finger nach oben. Die beiden Flugzeuge sind übereinander sichtbar, das eine aufsteigend, das andere niedergehend. Ein prophetisches Symbol?
Chavez landet außerhalb des Flugplatzes auf einer Wiese. Wenige Minuten später kehrt auch Weymann zurück. Er ist nicht so weit gekommen wie Chavez und will wahrscheinlich hören, wie es dem Rivalen in den eisigen Höhen ergangen ist, um aus seinen Erfahrungen zu lernen.
Bleich, taumelnd, ganz verklammt, kommt Chavez von der Wiese zum Flugplatz herüber. Man stürzt ihm entgegen. »Es war schrecklich! Es war schrecklich!« murmelt er. Und zu einem seiner Freunde gewandt, sagt er: »Der Sieger der Konkurrenz gewinnt den Tod.« Noch ganz verwirrt gibt er bald den plötzlichen Fallwinden über den Gletschern, bald dem Nebel und der Kälte die Schuld am Abbruch seines Fluges. »Ich hielt es einfach nicht für möglich, weiterzufliegen«, gesteht er erschöpft. Dann fährt er in sein Hotel, um auszuruhen.
Vielleicht hat auch Weymann ähnliches erlebt. Aber der verschlossene, wortkarge Amerikaner läßt sich nicht ausfragen.
Es folgen ein paar für die Fluggäste der Briger Flugwoche wenig ereignisreiche Tage. Wegen des ungünstigen Wetters werden keine Aufstiege innerhalb des Wettbewerbs unternommen. Nur die zu Schauflügen engagierten Aviatiker Taddäoli und Dufaux kreisen ein paar Minuten in niedriger Höhe über dem Flugplatz, um die Zuschauer nicht allzusehr zu enttäuschen. Am 22. September, einem kalten, herbstlichen Tag, macht Weymann einige vergebliche Versuche. Jedes Mal kehrt er nach kurzem Aufstieg zurück. Chavez aber läßt seinen Apparat im Schuppen stehen.

Als sich darauf ein starker Wind erhebt und der Himmel sich immer tiefer bedeckt, hält man allgemein die Flugwoche von Brig für beendet. Die Aussichten für den Alpenflug sind auf den Nullpunkt gesunken. Als dann gar Flocken auf den Simplon fallen und eisige Winde vom Kulm herabwehen, lassen alle Piloten außer Weymann und Chavez ihre Apparate endgültig verladen, und die Gäste fahren zum großen Teil ab.

Am Freitagmorgen ist es bitterkalt. Aber entgegen allen Wettervoraussagen und zur angenehmen Überraschung der wenigen noch in Brig zurückgebliebenen Teilnehmer der Flugwoche, blaut der Himmel in heller Klarheit über den Spitzen der Berge.

In frühester Morgenstunde erscheinen die beiden Rivalen des Alpenfluges, Weymann und Chavez, mit ihren Freunden und Mechanikern auf dem Startplatz.

Der Kampf drängt zur Entscheidung.

Die Wettermeldungen vom Simplon lauten keineswegs gut. Der Wind hat nach Norden gedreht. Zwischen dem Nord- und Südfuß der Alpen hat sich eine ungewöhnlich starke Luftdruckdifferenz eingestellt, die am Südhang des Simplonmassivs stürmische Fallwinde auslöst. Über den Höhen der Gondoschlucht ist die Windlage besonders gefährdet. Die Abhänge sind tiefverschneit. Es herrscht schärfste Kälte. Weymann berät sich mit Farman. Der Doppeldecker wird aus dem Schuppen gezogen, und Weymann steigt zu einem Probeflug auf. Er erreicht nur eine Höhe von tausenddreihundert Metern. Auch ein zweiter Probeflug führt nicht viel darüber hinaus. Trotzdem will er nicht aufgeben. Diese Hartnäckigkeit seines Rivalen treibt Chavez dazu, auch seinerseits den Flug unter allen Umständen noch an diesem Tage zu wagen. Noch einmal fährt er am Vormittag mit den Freunden hinauf zum Simplon-Kulm, um die Luftströmungen zu prüfen. Von den vereisten Gipfeln des Fletschhorns braust der Wind ins Tal. Tief herab zieht sich der Schnee an den Wänden.

Christaens bleibt als Beobachter auf dem Kulm zurück. Duray eilt voraus nach Domodossola. Auf dem Rückweg nach Brig kommt Chavez ein Wagen entgegen, in dem Paulhan, sein alter Lehrer, sitzt. »Warten Sie bis morgen!« ruft ihm Paulhan beschwörend zu. Aber Chavez schüttelt ungeduldig den Kopf. Er hat lange genug gewartet. Sein Entschluß ist gefaßt.

Den Freunden in Brig erklärt er: »Ich will nicht Zweiter sein. Ich fliege! Ich muß fliegen!«, eilt auf den Startplatz hinaus, läßt sein Flugzeug aus dem Schuppen ziehen und steigt um ein Uhr neunundzwanzig mittags auf. Über dem Rhônethal schraubt er sich in drei großen Spiralen zu einer Höhe von zweitausendvierhundert Metern empor. Dann wendet er sich dem Simplon zu.

Das große Fernrohr des Hotels ist scharf auf den Kamm des Roßwaldes eingestellt. Christaens und die Gäste halten mit Feldstechern und Operngläsern aufgeregt Ausschau. Minuten vergehen in fieberhafter Spannung.

Wird er noch einmal zurückkehren? Wird auch dieser Flug scheitern? Plötzlich recken sich alle Hälse nach oben: »Da ist er! Dort! Dort!«

Etwa dreihundert Meter am Simplon-Kulm vorbei fliegt Chavez über die Alpen.

Einen Augenblick scheint es so, als senke das Flugzeug sich auf das Hospiz herab. Die Mönche verlassen ihre Zellen und treten auf die Bergstraße. Ergriffen blicken sie dem sonderbaren Flugwerk nach, auf dem zum erstenmal ein Mensch ihre Einsamkeit überfliegt. Sie beten für den Kühnen da oben. Fast sieht es so aus, als wolle er landen. Aber dann steigt er wieder, läßt Simplon-Dorf und das Laquin-Tal hinter sich, und schießt, vom Nordwind gejagt, mit großer Geschwindigkeit dem Munchera-Paß zu.

Die Rennwagen, die ihn bis zum Kulm begleitet haben, vermögen ihm auf den langen Serpentinen der Alpenstraßen nicht mehr zu folgen und bleiben zurück. Chavez hat das Galdenhorn überflogen, die Gletscher des Fletschhorns liegen unter ihm.

Vom Dorfe Gondo aus beobachten die Einwohner wie das Flugzeug von Windstößen gepackt und geschüttelt wird. Es schwankt und stürzt. Über der Moräne von Roßboden fängt es sich wieder. Da aber wird es noch einmal von einer schrecklichen Fallböe erfaßt, die es sturzartig niederreißt. Fast streifen die Flügel die starren Felsen des Seehorns.

Dieser ganz unerwartete Verlust an Höhe verhindert Chavez, seinen ursprünglichen Plan auszuführen und in gerader Richtung über den Munchera-Paß weiterzufliegen. Die von den Gletscherhalden des Fletschhorns mit ungestümer Gewalt niederströmenden Winde haben ihn zu tief herabgedrückt, als daß er noch einmal die Höhe hätte zurückgewinnen können, die nötig gewesen wäre, um über den Paß hinwegzukommen. Starke Fallwinde reißen ihn über die Wände des Pizzo Pioltone hinweg.

Nun bleibt ihm kein anderer Weg. Gegen seinen Willen muß er durch das Zwischbergen-Tal die Richtung auf Gondo zu nehmen und in das gefürchtete, vom Wasser des Toce durchschäumte Val Divedro einlenken, das in grausiger Wildheit an ein Bild aus Dantes Höllenphantasien erinnert. Aus dieser Felsenhölle hätte es kein Entrinnen gegeben! Nirgendwo wäre hier ein Platz für eine Notlandung gewesen! Hart von den Bergwinden bedrängt, folgt er in der eisigen Höhe der Gipfel dem Lauf des tosenden Wildwassers ...

Dies muß für Chavez der schlimmste Teil seines Weges gewesen sein, der ungeheure Anforderungen an seine Nerven und an seine körperlichen Kräfte stellte. Denn hier gab es keine Möglichkeit der Umkehr. Hier gab es nur ein trotziges, verbissenes Weiter-dem-Ziele-zu. Und endlich öffnete sich die finstere Schlucht und die Felsen hörten auf.

Da leuchtete eine Wiese im Sonnenschein, in ihr lag ein Dorf. Er hielt es für Domodossola, aber es war Varco. So senkrecht stieß er hinab, daß die Dorfbewohner, die erschrocken und entsetzt plötzlich das niegehörte Knattern eines Motors hoch über sich vernahmen, schon befürchteten, das Flugzeug stürze herab. In etwa tausend Meter Höhe bemerkte Chavez seinen Irrtum, fing den Apparat unter Aufbietung aller Kräfte noch einmal ab und wendete. Das Flugzeug schwankte heftig. Starke niedere Luftströmungen, in die es geraten war, machten ihm schwer zu schaffen. Hart am Rande des Gebirges taumelte es dahin. Um es vor den unzugänglichen Felsen des Pizzo d'Albione zu bewahren, riß Chavez seine Maschine noch einmal hoch. Es gelang, sie gehorchte dem Druck des Steuers und da – da lag Domodossola unter ihm. Die große Tat war vollbracht.

Chavez hatte die Alpen überflogen!

Die Täler hallten wider von den Freudenrufen der Hirten und Dörfler, die ihn vorüberfliegen sahen. Die Glocken läuteten in Simpeln, in Gondo, in Iselle, in Varco, in Crevola – in allen Orten, die sein Flugzeug überflogen hatte. Die Ätherwellen trugen die Siegesbotschaft in alle Welt. Die Mitglieder des Empfangskomitees, begeisterte Freunde, begierige Reporter, rasten mit ihren Wagen dem Landeplatz zu. Jubelnd dem Flieger die Arme entgegenstreckend, eilten die Bewohner von Domodossola hinterdrein.

Der vorgesehene Landeplatz war mit einem großen Kreuz gekennzeichnet, und Duray, der treue Freund, schwenkte ihm schon die Trikolore entgegen. Starr und staunend waren die Augen all der Tausende hinaufgerichtet zu dem kleinen Flugzeug in Vogelgestalt, in dem der Mann saß, der alle Schrecken des Alpenflugs hinter sich hatte.

Das Geräusch des Motors verstummte. Man sah, wie Chavez sich mit rasender Schnelligkeit in steilem Gleitflug der Erde näherte. Er mußte wohl allzu steil gewesen sein, dieser Gleitflug! Denn plötzlich – was war da? Stürzte er ab? Nein, ein Aufatmen! Der Motor fing wieder zu hämmern an. Das Flugzeug richtete sich auf.

Da – ein Schrei des Entsetzens ging durch die Menge – klappten die Flügel hoch. Das Flugzeug zerbrach in der Luft. Es überschlug sich und zerschellte krachend am Boden . . .

Das alles ging so schnell, daß zum Ausbruch einer Panik gar keine Zeit blieb. Nur stumm und erschüttert standen die Leute um den Trümmerhaufen. Schreckgeweitet starrten ihre Augen auf die Überreste der Maschine.

Duray und ein Arzt sprangen hinzu und richteten den Kopf Chavez' auf. Sein Gesicht war blutüberströmt. Schmerzliches Stöhnen rang sich aus seiner Brust. Schnell wurden die Trümmer des schweren Motors, zerknickte Stangen, zerrissene Stoffetzen weggeräumt, die seine Beine bedeckten.

»Wo haben Sie Schmerzen?« fragte der Arzt.

»Es ist nichts, gar nichts«, flüsterte Chavez mit schwacher Stimme. Aber der Arzt hatte den Eindruck, daß er aus einem Dämmerzustand heraus sprach, daß er gar nicht wußte, was er sagte. In der einen halbgeöffneten Hand hielt

Chavez noch immer ein paar Zuckerplätzchen, die er als Stärkung mitgenommen hatte.

Dann erwachte er für einen Augenblick völlig aus seiner Ohnmacht und blickte Duray, der sich über ihn beugte, matt lächelnd ins Gesicht.

»Ich habe Mut gehabt. Aber es war schrecklich ... schrecklich ...« hauchte er ihm wie eine Entschuldigung zu.

Chavez wurde in das nahe Krankenhaus geschafft. Die Ärzte stellten einige schwere Brüche an den Schienbeinen und am rechten Oberschenkel fest. Doch schien sein Zustand keineswegs hoffnungslos zu sein.

Kaum jemals ist über die Ursache eines Unglücks so viel geredet, geschrieben und gehadert worden wie über den Sturz des ersten Bezwingers der Alpen im Flugzeug. Er blieb den Laien ein Rätsel, für die Fachleute wurde er zum Problem. Die Ansicht dürfte der wahren Ursache wohl am nächsten kommen, daß der allzu steile Sturzflug an dem Unglück Schuld war. Als Chavez den Fehler dann gewaltsam und zu spät durch rasches Hochreißen des Höhensteuers gutmachen wollte, trat ein solcher Druck auf die schon durch Fall- und Wirbelwinde überbeanspruchten Flügel ein, daß sie schräg nach unten gerissen wurden. Der starke Rükkenwind verschlimmerte die Katastrophe noch mehr.

Tatsächlich besserte sich der Zustand Chavez' über Nacht. Auch noch am nächsten Vormittag hielt die Besserung an. Er fühlte sich verhältnismäßig frisch.

Am Abend aber stieg das Fieber, die Pulsschläge nahmen zu, das Herz klopfte stürmisch.

Chavez begann zu phantasieren: »Welch ein Wind ... schrecklicher Wind ... diese Höhe ... Höhe ... nur noch zwei Centimeter ...« Dann verstand man die Worte nicht mehr.

Sein Geist war von den eisigen Höhen nicht heimgekehrt. Er irrte um die Gipfel, er strich um die Schluchten, er jagte mit den Winden über die Abgründe. Er durchlitt, vom Grauen gepackt, immer wieder das Furchtbare. Er konnte sich dem Bann des in schwindelnder Höhe hoch über den Firnen und Gletschern Erlebten nicht mehr entziehen. Er kämpfte noch immer mit Wolken und Wirbelwinden ...

So lag er und phantasierte. Tag und Nacht. Vier Tage lang. Das Fieber hörte auf. Die Wunden heilten. Keine inneren Verletzungen! Keine Blutvergiftung! Doch Chavez siechte dahin. Sein Gesicht war verzerrt. Seine Hände waren blutlos und abgemagert. Oft klang sein Seufzen wie ein Kinderweinen. Die Ärzte wußten jetzt, daß sie ihn nicht mehr retten konnten, daß ihre Wissenschaft in diesem Fall versagte. Chavez hatte seine ganze Lebenskraft in diesem einen Flug verbraucht.

So kam der 28. September heran. Es war kurz vor drei Uhr nachmittags. Duray und Christaens, die Freunde, und der Bruder waren an seinem Bett. Am Fußende stand ein Priester.

Chavez sprach, sprach unaufhörlich ...

Jetzt verstand man wieder einige Worte: »Der Motor ... der Motor ... ich muß herunter ... herunter ...«

Er rang nach Atem, sein riesiger Leib zuckte schmerzlich hoch. »Landen ...« Ein tiefes Seufzen noch. Dann war es zu Ende. Chavez war tot.

In zweiundvierzig Minuten hatte Chavez die Alpen überflogen. Zweiundvierzig Minuten hatten über Triumph und Tod eines jungen Lebens entschieden. Wie Blériots kurzer, nur zweiunddreißig Minuten dauernder Flug über den Ärmelkanal am 25. Juni 1909 der Welt bewiesen hatte, daß man mit dem zerbrechlichen neuen Sportgerät auch erfolgreich eine breite Meeresfläche überwinden konnte, so hatte Chavez' Alpenflug den zweifelnden Zeitgenossen gezeigt, daß selbst hohe Berge kein Hindernis mehr für den Flieger waren.

Zu den Autoren und ihren Beiträgen

ANTOINE DU SAINT-EXUPÉRY, geboren am 29. Juni 1900 in Lyon, trat mit 21 Jahren in den zivilen Luftdienst ein. Nach der Besetzung Frankreichs im 2. Weltkrieg in den USA, mit den alliierten Streitkräften 1944 zurückgekehrt, wurde er bei einem Aufklärungsflug über dem Mittelmeer am 31. Juli 1944 abgeschossen.
Er schrieb u. a.: »Nachtflug« (1931), »Wind, Sand und Sterne« (1939), »Der kleine Prinz« (1943).
Der Beitrag »Urgewalten« wurde dem Buch »Wind, Sand und Sterne«, Karl Rauch Verlag KG, Düsseldorf 1956, entnommen.

HARRY GRINDEL. Dieser Name ist das Pseudonym eines unbekannten Verfassers, der Anfang der fünfziger Jahre aus der Ostzone an den Bechtle Verlag mit dem Manuskript seiner Fliegernovelle aus dem letzten Krieg herantrat, die dann 1955 veröffentlicht und für dieses Buch übernommen wurde.

EDUARD KIMENKOWSKI. Der Beitrag »Erste Ost-West-Überquerung« des Atlantischen Ozeans wurde entnommen dem Buch »Wir von der ›Bremen‹/Die Geschichte des ersten Fluges über den Atlantischen Ozean von Ost nach West«, Verlag Richard Gahl, Berlin. Die Besatzung dieses epochalen Flugunternehmens im Jahre 1928 mit einer Junkers W 33 waren: Dr. h. c. Hermann Köhl, Hauptmann a. D.; James Fitzmaurice, Oberst des irischen Freistaates, und E. G. Freiherr von Hünefeld, Direktor des Norddeutschen Lloyd, Bremen.

JACK O'BENNETT, geboren 1914 in Ebensburg, Pennsylvania. Nach dem Studium der Naturwissenschaften und des Maschinenbaus in den USA und an der TU Berlin war er Testpilot bei Luftfahrtgesellschaften in den Vereinigten Staaten und in der US-Airforce. Berühmt wurde er durch seine Luftbrücken-Flüge nach Berlin (1000 Flüge) und als Chefpilot von Pan Am Europa mit 24 000 Flügen nach Berlin, wo er auch lebt.
Der Beitrag »Kampf gegen das Eis« wurde seinem Buch »40 000 Stunden am Himmel« entnommen, Ullstein 1982.

JULES ROY, geboren 1907 in Algerien, wurde bekannt durch sein Kriegstagebuch, das er als Flugzeugführer und als Hauptmann der französi-

schen Luftstreitkräfte in der RAF führte und 1948 veröffentlichte. Er schrieb in der Folge Romane, Dramen und Sachbücher, ins Deutsche wurden übersetzt »Der Überlebende« (Bechtle, 1956), »Die Ungetreue« (Bechtle, 1957) und »Der Fall von Dien Bien Phu« (Bechtle, 1964), sowie Dramen.
Der Beitrag »Der Navigateur« wurde dem Buch »Der Überlebende« entnommen.

HANNES TRAUTLOFT, geboren 1912, hat drei große Leidenschaften: Fliegen, Tennis und die Jagd. 1931 in die Reichswehr eingetreten, avancierte er im Krieg zum erfolgreichen Geschwader-Kommodore und Jagdflieger und war zuletzt General der Luftwaffe in der Bundeswehr. Er schrieb mehrere Fliegerbücher, darunter »Heitere Loopings« (Bechtle, 1965), und humorvolle Tennisanekdoten unter dem Titel »Netzroller« (Bechtle).
Den Beitrag »Davongekommen« verfaßte er eigens für »Flug in die Unendlichkeit«.

GERD GAISER, geboren am 15. September 1908, Dr. phil., Professor, veröffentlichte zahlreiche Romane, Erzählungen und Essays, z. B. »Die sterbende Jagd« (1953), »Schlußball« (1958), »Gazelle, grün« (Erzählungen, 1965), »Moderne Malerei« (Essays, 1963). Er starb am 9. Juni 1976.
Der Beitrag »Hinab« wurde entnommen dem Buch »Die sterbende Jagd«, C 5. Auflage 1978, Carl Hanser Verlag München Wien.

ELLY BEINHORN, geboren am 30. Mai 1907, eine der ersten deutschen Fliegerinnen mit Weltruf, startete mit 21 Jahren allein zu ihrem ersten Afrikaflug. Zahlreiche Fernflüge in alle Erdteile folgten, u. a. nach Australien, auch überflog sie den Himalaja und die Kordilleren. Sie war verheiratet mit Bernd Rosemeyer, dem berühmten Autorennfahrer, der 1938 tödlich verunglückte. Bücher u. a.: »Mein Mann der Rennfahrer«, »Alleinflug. Mein Leben« (Langen Müller, 1977).
Der Beitrag »Alleinflug ins Herz von Afrika« ist entnommen dem Buch »Alleinflug. Mein Leben«, Langen Müller.

HANS BERTRAM, geboren am 26. Februar 1906, lebte 17 Jahre im Fernen Osten. 1931 flog er mit einem Wasserflugzeug nach Indien, das im Sturm unterging. Berühmt wurde er durch das Buch »Flug in die Hölle«, das seinen 53-tägigen Kampf ums Überleben im australischen Busch schildert, wo er 1932 notgelandet war. Er arbeitete als Produzent, Regisseur und Drehbuchautor. 1980 erschien »Götterwind. Pioniere der Luft-

fahrt« (Universitas). Er ist derzeit Leiter eines Luftbildverlages und lebt in München.
Der Beitrag »Südseenacht und Tropensonne« wurde entnommen dem Buch »Flug in die Hölle«, Herbig Verlag.

HANNA REITSCH, geboren am 29. März 1912, ist vielleicht die bekannteste deutsche Fliegerin. Sie errang in den Jahren 1932 bis 1972 mehrere Segelflug-Frauenweltrekorde, flog als erste Frau der Welt Hubschrauber und Raketenflugzeuge und wurde 1937 zum Flugkapitän ernannt. Während des Krieges war sie Testpilotin der Deutschen Luftwaffe und verbrachte danach eineinhalb Jahre in amerikanischer Kriegsgefangenschaft. In der Nachkriegszeit unternahm sie zahlreiche Reisen und Flüge und baute eine Segelflugschule in Ghana auf. Bücher u. a.: »Fliegen – mein Leben« (Herbig, 1978), »Höhen und Tiefen« (Herbig, 1978), »Ich flog in Afrika für Nkrumahs Ghana« (Herbig, 1979). Sie starb am 24. August 1979.
Der Beitrag »Segelflug über die Alpen« ist entnommen dem Buch »Fliegen – mein Leben«.

PETER SUPF, geboren am 3. Oktober 1886, wurde im 1. Weltkrieg aktiver Flieger. Mit seiner Gedichtsammlung »Lieder aus den Lüften« (1919) gilt er als bedeutendster Fliegerdichter der deutschen Sprache für die Zeit nach dem 1. Weltkrieg. Andere Gedichtbände folgten, sowie Essays über das Fliegen, ein »Buch der deutschen Fluggeschichte« und die Trilogie »Flieger erobern Meere und Kontinente«, »Flieger erobern die Pole«, »Flieger erobern die Berge der Welt« (Nymphenburger, 1956 bis 1959). Peter Supf lebte nach dem Krieg in Stockdorf bei München und starb am 26. Februar 1961.
Der Beitrag »Eroberung der Berge« wurde seinem Buch »Flieger erobern die Berge der Welt« entnommen.

Der Herausgeber und der Bechtle Verlag danken allen lizenzgebenden Verlagen für ihr freundliches Entgegenkommen.

WOLFGANG PAUL

Der Endkampf

um Deutschland
1945

Der Untergang des Deutschen Reiches wurde während eines vier Monate langen Ringens in einem Endkampf besiegelt, der kein Beispiel in unserer Geschichte hat. Der Zweite Weltkrieg, der ab Januar 1945 das gesamte Reichsgebiet überzog, riß in jenen Wochen und Tagen gnadenlos ein ganzes Volk in seinen Strudel. Den größten Opfern und Verlusten, die nicht nur den Soldaten abverlangt wurden, folgte die Befreiung vom Druck der Diktatur, sie bedeutete aber auch Vertreibung und Gefangenschaft. Diese dramatischste Phase deutscher Geschichte bis Ende Mai des Jahres 1945 wird aus historischer Sicht erzählt in einem »neuen, ganz eigenen Ton«.

Der Verfasser war auch hier Augenzeuge, zuerst bei der Zerstörung Dresdens, dann bei den Schlußkämpfen einer Panzerdivision. Mit diesem Buch wird der unentbehrliche Überblick über das Gesamtgeschehen gegeben.

Efalin 552 Seiten

Bechtle